在歷史陰影中揭開家族世代的祕辛

尋找真相的救贖之路

本案無法終結

THE ROAD OF NO RETURN

肖建軍 著

不歸之途

60年前的無名骸骨、令人悚懼的顫慄真相、

揮之不去的死亡陰影……時光之神無情地中斷了這些線索，

謎樣的事件仍然不斷發生，難道，惡魔依然徘徊在人間？

目錄

第十章　山窮水盡疑無路

曹元明鬱悶地開車回家，還沒到家，手機就響了，是他媽媽打來的，「怎麼和老婆鬧彆扭了？汪敏剛才哭著從家裡拿了幾件衣服回娘家了，勸也勸不住。」

曹元明說：「媽，一點小誤會，妳別擔心。她這個火爆脾氣妳也知道，過幾天就好了。」他打電話給汪敏，但她的手機關機，打電話到岳母家，一直占線，看來汪敏這個氣生得不小。

曹元明躺在床上，輾轉反側，怎麼也睡不著，接連發生的疑案讓他有一種重返刑警工作職位的迫切感，也許就如一些同事所說，他天生就是當刑警的料，現在卻處於這樣一種尷尬的境地。面對家庭的壓力，他左右為難。他想等汪敏這兩天消消氣後，再登門向她解釋清楚。

翌日，曹元明去找賴勁松，這是敖文年提到「黑薔薇黨」一案的知情人之一，這個冤案的情況已經清楚了，他去找這個老人，本意不在於打聽這個案子，而是想從側面了解一下從未謀面的爺爺。

賴勁松剛剛過了80歲生日，體格厚實，四方臉，只是步履遲緩，拄著枴杖蹣跚而行。兩人在住所的花園裡見了面，曹元明說明來意，老人臉上露出了複雜的表情，有悲傷，有痛惜，也有悔恨，他的牙掉了不少，說起話來有些漏風，但說話還能聽得清楚。

曹元明問：「您以前當過我爺爺的警衛員？」

「是的。」賴勁松咂了一下嘴，「不過，我這個當警衛員的沒有盡到自己的責任，應該保護他，可是我卻害了他。」

「您指的是『黑薔薇黨』那個冤案？」

老人沉痛地點了點頭，說起了往事：

「『黑薔薇黨』案發生後，曹炳生就被扣押起來了，這個案子根本就是冤案，沒有任何證據。當時，是我把曹炳生帶進警局審訊廳的。你爺爺有骨氣，到死也是一個頂天立地的人。唉，相形之下，我真是個小人，我對不起你爺爺啊！他是個怎麼樣的人，我當年跟隨他出生入死，比誰都清楚，可是我就是不敢站出來仗義執言，為了自保，為了撇清關係，反而積極參加了對他的審訊。」

曹元明心頭酸楚。在那個無法無天的年代，像爺爺這樣被冤死的人，何止一個兩個。

「您談談當年和我爺爺打仗的事吧。」曹元明對老人說。

「哎呀，說來慚愧，我從軍這麼些年啊，沒有消滅過一個敵人。」

老人有點遺憾地說，「我參軍是1948年春天，本來替人放羊，一次部隊駐在我們村，我舅舅是村長，讓我去幫部隊餵馬，我挺羨慕戰士身上那些烏溜溜的槍支，經常不眨眼地盯著看，一個部隊首長摸著我的頭說：小鬼看上去很機靈的樣子，想參軍嗎？我就這樣參軍了，當了曹炳生的警衛員，那時他已經是營長了。我隨部隊參加了一些外圍戰鬥，但沒打過大仗，後來部隊改編後，我就跟隨部隊南下了，和曹炳生一起在河山轉業安家。」

說到這裡，賴勁松站起身來：「走，我帶你去看看當年的照片。」

他帶曹元明來到房間，拿出一張泛黃的合影照片，說：「這是當年我和你爺爺的合影，我跟隨他多年，只保留了這一張完好的合影，其他的照片，你爺爺的頭像都被劃上了叉叉。我一直覺得很對不起他，沒有臉去看望他的家人，今天你來了，這張照片就送給你吧！」賴勁松當年冒險藏起這張照片，可見內心對曹炳生是深為懷念的，現在把照片送給他的後人，或許能消弭一絲內疚之情。

曹元明接過這張老照片，見上面是三個人，中間一人就是爺爺曹炳生，左邊那人赫然便是年輕時的賴勁松，右邊一人卻不認識，三人都身穿棉軍裝，照片的背景是一座祠堂，照片上方寫著「一九四九年元旦攝影留念」幾個字。

他指著照片上右邊這人問：「這個人是誰？」此人戴著狗皮帽子，面色較黑，臉上幾乎沒有表情，就像是張撲克牌，但是，曹元明在他的眉目之間捕捉到了似曾相識的痕跡，奇怪，一個六十多年前的人，怎麼會給予人這種感覺呢？

「噢，他啊，名叫田力，是個軍醫，治好了我的傷，那時我剛康復，就和他一起合影了。背後的祠堂，就是野戰醫院。」

「田力？」曹元明吃了一驚，原來這個人就是田力，鄒衍的親生祖父！細看五官和鄒衍是有些相像，怪不得有似曾相識的感覺。這個田力，曾在調查韓世達一案中被周冬梅和孫寶章提及過，想不到和自己的爺爺居然也認識，怎麼有這麼巧的事！一時之間，他真有點不敢相信。這可真是一個意外收穫。

「您能談談這位田醫生嗎？」曹元明感到對田力的情況了解實在太少。

「田力對我有救命之恩啊！」賴勁松拉起衣服，露出右側季肋部的一道明顯的凹痕，「1948 年冬，我們路過板子河，曹炳生帶我和幾個同志去偵察敵情，遇到了一股敵人，我們把敵人打退了，但戰鬥中我中了一槍，打在肝臟上。」他指了指那道傷痕，「這是我第一次參加戰鬥，就負了傷，還是重傷，真夠倒楣的。那時醫療條件很差，部隊能做剖腹手術的醫生沒有幾個，田力醫生接到電話，連夜騎馬過來替我做手術。那天晚上下著大雪，田醫生趕了五十多里山路，還有十幾里路時馬無力了，倒在地上起不來，他是背著藥箱和馬鞍踏著雪過來的，臉上眉毛上都是冰碴碴，也顧不得歇息，喝了口熱水，就在油燈下替我手術了，取出了子彈。再耽誤幾個小時，我就沒命了。」

「這位田力醫生不但醫術好，人也不錯嘛！」曹元明覺得，鄒衍和鄒和平都繼承了田力這種懸壺濟世的風骨。

「聽說田醫生畢業於國立醫科大學，那時候，上大學的可是稀罕人物，軍醫大部分都是從衛生員做起的，這樣有正規學歷的醫生鳳毛麟角。」

「這位田醫生那時多大年紀？」曹元明見照片上的田力不過二十出頭的樣子。

「好像是22還是23，比我大不了幾歲，就已經是師裡面的名醫了。」

「他是什麼時候參軍的？」

「他參軍的時間比我長多了，1945年就從軍了。」

「這時間點不對啊，1945年他應該才18歲左右，怎麼就從醫科大學畢業了呢？」曹元明很細心。

「呵呵，可能是我記錯了吧，也可能他只是在那裡學習過，沒畢業。」賴勁松覺得沒必要計較這些細枝末節。

「您對田醫生還了解些什麼？」

「唉，雖說是我的救命恩人，可是我們不在同一個單位，部隊整天忙打仗忙訓練，沒有什麼時間來往，我幾次帶了禮物去謝他，都被他拒之門外，說救護傷者是他的本分，每次都是談不了幾句話他就去忙了。後來，我們一起隨軍南下到了河山，很巧，他也轉業到了地方醫院，再後來，就去了朝鮮。援朝戰役打得慘啊！頭幾批部隊沒帶冬衣，很多戰士都被凍傷，要截肢，需要大批技術優良的外科醫生，田力接到調令，二話沒說就重新入伍，結果，一去不復返。」說到這裡，賴勁松連連嘆息，為田力的犧牲深感惋惜。

「田力在河山結婚了？」曹元明明知故問。

「是的，他的妻子是河山本地人，是叫……匡月芝，前年去世了。」賴勁松記性還不錯，想了一想，「他的兒子當年競聘市立醫院院長，還是我託了衛生局高層的熟人呢！這個，也算是報答故人了吧！」

原來賴勁松和鄒衍的奶奶、父親有過來往，如果算上曹炳生的關係，那曹、賴、鄒三家可說是三代之交了。

「田醫生到了河山之後，有沒有發生什麼特別或者奇怪的事？尤其是 1950 年那時候？」

「結婚生孩子，都是很正常的事，沒什麼特別的。而且，我也說過，我和他平時來往不多。」

「請您再仔細回想一下。」

賴勁松搜腸刮肚地回想了一會兒，說：「我記得有一次他生病了，發高燒，說胡話，我當時還有點納悶，田醫生這麼醫術高明的人，也會生病？」

「醫術高和生病沒什麼關係吧？」曹元明笑問。

「唉，你是沒看過田醫生動手術，他一上手術檯就全神貫注，下刀如有神助，做的手術又快又好，割闌尾只要一刻鐘，大家都說他是神醫。」

曹元明不讓他打岔，繼續問：「那當時他生什麼病？」

「田醫生喜歡南方的山水，一個人跑到千巖山遊玩，結果回來後就生病了，什麼病我也說不清，可能是重感冒吧！那時部隊剛到河山不久，他是東北人，猜想是水土不服。」

曹元明想起來了，孫寶章也曾說，他當年去千巖山大蛇谷採藥時，遇到過田力。

這時，賴勁松忽然想起了什麼：「田醫生發燒時說胡話，翻來覆去說什麼『吶妥瑞』……搞不懂。你要說特別的事吧，這個倒有點怪。」

「吶妥瑞？」曹元明重複了一句，「什麼意思？」

「不知道，有人猜是不是一種藥名，事後問田醫生『吶妥瑞』是什麼意思，他一口否認說過這個詞。」

「嗯，關於這位田力醫生，還記得些什麼？」

「就這些了。」賴勁松有些奇怪，「你怎麼對他這麼感興趣？」

「因為我正在查一個過去的案子，需要了解一些這方面的情況。」曹元明含糊地說。

「案子，什麼案子？『黑薔薇黨』案和他可沒有半點關係。」

「嗯……是一個凶殺案，發生在60年前。」

「這不是有些莫名其妙嗎？」賴勁松連連搖頭，「我跟你說，田醫生為人正直、善良，不愛說話，不招惹是非，從不喝酒，沒有任何不良嗜好，這是有目共睹的，怎麼會和凶殺案扯上關係？」

「正直、善良，這就是您對他的評價？」

「當然！」老人一副不容置疑的表情，「不光是我，大家都這麼說！」

曹元明沒有見過這位田力醫生，但從談話中，以及照片的面相上，他大致對此人有這麼個印象：工作嚴謹、認真，醫術精湛，沉默寡言，而且樂於助人。從他愛下圍棋以及遊山玩水看，生活上還是有些情調的，不是那種死板的人。他到了河山後就結婚了，很快有了孩子，工作生活看來都很順利，和韓世達又無冤無仇，怎麼看也不像是一個凶手。

「那麼，田力有一位同事叫馮德純，您還記得嗎？」找到當年的知情人太不容易了，所以曹元明不能放過任何一個機會。

「這個人啊……我有印象。他，不如田力。」賴勁松說。

「怎麼不如？」

「技術不如，而且醫德也不如。」

「噢，請您詳細談談。」曹元明感興趣地問。

「馮德純這個人，心眼小，而且偏激……」

曹元明聽到這裡，心中一跳。

只聽賴勁松繼續說：「……他17歲參軍，比我早多了，按說資格不算淺，但是因為犯過錯誤，一直沒被提拔，反而從一線退居到二線，因為他受過點教育，就去協助後勤了。」

「他犯過什麼錯誤？」

「他當交通員時丟過一筆錢，具體情況我也不大清楚，加上為人不怎麼樣，和同事關係不好，就去管倉庫了。他當醫生是後來半路出家，都是人家一把手一把手地教會的，算是田力的徒弟了。」看來，賴勁松不但認識馮德純，兩個人關係也不太好。

賴勁松對馮德純的評價「心眼小，而且偏激」，這和周冬梅回憶馮德純為人豁達的印象大相逕庭，但和敖文年提及馮德純對韓世達的耿耿於懷倒有些吻合，看來，不同的人對同一個人的評價就像是羅生門，也許真相就隱藏在其中，但如何窺視到真相是件傷腦筋的事，畢竟，馮德純早已不在人世了。

曹元明前往停車場時，見旁邊的竹林有人影一閃，看背影有點像黃利平，心想：「好哇，大黃狗居然跟上我了。」黃利平也是受韓家之託在查韓世達被害一案，但反倒盯上了自己，他是想撿現成還是怎麼的？曹元明過去一探，竹林裡已經不見人影。

曹元明回到家，母親帶著小孩去了鄉下，家裡冷清清的，一點人氣都沒有，他看了看錶，準備拿泡麵充當一頓晚飯，然後去岳母家找汪敏，賠笑臉說說好話，把她接回來。

這時，電話響了，是刑警隊小宋打來的，他的聲音很著急：「老曹，大事不好了。」

曹元明一凜，全隊上下都知道他要走了，這時候打電話來，究竟是什麼事？難道是汪敏有什麼意外？他趕緊問：「怎麼了？」

「湯小雯的案子破了！」

曹元明頓時放下了心，斥道：「這不是好事嗎？怎麼說大事不好？」他倒有些意外，這個案子看似沒有頭緒，怎麼這麼快就破了。

「你猜凶手是誰？」

「廢話，我要是猜得到，前段時間你們不都白忙了嗎？」曹元明心想：「聽小宋這話，難道這個凶手我認識？」

「就是讓你想破腦袋也猜不到，凶手是陶海剛，陶師傅的寶貝兒子！」小宋有些激動地說。

曹元明大吃一驚：「真的嗎？」

「當然，而且是陶師傅大義滅親，親自把兒子押來投案的！」

小宋的話像是個重磅炸彈，他扔下手機就往城南分局趕去。他一到，見臧進榮和杜峰等人都在場，會議室裡煙霧繚繞，陶鴻坐在靠椅上，兩鬢染霜，呆若木雞，彷彿一下子蒼老了十多歲，曹元明打了聲招呼，陶鴻只是點了一下頭，什麼也沒說。

曹元明詢問小宋，這才知道湯小雯一案偵破的經過：

偵破過程算是無心插柳柳成蔭。幼稚園老師鄧鬱薇神祕失蹤後，與她相關的人員都被警方逐一調查詢問，陶海剛與鄧鬱薇有過男女朋友關係，自然也在被調查者之列，並作了筆錄，留了指紋。陶海剛與鄧鬱薇失蹤案原本就沒有關係，所以他對於調查滿不在乎，不料，就是這例行公事所留的指紋，成了指控他殺人的最有力證據。

這天，小宋調取河山市近期一些案件所留下的指紋，與陶鴻在湯小雯被害現場提取的那枚不完整的指紋進行比對，因為想到凶手可能有前科，希望能發現某些線索，這本來就是沒有辦法的辦法，機率就像是中樂透一樣，碰碰運氣，然而這個頭彩就這樣誕生了：不久前派出所破獲過一個賭博聚點，十幾個參與賭博的人全部留了指紋，小宋調來這些資料一一查詢，不知是誰弄錯了，把鄧鬱薇失蹤案的幾份指紋也送來了，於是就一起看看吧，誰知這一看就發現了問題：其中有一枚指紋和湯小雯被害現場提取的那枚斗形食指指紋有些相似，但兩者比較，電腦得分只有七百多分，屬於「低分候選指紋」。小宋給陶鴻看，問要不要放棄，陶鴻很有經驗，仔仔細細反覆比對，因為，就指紋比對來說，專家的人眼比電腦的可信度更高。他比了又比，直到確認兩枚指紋起點、終點、分歧等12個穩定特徵，以及紋形、間距全部相同，最終確認，這兩枚指紋為同一個指紋！當下，陶鴻讓小宋打電話給市警局刑偵技術分隊，讓他們派人過來再次確認，然後問：「這指紋是誰留下的？」但得到的回答剎那間令他臉色蒼白、搖搖欲墜——指紋的主人是他的兒子陶海剛！

沉默了半晌，陶鴻沙啞著嗓子告訴小宋：「這件事我來處理。」說完默默地出了門，開著警車回了家，路上，他買了兒子從小最愛吃的紅豆糯米糕，回到家後，把兒子叫過來，說：「爸爸幫你帶點心回來了。」兒子不解，用奇怪的眼光看著他，一把推開糯米糕：「這是小孩才吃的，我都多大了！」一塊糯米糕掉到了地上，陶鴻撿起來，吹掉上面的灰塵，慢慢地吃了起來，彷彿在咀嚼為人父母的滋味，香甜的糯米糕在他嘴裡嘗出來的卻盡是苦味……

吃完後，陶鴻掏出了手銬，不管兒子的叫罵和妻子的責問，開著警車把陶海剛帶到了刑警隊，在曹元明的記憶裡，這是師傅第一次公車私用。

刑警隊立刻將陶海剛以殺害湯小雯的犯罪嫌疑人身分正式收押。

沒有費什麼周折，陶海剛就如實供述了他殺害湯小雯的經過：

和鄧鬱薇的短暫戀情對陶海剛是個很大的刺激，他感受到了金錢的強大和無情，迫切地需要錢！有了錢才能得到想要的女人！但怎麼才能迅速地弄到錢呢？他選擇的辦法很簡單：劫財，哪怕殺人也在所不惜！

陶海剛的父親是老刑警，他從小耳濡目染，對警方的辦案方式有些了解。他知道，一旦發生命案，警方首先就會對死者的社會關係進行全面調查，和誰有仇，和誰有債，和誰有情，都會一一調查，對具有作案動機和沒有不在場證明的嫌疑人會進行全方位的調查取證，因此，殺熟識的人暴露的機率很大，要殺，就要殺那些素不相識、生活圈子不存在交集的人——隨機殺人案是很難偵破的。陶海剛本想到異地殺人劫財，再神不知鬼不覺地返回河山市，但異地人生地不熟，要找有錢的目標很困難，就在這時，他盯上了湯小雯。那次他在市立醫院陪父親看病，聽到鄒衍議論，說這個女孩剛從醫院得到了75萬的賠償金。

於是，陶海剛開始跟蹤湯小雯，知道她在「天馬」夜總會當坐檯小姐。他認為，陪酒小姐交際複雜，自我防範意識差，反抗能力弱，經濟收入豐厚，而且湯小雯剛從醫院拿了75萬的賠償金，立刻成為了他首選的獵物。另外，城南分局刑警剛剛對「天馬」夜總會實行了一次突擊搜查，抓獲過聚眾吸毒者，陶海剛無意中從父親和同事通話中得知該夜總會的監視器設備老舊、影像不清晰，而且存在很多死角，更加刺激了他的犯罪欲。

陶海剛來到「天馬」夜總會，點了湯小雯的檯，讓她在包廂內陪酒唱歌。兩人在包廂內摟摟抱抱，溫存親熱一番後，陶海剛提出性要求，湯小雯拒絕了，告訴他，上班時間不做這個，要做，得等到半夜12點下班後。這正中陶海剛的下懷，便說：「我等妳下班，然後去我那裡。」湯小雯怕不安全。陶海剛說：「可以加錢，妳們出一次檯不是2,500嗎，老子出3,000，怎麼樣？」湯小雯想了又想，說不如去我的租屋處，答應陪他到天亮，不過得4,000塊。陶海剛暗自冷笑，嘴上答應了，其實內心已下了殺心。於是，湯小雯告訴了陶海剛她的住址，讓他凌晨一點來敲門。這個一心賺錢的陪酒小姐，沒有想到死神已經張開了血盆大口等著她。為了迷惑警方，陶海剛有意過了三天才行動。

三天後，凌晨一點，陶海剛帶著準備好了的作案工具來到廖家巷，敲了湯小雯的門。湯小雯剛從夜總會回來，正要睡覺，聽到敲門聲問是誰，陶海剛說我們三天前約好的，因為工作事多耽誤了。湯小雯記起了他的聲音，便開了門。他一進門就用裁紙刀逼迫湯小雯，讓她交出錢來。他原以為湯小雯會乖乖就範，誰知這個外表柔弱的女孩卻是個火辣脾氣，罵道：「你這個混蛋想搶劫，也不看看老娘是什麼人，什麼樣的男人沒見過？你要是真缺錢，老娘可以賞你一兩百，敢亮刀子，老娘就喊人把你打成殘廢！」說著就要呼救，陶海剛一下子慌了，他已經被湯小雯記住了長相，如果鬧起來，自己吃不了兜著走，反正也沒打算讓她活，於是將湯小雯按倒在地，一手捂住她的嘴，一手持刀抹了她的脖子。他本來計劃先逼湯小雯交出金融卡，問出密碼，變裝領錢後，再回來殺人滅口，現在人先斷了氣，大筆存款已經得不到了。他四下亂翻，搜到一些現金、黃金首飾和筆電，不敢久留，清理了現場，確定沒有留下作案痕跡後，便匆匆而去。離開時，他換下了染有血跡的上衣，來到郊外的一片樹林中用事先準備的汽油燒掉，裁紙刀抹去指紋和血跡後拋入水庫之中，首飾和筆電則用塑膠布包好埋藏，等待風聲過去後再找機會銷贓，或者乾脆不動用，現金則留了下來。

一進刑警隊，陶海剛就知道一切都敗露了，一切都無法挽回，他流淚大罵父親：

「都是你沒用害了我！當了一輩子刑警，沒混個一官半職，連油水也沒撈著，窮了自己還要窮下一代。要不是買不了房，結不了婚，我會走這條路？」

曹元明站在會議室門外，師傅的話顫抖著傳了出來：「也怨不得他罵我。養不教父之過，這孩子走到了這一步，我有不可推卸的責任。當刑警的三天兩頭加班，顧不了家。家長不管不問，孩子能好嗎？」

陶海剛一直沒有正式工作，曾有人對陶鴻說，找關係把兒子弄到局裡上班吧，正式編制不行，聘用總可以吧！在警局裡有一份工作，總比當工人強。可是，陶鴻一直沒答應。

曹元明痛苦地看著憔悴不堪的師傅，這時候的他，是那麼淒涼，那麼無助，說這話的時候，他的心在滴血！

陶鴻曾當過刑警隊長，本來早當上大隊長了，早年因為路見不平打過一個輕薄婦女的流氓，偏偏那個人是政府高層的公子哥兒，立刻就告他，把這事一直鬧到市長那裡，要讓他在警界待不下去。打人確實理虧，陶鴻又不肯低頭道歉，不肯送禮靠關係，自請辭去隊長一職，被內部記過處分，本來上頭想把他調政府機關養老，但陶鴻偏就愛上了刑警這行，哪怕在隊裡打雜都行。

身軀瘦小的陶鴻蜷縮在椅子裡，但在曹元明內心，師傅的形象卻是無比高大，反襯出自己的渺小來。在醍醐灌頂的震撼之下，他下定了決心：回到刑警隊，把韓世達凶殺案、把鄧鬱薇失蹤案繼續追查下去，不管有沒有結果，不管是怎樣的一個結果，總之一定要查到底，這是刑警的天職，也是他的人生意義之所在！

這天，鄒衍打來電話：「今晚有個朋友請吃飯，在國貿大樓的雲頂旋轉餐廳，滿高級的，一起去吧！」

曹元明被近來一系列的事情搞得心情很糟，隨口一問：「什麼朋友？」

「一個醫療器材商。就是我們的中學同學，羅胖子。老同學好久不見了，正好聚聚。」

曹元明意興闌珊：「我不想去。」

「我跟你說，這個宴會少了你還不行，你一定得來！」

「為什麼？」

「有神祕嘉賓，你不來肯定後悔，晚上六點見！」鄒衍說完掛掉電話。

曹元明想了想，反正自己一個人在家，晚上也沒地方吃飯，還是去一趟吧！

他來到國貿大廈，在觀光電梯裡遇到了鄒衍和韓吟雪。

「最近你臉色不太好，工作太疲勞了吧？」曹元明見鄒衍臉色有些蒼白，關切地問。

「嗯，最近是感到有點累。」鄒衍撫摸了一下臉龐，笑嘻嘻地問韓吟雪，「妳說是不是？」

韓吟雪瞪了他一眼：「去你的！」兩人並沒有像親密戀人那樣緊挨著。

曹元明忍不住問：「今晚有什麼神祕嘉賓？」

「很快你就知道了。」鄒衍還在賣關子。

一進餐廳，羅胖子就腆著肚子迎了過來，大嗓門老遠就聽得見：「哎呀，曹老哥，多年不見，想死兄弟了！……對了，你們當年的三結義，怎麼缺了一個？『六點零五分』呢？」

鄒衍說：「你說鮑書華？他跑到日本打工去了！」

羅胖子名叫羅嘉，在一家外資醫藥公司當業務經理，十多年不見，他比讀書時更胖了，腦門上光禿禿的，在燈光下額頭鋥亮，穿戴亞曼尼襯衫和領帶，身上散發著淡淡的古龍水香味，一副成功男士派頭。

韓吟雪悄聲問鄒衍：「你們還有個朋友在日本啊，怎麼叫他『六點零五分』？」

鄒衍歪著脖子，說：「妳看，這像不像時鐘裡的六點零五分。」說罷「哈哈」笑了起來。

原來，他們這位名叫鮑書華的同學，有先天性的肌性斜頸，雖然做過矯正，但仍留有後遺症，所以一些同學替他取了這麼個綽號。

韓吟雪皺眉說：「一點都不好笑。」

曹元明瞪了鄒衍一眼，鄒衍抱歉地聳了聳肩。

落座後，三人寒暄一番，談起了中學時代的往事，韓吟雪則悄悄地去了餐廳樓下的咖啡廳。

鄒衍和羅嘉說得興高采烈，曹元明卻有點心不在焉，過了一會兒，只見韓吟雪和一位年輕的女孩扶著一位女士走來，他定睛一看，那個女子居然是汪敏！原來這就是鄒衍說的神祕嘉賓。他趕緊迎了上去，韓吟雪盈盈一笑，把汪敏往他身前輕輕一推：「曹大哥，對不起噢，現在物歸原主。」

曹元明攜著汪敏的手去餐桌前坐下，汪敏還有些扭扭捏捏，鄒衍笑著走來，把她按坐下來，說：「妳要是不肯賞光，我大哥這輩子都沒胃口吃飯了。」

汪敏說：「那還不是他活該。」說完嘴角露出一絲微笑，顯然已經原諒了曹元明，看來，韓吟雪和鄒衍已經向她解釋清楚了那場誤會。

曹元明知道，那晚他和汪敏的誤會都被韓吟雪看在了眼裡，她是個有心的姑娘，這才與鄒衍一起來撮合自己和妻子。他感激地說：「吟雪，鄒衍，謝謝你們。」

鄒衍說：「我們自家兄弟，不說二話，至於吟雪嘛，她責無旁貸，解鈴還須繫鈴人嘛！」

韓吟雪舉起盛著葡萄酒的酒杯，向曹元明和汪敏說：「小妹淺飲一杯，算是賠罪了。」說完一飲而盡，大家一起鼓掌。

汪敏看著丈夫，有些不好意思地低下頭。曹元明說：「我戒酒了，妳代我們倆謝謝這些朋友吧！」汪敏紅著臉舉起了酒杯。

羅嘉說：「我來介紹一下。」他指著那個陪著汪敏一起過來的漂亮女孩說，「這位是葉鶯，我的現任妻子，也是汪老師的小表妹。」曹元明這才知道，為什麼今天鄒衍會拉上羅嘉，原來還有汪敏和葉鶯是遠房表親的這層關係。

那個女孩葉鶯糾正說：「未婚妻。」

羅嘉「哈哈」大笑：「沒錯，我們下個月結婚，大家一起祝福我們吧！」

這下餐桌上的氣氛活躍起來了，羅嘉讓服務生拿來菜單給幾位女士，說：「這裡的黑椒牛仔骨、蒸菜蚧和疙瘩海鮮湯是招牌，味道不錯，我每次來都要點。」

三男三女邊吃邊聊，曹元明如釋重負，不住地替妻子夾菜，他感到自己當刑警多年，對妻子對家庭虧欠太多。汪敏嘀咕：「夠了，夠了，我哪吃得了這麼多。」韓吟雪看著這一幕，居然有些出神。

國貿的雲頂餐廳位於河山市商業中心，360度透明觀景，晚上六點餐廳開始旋轉，以人所感覺不到的緩慢轉速兩個小時剛好一圈回到原處，也就是吃一頓飯的時間正好把大半個河山市區的夜景看了個遍，配合著溶溶月色，甚是愜意。

飯後，羅嘉告辭而去，一邊摟著未婚妻，一邊商量著新婚蜜月環球旅行的行程。

曹元明等人則到樓下咖啡廳聊天，他輕聲問鄒衍：「現在是不是都流行老少配？」

鄒衍一笑：「羅胖子可是成功男人，哪個女子不愛？他這是梅開二度了，去年離過婚。」

「羅胖子以前小氣得很，讀書時借塊橡皮擦都推三阻四的，今天怎麼肯請吃大餐？太陽從西邊出來了。」

鄒衍說起了羅嘉請客的緣由：「羅胖子有一次問我，代理一種國外的手術機械臂能不能賺錢？我問他，這種機械臂是幹嘛的？他說，是代替助手拉鉤的，在美國銷量很好。我說：『兄弟，你千萬別做這虧本的買賣。這東西在美國賣得好，那是因為美國人工貴，一臺手術只有兩個醫生，多一個人，醫院是要付出高額薪水的，買一臺這樣的機械臂，能少一個人，幾十臺手術下來，就回本了。這樣的機械臂也只有大醫院買得起，可是你看凡是國內的大醫院，哪臺手術不是人滿為患，多少人搶著要上，一些資深的住院醫生都只有在一旁拉鉤的份，你這機械臂賣給誰？』幸虧他聽了我的話，就沒再動這心思，可是他有個同事還真就代理這個了，結果差點把老婆孩子賠進去了。所以他請我們大吃一頓，聊表謝意。」

「他跟你還常有聯繫，我跟他都十多年不見了。」曹元明有些感慨時光的流逝。

「隔行如隔山，誰讓你和他之間的工作沒有交集呢！」
「我們的工作不也沒有交集嗎？」
「我們是什麼關係啊！」說到這裡，鄒衍和曹元明「哈哈」大笑起來。
「我們兩家還是世交吶。」曹元明拿出那張田力和曹炳生、賴勁松三人的合影照片，這是賴勁松送給他的，指著照片上的田力對鄒衍說，「你看，他長得和你像嗎？」
韓吟雪和汪敏湊上來看，問：「這是誰啊？」
鄒衍說：「這是我的親生爺爺，這應該是他當軍醫時的留影。這位是……」他指著曹炳生的頭像問。
「你猜。」
「還用猜嘛，一看就是你爺爺吧。他也是軍人？」
「是的，後來轉業當上了刑警。」
「哇，你們兩家真是世交啊！不但如此，你們倆一個醫生一個警察，還都繼承了祖業。」韓吟雪感嘆地說。

「我去找人把照片複製一張，我們一人一張。」曹元明對鄒衍說。

「我們再傳給子孫，說不定就成寶貝了。」鄒衍笑著說。

「那你得加油喔！」曹元明說完，看了韓吟雪一眼。

「我一直在思索，怎麼讓一個巴掌響起來。」鄒衍似笑非笑地看著韓吟雪。

韓吟雪沒有理睬，轉頭問曹元明：「說了你們的爺爺，再說說我爺爺吧！我爺爺的案子，現在還沒有進展，是到了山窮水盡的地步嗎？」

曹元明一時無法回答。偵查工作大多數時候其實是一種枯燥的徒勞式工作，出動多名偵查員進行長達數天甚至半月一月的調查，最後還是什麼線索也沒有找到，那是常有的事。這個60年前的疑案，沒有找到線索更是不足為奇。一些可能的涉案人員，馮德純去世，袁素去世，田力去世……時光之神無情地中斷了這些線索，而田力、袁素等人的一些情況，在案情未明朗之前又不好和韓吟雪說明。他走訪了幾乎所有能找得到的知情人，卻連一點頭緒都沒有理出來，難道真的是「山窮水盡疑無路」嗎？

韓吟雪見曹元明無語，秀眉微蹙，輕輕地用小勺攪動著咖啡，氣氛變得沉悶起來。

汪敏握著韓吟雪的一隻手，輕聲安慰：「天不藏奸，老天爺會開眼的。我就不相信，這麼惡劣的一個殺人案，會一點破綻都找不到。」

「但是過去這麼多年了，就算有破綻也不存在了。」韓吟雪憂傷地說。

鄒衍說：「惡人自有惡人磨，不是不報，是時候未到。」

韓吟雪瞪了他一眼：「言不由衷，虛偽。」

鄒衍說：「我比竇娥還冤！你問問我大哥，我可幫了不少忙，巴不得這個案子早日偵破吶！」

曹元明點了點頭：「車到山前必有路，一步一步來吧！」

汪敏拉著韓吟雪的手說：「我們去散散步吧，晚飯吃飽了別老坐著。」

第十一章　柳暗花明又一村

經過國貿雲頂餐廳這頓晚飯後，汪敏不再阻撓曹元明追查韓世達的案子，相反，她還鼓勵丈夫：「殺人償命，這是天經地義的，韓世達死得太慘了，如果這個案子連你們警察都放棄了，那世間還有正義可言嗎？」

曹元明說：「是啊，而且韓世達失蹤還牽連到一起冤案，冤枉了很多人，包括我爺爺，不給出一個公道，他們都不能瞑目。」

中午吃飯時，曹元明忽然「哎呦」一聲，汪敏問：「怎麼了？」

曹元明皺眉說：「我的牙。」原來飯裡有一顆小石子，差點害他把牙齒咬斷了。

「這些該死的奸商，米越來越差，價錢倒是越來越高。」汪敏罵了一句。

曹元明說了句：「倒楣。」隱隱感覺這不是什麼好兆頭，端起碗繼續吃飯，這時，手機響了，又是小宋打來的：「陶鴻師傅出事了！」小宋的聲音帶著哭腔，透著惶恐。

曹元明臉色倏變：「怎麼回事？你說清楚！」

「他，他心臟病發作了，心肌梗塞……」

「那快送醫院啊！」

「送到市立醫院了，但人已經……」小宋話沒說完，但意思再明白不過了。這話猶如五雷轟頂，曹元明只覺得一陣眩暈，幾欲摔倒，他定了定神，結束通話就往醫院跑，汪敏趕緊跟去。

曹元明趕到醫院，急診室圍了一群人，都是刑警隊的同事，他知道大事不好，衝進去一看，陶鴻的頭上身上已經蓋上了白布，他「撲通」一聲跪下，抱住師傅冰冷的身體嚎啕大哭：「師傅啊……」

曹元明很早就沒有了父親，工作後，是師傅一直幫助他，生活上照顧他，在他心底裡，其實已經把師傅當成了父親，遇到麻煩事總是第一個想到向師傅請教，現在，師傅卻撒手人寰，這怎麼不令他痛徹心腑？除了心在痛，手術後的殘胃也在劇烈地抽搐，猶如刀割。

曹元明再一次胃出血，再次住進了醫院。

事後，曹元明知道了陶鴻去世的經過：

湯小雯被害後，警方考慮到她的被殺可能與哥哥湯小輝的古董交易有關，而湯小輝家中又遭竊盜，陶鴻便找到偵辦竊盜案的三和鎮派出所警察盛東，告訴他，如果竊盜案有線索要及時聯繫。雖然後來陶鴻帶兒子投案，湯小雯一案偵破，但就在昨天，盛東仍例行公事地打電話給陶鴻，說是發現了湯小輝家丟失的包裹，問他要不要來看看。

湯小輝丟失的這些東西，可能涉及古董買賣或者走私，而且，殺害湯小雯的是自己的兒子，陶鴻感到很對不起湯小輝兄妹和他們的家人，能追回一部分財物也是好的，所以，他認為此事責無旁貸，不顧同事的勸阻，拖著疲憊的身體前往三和鎮。但是，他畢竟是快到花甲之年的人了，經歷如此劇變，身心憔悴已經到了極點。小宋知道陶鴻內心的悲痛，一邊開車一邊和陶鴻聊天，聊著聊著，他突然就沒了聲音，倒在了副駕駛座上……

臧進榮和杜峰去看望病床上的曹元明。曹元明抱著臧進榮「嗚嗚」痛哭：「臧隊長，你打我一頓吧！是我沒照顧好師傅啊！如果不是我要調走，不是我要請假，師傅哪裡會這麼忙？要是平常，去三和鎮的應該是我啊！」

臧進榮眼眶紅腫，看來為陶鴻的去世哭過。陶鴻是城南分局刑警大隊資格最老的刑警，臧進榮和他共事20年之久，悲傷之痛不比曹元明來得淺。他嘆息一聲：「這事怨不得你，也怨不得別人，老爺子要走，誰也攔不住。現在，最要緊的事是把老爺子的後事料理好，讓他走得安心。」

杜峰說：「陶鴻師傅是因公犧牲，他是我們刑警隊中當之無愧的楷模，是我們城南分局的光榮！我們今天連夜開會，臧隊長負責追悼會的籌辦，我負責老爺子老伴和家裡的事。你不要過度悲傷，人死不能復生，你還是保重身體，好好養病。」

曹元明拉著杜峰的手，堅決地說：「杜教，我不走了，師傅就是我的榜樣，我要在刑警隊一輩子！你們不要趕我走！」臧進榮和杜峰對望了一眼，什麼也沒說，只是拍了拍曹元明的肩膀。

臧進榮除了向上級報喪，區裡、各鎮等與城南分局有交情的單位都通知了。憑著陶鴻的一世英名，尤其是綁子投案大義滅親的壯舉，接到訃聞的人都來了，一是悼念，二是送慰問金。

追悼會莊嚴肅穆，萬頭鑽動，曹元明在前來弔唁的人群中看到敖文年，許多人向這位刑警界的「活化石」打招呼，但他臉色陰沉，默默無言，一瘸一拐地來到遺像前行鞠躬禮。韓吟雪和鄒衍也來了，他倆戴著墨鏡，一身黑衣，韓吟雪以世達公司的名義向陶鴻家人捐款十萬元。追悼會尾聲，曹元明跪下來，向師傅恭恭敬敬磕了三個頭，向這位心目中的父親道別。

曹元明思緒飄回到了十多年前，回想起師徒倆第一次見面時師傅的模樣：身材瘦矮，頭髮稀疏，黝黑的臉頰，刀刻般的皺紋，一臉的憔悴與憂鬱反襯著與年齡不符的蒼老。站在這位警界前輩面前，他剛投入警察工作的激情頓時冷卻了一半：難道這就是我的未來？

曹元明當刑警的頭幾個月裡，每天只是跟著師傅走訪、詢問、記錄，生活就如白開水一樣無色又無味。可是不久，在他心中，這位瘦矮的師傅的形象一下子變得高大了……

那段時間，河山市連續發生入室竊案。竊賊得手多次之後，有一天被回家的失主堵在了門口。令人驚奇的是竊賊竟用幾句謊言從容脫身。等到失主走進屋子發現一片狼藉驚慌報警時，竊賊已消失得無影無蹤。於是，失主成了唯一目擊竊賊的人。但當警方要他協助查詢竊賊時，他卻因害怕報復，斷然拒絕了。

這時，生活儉樸、一個茶杯都用了20年的師傅，開始一趟一趟地找失主，不但自己掏腰包買了很多新鮮水果，還很俗氣地想方設法與失主套交情。當曹元明對這位怯懦的失主表示不滿、出言不遜時，師傅還毫不顧及他的臉面粗魯地訓斥了他，這令他非常生氣。在師傅的鍥而不捨下，失主推諉不過，終於答應協助。

在以後的時間裡，師傅就像上緊了發條的時鐘，不知疲倦地查案。幾天下來，師傅更加黑瘦了，失主更是累得叫苦連天，就連年輕力壯的曹元明也是疲憊不堪。

隨著時間的推移，曹元明對這種大海撈針式的偵查方法越來越懷疑，幾次勸說師傅放棄。師傅嚴肅地看著曹元明，堅定地說：「我們一定能破案！」

可是失主堅持不住了。師傅再三懇求失主再堅持三天。

次日上午，他們在醫院門口遇見了師母，她正背著發燒的兒子到醫院看病。曹元明急忙迎上前去，從師母的抱怨中，才知道師傅好幾天沒有回家了。曹元明懇求師傅在醫院裡待一天，但師傅只是歉疚地看了幾眼憔悴的妻子和委屈的兒子，轉身離開了醫院。

望著師傅離去的背影和師母無聲的啜泣，失主的眼圈紅了，三天期滿，失主卻沒有提出要放棄。

十幾天後的一個中午，他們蹲在一個路口旁邊的樹蔭下，注視著來往的行人和如梭的車流。突然，失主指著街道對面的一個粗壯的年輕男子，高聲喊道：「就是他！」

瞬間，師傅就像一顆出膛的子彈，跳起來向對面衝去，撞倒了好幾輛腳踏車，將竊賊撲倒在地，用瘦小的身體死死地壓住了他。曹元明拚命地跑過去，用手銬牢牢地銬住了竊賊的雙手。

竊賊是一名手法高明的慣犯，不但城裡幾十起竊案隨著他的落網而破案，而且還連帶破了相鄰幾個城市的上百起積案。

破案了，師傅臉上露出了難得的笑容。失主更是高興，執意要請陶鴻師徒倆到他家裡喝幾杯。曹元明正在興頭上，一口答應，和失主一起說服師傅，師傅推辭不過，買了兩瓶好酒去了。那天晚上，他們喝得很多，把大半個月來的風吹日晒和苦辣酸甜通通喝進了肚裡，師傅醉了，聲淚俱下地說：「將來絕不叫兒子當警察，那是天底下最苦最累的工作……」可是就在上級正準備隆重表揚他們之際，局裡有人反映陶鴻師徒倆接受失主的招待。在當年，刑警隊對這個紀律的執行是很嚴的。師傅把所有的責任攬在自己身上，說徒弟不想去，是被硬拉去的。鑒於陶鴻在這起案件偵破中的突出表現，處分就免了，但也不再立功表彰。於是，隆重的表揚會上，站在領獎臺上的就剩下曹元明一個人。

曹元明出院後，重新回到了刑警隊工作，汪敏再無二話。但是，師傅的去世對曹元明的打擊太大，他不得不換一個房間辦公，因為一進原來的房間就會想起師傅，師傅似乎還坐在對面，師傅的茶壺似乎還在冒著熱氣，一想起來就會控制不住自己的情緒。他經常自責，責怪自己不該調職，甚至責怪自己當初沒有接受韓家的好意——請有名的心血管醫生來為師傅做心臟支架手術——師傅一開始發病時醫生就說過有再梗塞的可能，而且再發作可能會出大問題，自己為什麼就沒聽進去？每當想起此事，他就懊喪欲死。

曹元明去看了師母，兒子進了監獄，丈夫又去世，連逢打擊的師母已經有些精神失常，住進了精神病院。

曹元明又去黃草坪看守所看望了陶海剛。法院還沒有審判，但陶海剛已經戴上了重刑犯的手銬腳鐐，他消瘦了很多，原先那副玩世不恭的神色已經變成了失神落魄。曹元明告訴他，湯小雯一案已經進入司法程序，會為他請一個好律師，由於他態度良好，有判處無期徒刑的可能，這樣的話，只要好好接受感化，他的人生還是有希望的，這也是他父親在天之靈所期待的。聽了這番話，陶海剛忍不住「嗚嗚」痛哭起來。

陶鴻是去檢視湯小輝的失物時去世的，師傅的事要替他做完，於是，曹元明找到盛東，詢問起此事。盛東告訴他：「前些天有人在河邊發現了這個箱子，和湯小輝家失竊的那個箱子很像，之後經過確認，確實是他的。」曹元明一看，見是個天藍色的大旅行箱，樹脂材質，外觀和黎娜描述的一模一樣。

他打開箱子一看，裡面空空如也，問：「東西呢？」

「就只有這個箱子。」盛東說。

「箱子裡沒有東西？」曹元明又問了一遍。

「噢，還有這個。」盛東拿出一塊迷彩色的布，「箱子是一個釣魚的人在河邊發現的，這個好心人見這個箱子完好如新，在河面上半沉半浮漂流，像是剛丟失的，便拿著箱子到了派出所讓我們找失主。我們打開箱子，發現只有這塊布，還有幾塊石頭和一些土，沒有其他的東西。」

曹元明拿過來一看，見是塊帳篷布，很結實，防潮而且不易燃，上面有摺疊的痕跡。

「我們判斷，這個箱子是小偷隨手拋到河裡的，裡面的東西被拿走或是另行處理了，塞上幾塊石頭是想把箱子沉到河裡滅跡。不過當時可能比較匆忙，放的石土不夠重，加上箱子密封性很好，就沒沉下去，而是漂到了下游。」盛東說，「至於這塊布，猜想原本是用來包裹箱子裡的東西，看來湯小輝對這些東西是很在意的。」

不用問，小偷仍沒有蹤跡。師傅就是為了這個空箱子跑了一趟，中途不幸去世。曹元明暗暗嘆息，仔細檢查了箱子，鎖是被暴力破壞的，內部只有一些水浸的汙漬，他問：「那些石頭和土呢？」

盛東有些奇怪：「找這些幹嘛？」

曹元明說：「從石頭和土壤的成分可以分析小偷拋箱子的地點。」

盛東看了他一眼，似乎覺得毫無必要。現在的竊盜案，很多都是不了了之。如果不是師傅，曹元明也不會如此執著，又問：「在哪裡？」

「可能被垃圾車載走了。」盛東喊來一個清潔工，問了幾句，說，「你的運氣不錯，那個垃圾袋還擱在後院。你自己去看吧，我就不陪了。」

那個清潔工帶著曹元明來到派出所後院的垃圾堆，裡面堆著大大小小的垃圾袋，秋後的天氣依然炎熱，有的袋子破損，散發著腐爛垃圾的惡臭。清潔工捂著鼻子用棍子在裡面翻了一會兒，指著一個黑色塑膠袋說：「喏，就是那個袋子。」

曹元明看了一眼：「不會搞錯吧？」

「不會，我用一根紅色編織繩紮起來的。」

曹元明把那個袋子拎出來解開，把裡面的石頭和土全部倒出來，用一根小樹枝撥開仔細檢視。這些土和石頭，都是這一帶河邊常見的鵝卵石和黃棕壤，並沒有什麼特別，忽然，小樹枝好像觸到了什麼東西，他挑開浮土，發現那是一顆鈕扣，他拿起一看，見這顆鈕扣直徑約兩公分大小，暗黃色。他十分奇怪，這種老樣式的鈕扣，現在早就不用了，怎麼會在這裡出現？

曹元明問那個清潔工：「那天從箱子裡倒出來的垃圾，都裝在這個袋子裡嗎？」

清潔工點頭。

「袋子裡還裝過其他垃圾沒有？」

「沒有。」清潔工搖頭說。

這個鈕扣，看來就是湯小輝藏在箱子裡的，小偷打開箱子後，把裡面的東西拿走，卻無意中掉下了這個不起眼的鈕扣，就連派出所的警察也沒在意。難道，這個小小的鈕扣也是「古董」？曹元明擦拭了一下鈕扣，感覺材質應該是黃銅，從鏽蝕程度看，它的歷史可不短。

除此之外沒有什麼發現，他把鈕扣放進衣袋裡，告辭而去。

曹元明回到家，媽媽帶著兒子從鄉下回來了；還有外婆，因為身體不適，想到城裡醫院檢查一下。他把那顆鈕扣給外婆看，外婆原來做過裁縫，戴上老花眼鏡看了一會兒，說：「這應該是軍隊的制式釦子。」

「軍隊的？」曹元明有些奇怪，過去軍隊一直講究艱苦樸素，軍裝用銅鈕扣有些難以置信。

「50年代的時候，我替一個空軍軍官縫過釦子，就是銅的，比這個還漂亮，上面有帶翅膀的軍徽呢！這個釦子上面沒有文字也沒有花紋，不好推斷年代。」看來，外婆也沒有見過。

第二天，曹元明帶著外婆去市立醫院做檢查，遇到鄒衍，關切地問：「你怎麼了？最近臉色一直有些蒼白。」

這不是曹元明第一次問這個了，鄒衍的回答是一貫的不以為意：「我也盼著哪天走桃花運，滿臉桃花紅吶！」

曹元明說要不要檢查一下什麼的，鄒衍不耐煩地擺擺手：「好了，我是醫生，我了解自己。」說著他換了個話題，「楊梅向我爆料了。」

「楊梅？」曹元明隨即想起，就是那個急診室的小護士，「爆什麼料？」

「你不是一直關注著湯小輝嗎？現在，又出現了一個湯小輝。」

曹元明嚇了一跳：「什麼意思？」

「就今天凌晨，急診接到一個發高燒、說胡話的病人，也是個小夥子，他的症狀和血象等實驗室檢查結果都很像上次的湯小輝，有過那次前車之鑑，這次急診室立刻取了淋巴結穿刺液，並作了血清試驗，結果出來了：鼠疫！」

「那現在人呢？」曹元明心想：河山多年以來都沒有出現過鼠疫，現在一下子出現兩例，真是奇怪，這兩例病人之間會不會有什麼聯繫呢？

「剛剛送傳染科隔離起來，你是見不到了。」

「這個人病情危險嗎？」

「很危險！」鄒衍說，「他發燒了三天才來醫院，如果開始發燒時就來看診，還是有希望的，但現在已經發展為敗血症型鼠疫，死亡率極高。」

這個病人拖延了三天發展成敗血症才不得不到醫院來，連這一點也和湯小輝相似，為什麼遲遲不願來醫院呢？是在隱瞞什麼嗎？

曹元明打電話讓汪敏來接外婆，他趕到急診，找到楊梅，問清了那個鼠疫病人的姓名和相貌特徵，再去傳染科。這個病人名叫古強，現年25歲，河山本地人。他雖然被隔離，但如果有家屬前來探視，或許可以詢問到一些情況。現在看來，湯小雯的死和湯小輝沒有關聯，與警方最初的推測不符合，但曹元明總有種感覺：湯小輝的離奇死亡其中必有隱情，可能牽扯到古董走私，也可能有更深層的祕密在裡面，身為一個刑警，就要有這種追根究柢的精神。

此後的事實證明，曹元明的預感沒有錯，但當時，他還沒有意識到，一個令世人震驚的歷史祕密，已經掀起了帷幕一角！

曹元明來到傳染科，亮出警官證，向主治醫生詢問古強的病情，這時，一個二十出頭的小夥子提著一個保溫壺過來送飯，醫生指著他說：「這就是古強的家屬，他的堂弟。」

那個小夥子看到身穿警服的曹元明，臉色一變，扭頭走開，這引起了曹元明的警覺，他趕上去，攔住這個小夥子，說：「等等，我有話要問你。」

小夥子臉色忐忑不安，顯然有極大的心事，被這麼一攔，頓時哆嗦起來：「不是我做的，不是我做的。」周圍的人都投以奇怪的目光。

曹元明心中一動，把他拉到病房大樓外的一個僻靜角落，說：「我知道不是你做的，那是誰做的？」

小夥子說：「也不是古強做的。」

「那究竟是誰？」

「不知道，我真的不知道，我們不敢殺人啊……」小夥子說到這裡，腿一軟，就要癱倒。

曹元明心中一震，沒想到其中居然還牽涉到命案，喝道：「你老老實實把話說清楚，如果有一句假話，那是要負法律責任的！」

小夥子坐在石階上，定了定神，這才顛三倒四地說起了事情的原委：他名叫古晨亮，是古強的堂弟，今天是來送飯給他的。古強年紀不大，卻是個慣竊，尤其喜歡在老家三和鎮附近下手，好處是容易掌握對方的經濟狀況和作息規律，進出的路線熟，而且熟人防範性低，他怡然自得的是得手後回到作案現場看熱鬧，若無其事地和被竊人家打招呼。

古晨亮好逸惡勞，但人卻不聰明，從小成績就一塌糊塗，國中畢業輟學在家無所事事，古強對這個小堂弟還算照顧，興致來了會帶他上館子吃一頓。漸漸地，古晨亮猜出這個不務正業的堂兄的錢是從哪裡來的，就想跟他一起做那沒本錢的買賣，但古強嫌他笨手笨腳，不肯帶這個「徒弟」。有一天古晨亮在鎮上閒逛，經過湯小輝家，湯小輝正站在門口和黎娜說話，提到「閣樓上那個箱子不要動，東西很重要」之類的話，他頓時來了精神，立刻報告了古強。像湯小輝這樣的外地租屋者，是古強最喜歡下手的目標，經過一段時間觀察，他們發現湯小輝和黎娜好些天不見人影，屋子空著（湯小輝送進醫院後去世，黎娜不久則因聚眾吸毒被送進看守所），於是就大著膽子撬開了門，進去大肆洗劫一番。古強一個人拿了閣樓上那個天藍色的旅行箱，古晨亮只分得了屋子裡的一些雜物和零錢，不過這是古強頭一次帶他做這工作，古晨亮自然不敢有什麼廢話。古強拿了那個旅行箱後，發現箱子有開鎖密碼，看來真如古晨亮所聽到的，裡面有寶貝，所以，他按捺住好奇心，沒有當著古晨亮的面開啟箱子，而是先把箱子埋起來，說等風聲過後再開箱銷贓。

過了一段時間，沒聽到什麼風聲，古強悄悄地把那個旅行箱挖出來，他想，如果真有什麼寶貝就獨吞，如果就是些平常物品那就把古晨亮叫來一起分掉。但一開箱卻嚇了一大跳，裡面藏著的不是什麼古玩財寶，而是一具人的屍骨！這可把古強嚇得不輕，傻子也知道，殺人是死罪，這比竊盜要嚴重得多，如果這些骨頭被人發現，警察找上門來，那有嘴也說不清了。他想了想，就把箱子裝上石頭和土扔到河裡去，把裡面的屍骨和一些零碎東西裝進一個編織袋裡，跑到一個山洞裡澆上汽油燒掉，以免被人發覺，惹禍上身。古強沒打算把這事告訴古晨亮，怕洩漏，他不說，古晨亮也不敢問這個箱子。

熟料，沒過幾天古強就發燒了，起初以為是感冒，吃了幾顆感冒藥不見好轉，體溫越來越高，很快他身上出現了密密麻麻的出血點，大便變黑了，嚇得他魂飛魄散，連說：「這是冤鬼索命來了！」讓古晨亮趕緊去成化寺替他拜佛求籤。古晨亮這才知道那個箱子裡藏著一具骸骨，但古強仍硬撐著不肯去醫院，怕醫生問起來，古晨亮會把這事說出來，到了最後，燒得意識不清，家裡人發現了，這才趕緊送去了醫院，一進急診，醫生就發了病危通知。

古晨亮說完，一雙眼睛惶恐不安地望著曹元明，就像槍口下的兔子，翻來覆去地說：「我們沒殺人，沒殺人。」

曹元明心想：「古強開箱後就得了鼠疫，這箱子是湯小輝的，兩人染上鼠疫顯然和那個失竊的箱子——準確地說，是那具屍骨——有關。那麼，這具屍骨究竟是誰的呢？湯小輝是從什麼地方挖出來的？為什麼要把這具屍骨當成寶貝收藏在箱子裡？如果這就是和掮客錢志成交易的『古董』，那最後的買家又是何人呢？這裡面究竟隱藏著什麼祕密？」

這一切，都得先找到那具屍骨再說。這具屍骨很可能就是傳播鼠疫的傳染源，從公共衛生安全的角度考慮，也得盡快找到它。雖然古強一把火燒了屍骨，但是，一個沒有經驗的人在匆忙之中未必會把屍骨燒得一乾二淨，應該會留下一些殘渣作為線索。

曹元明立刻打電話給刑警隊，要求先收押古晨亮，繼續審問他，另外，身為和古強有密切接觸的人，古晨亮也得接受隔離檢查，以排除感染鼠疫的可能，因為從湯小輝之死來看，這種鼠疫的感染力是很強的，可以在人→人之間傳播，引起大流行。

很快，根據古晨亮的供述，由刑警隊和防疫部門組成的聯合搜查小組來到了河邊一個廢棄的小礦山，在一個洞穴裡找到了古強焚燒屍骨的現場。穿著隔離衣、戴著口罩和防護眼鏡的工作人員細細地清理現場，在灰白的骨灰中，找到了一些骨骼和牙齒的碎片，還有三枚燒得烏黑的金屬製品：一枚較大，為橢圓形，另兩枚較小，為圓形，一看到這兩個圓形物品，曹元明就想起了自己口袋裡放著的那枚銅鈕扣，它們一模一樣，屬於同一個主人。

根據少許骨骼和牙齒殘片，法醫孟清推斷：死者為男性，年紀20歲左右，死亡時間超過60年。由於屍骨被焚燒殆盡，難以進一步推斷死因等情況。

很快，化驗報告出來了：殘留的屍骨中含有鼠疫桿菌！而且，經過比對，與湯小輝和古強身上分離出來的鼠疫桿菌是同一特殊類型，確定了這具屍骨就是引發二人染病的罪魁禍首。衛生防疫部門對這一帶地區採取了防疫隔離措施，並通知全市醫院和衛生所，一旦有疑似的高燒病人就診，要立刻上報。古晨亮經檢查沒有感染鼠疫，已經移送給警察機關。

曹元明聽到孟清的推斷，心裡嘀咕：「怎麼又是一具60年前的屍骨？」他想到了60年前去世的韓世達，韓世達死於謀殺，而這具屍骨由於絕大部分已燒毀，無法判斷死因，自殺還是他殺？還是因鼠疫而病死？他想起了醫學院細菌研究所主任薛建國說過，1945年2月河山爆發過大規模的鼠疫流行，從時間上看，這個人會不會是那時死亡的鄉民？不，如果是個普通的鄉民，湯小輝不可能如此鄭重地把他的屍骨包裹起來藏進箱子。

想到這裡，曹元明不由地摸出了口袋裡那枚鈕扣，這枚鈕扣的主人應該就是這具屍骨。外婆說這不是老百姓的扣子，像是軍服上的制式鈕扣。

難道死者是個軍人？

現場找到了三枚金屬製品，刑偵技術人員對那枚較大的橢圓形金屬製品進行的分析，證實了這一點。

這個金屬片長5公分，寬3公分，上下打孔，材質和鈕扣一樣，是黃銅，是軍人的身分牌，更確切地說，是抗日戰爭期間一個日本士兵的身分牌。身分牌上刻印的字跡由於火燒，正面已經模糊不清，經過技術處理後只可辨認出：「×六××，中×二，番××」等內容，背面只有輕度火燒，字跡尚完好，為「名取和夫」四個漢字，應該是這個日本士兵的姓名。

就在這時，醫院傳來一個不幸的消息：古強經搶救無效死亡。

曹元明怔怔地望著這枚身分牌，感到脊背上的涼意：這個日本兵已經死去60年，湯小輝和古強這兩個身強體壯的小夥子，到死時都想不到，致他們於死地的是60年前的小小細菌。薛建國的話迴盪在耳邊：「……休眠的芽孢復活了，就像開啟了潘朵拉的盒子。」這枚身分牌，就是死神的名片。

曹元明拿著這枚密封好的日軍身分牌去找河山市民俗博物館的館長俞修身，詢問他能不能看出什麼名堂來。俞修身和曹元明有交情，博物館曾經發生過一起竊盜案，曹元明很快破案，將失竊的文物追回，兩人因此成為朋友。

俞修身看到曹元明帶來的這塊身分牌，微一沉吟，說：「我有個好朋友叫吳大鵬，對這方面的研究很有心得，我們問問他吧！」因為這天正好是週末，當下俞修身便和朋友約好時間，和曹元明一起驅車去找他。

吳大鵬拿著放大鏡仔細看了看這塊身分牌，點了點頭，問曹元明：「這個東西很有意思，從哪裡來的？」

曹元明回答：「是在河山發現的。」

吳大鵬「噢」了一聲，說：「這倒有些怪了。」

曹元明問：「怎麼怪了？」

吳大鵬說：「這確實是一塊日本軍人的身分牌。日軍通常把身分牌斜跨在腋下，貼近身體，軍官有時也把它別在腰間，以避免在作戰中丟失。只有在戰死焚燒前，由他人取下，與骨灰一起存放運回國。」他指著牌子上的「×六××，中×二，番××」這行字，「你們看，這第一串數字是部隊的番號，第二串表示這個士兵所屬的中隊，第三串數字，則是他在中隊裡的編號。我說它奇怪，就奇怪在這裡。」說到這裡，他的手指停留在第一串數字「×六××」上面，「河山縣城在 1940 年至 1945 年間被日本侵占，攻陷河山的日軍為藤田混成旅團之渡邊聯隊一部，說是一部，其實進城的就是一個中隊，相當於一個連，兩百多人吧！此後，接管河山地區防務的是代號『晃部隊』的獨立守備隊，1945 年為防止美軍在華東華南沿海登陸，這支守備隊擴編為獨立步兵旅團。這些日軍部隊的番號中，都沒有『六』。所以，你這個身分牌，不應該是在河山發現的。」吳大鵬對侵華日軍的戰史瞭然於胸。

曹元明被這些日軍部隊的名稱搞得有點糊塗，問道：「什麼是混成旅團，什麼又是獨立步兵旅團？」

吳大鵬說：「混成旅團規模小於師團但與師團處於同一指揮層級，同受軍司令部指揮或直屬方面軍司令部，是具有獨立野戰能力的戰術單位；而獨立步兵旅團則是日軍在戰爭後期出現的番號，這種部隊一般由守備隊擴編而來，下轄四個步兵大隊，而不像混成旅團那樣有砲兵、工兵等技術兵種加成，所以，獨立步兵旅團的野戰能力不強。」

曹元明心想：「如果這個身分牌不在河山，那難道是湯小輝從外地找到屍骨再帶回河山的？果真如此，調查的範圍就太大了。」找到湯小輝發現屍骨的第一現場對於防止疫情的發生很重要。令人困惑的是，鼠疫菌的潛伏期為一天至六天，湯小輝發病後不到四天就死了，這麼看來，湯小輝接觸到這具含鼠疫桿菌的屍骨大概時間是在死前一週到十天，而以前查過他的出行紀錄，最近一次出門是去上海，那是他死前一個多月，時間上不吻合。

曹元明問：「那麼，這會是哪支日軍部隊的番號呢？」如果搞清了這是哪個部隊的番號，結合那段歷史，就可以確定大致的地區了。

吳大鵬開啟電腦，查看了一下資料，搖頭說：「不能確定。因為只能看清一個數字，番號裡包括『六』的日軍部隊，可能性太多了。」他拿出一張地圖，從北到南比劃了一下，「從黑龍江到海南島，這樣的部隊有三十多支，有陸軍，也有海軍，有野戰部隊、守備隊、輜重部隊、防疫給水部，太多了。」

「防疫給水部？」曹元明還是頭一次聽到這個名詞。

「這個部門各個日軍師團都有，其主要職能是確保防疫和軍隊飲用水的乾淨，防止傳染病流行，再者就是兵要地誌的製作。兵要地誌就是作戰地域的詳細地圖和軍隊分布圖等。」

「那這個人名能查到嗎？」曹元明指著身分牌背面的「名取和夫」問。

吳大鵬笑了一下：「你把我當成掌管生死簿的小鬼了。抗戰期間，日軍戰死了四十多萬人，一將功成萬骨枯，除非是有一定官職的軍官，否則歷史是不會記下他們的名字的。」

看來透過身分牌查不出什麼了，曹元明道謝後回到了河山。

警方仔細檢查過了湯小輝兄妹倆遺留的東西，沒有發現什麼線索。湯小輝的母親趕到了河山，這個不幸的母親一下子失去了一雙兒女，心情悲痛可想而知。曹元明將整理好的遺物交給了湯小輝的母親，另外還有陶鴻留下的一筆75萬元的存款，根據師傅的遺言，把這些錢交給湯小輝和湯小雯的家人，以稍許彌補陶海剛的罪孽。陶海剛的判決還沒下來，雖然法律上沒有子債父還一說，但師傅生前仍強調，哪怕傾家蕩產，也要承擔陶海剛的賠償責任。

曹元明去了一趟市警局刑偵技術分隊。陶海剛將從湯小雯那裡搶來的首飾和筆電用塑膠布包好埋藏在樹林中，他被捕後，指認了埋藏地點，這部電腦被挖掘出來，雖然電源已經損壞不能啟動，但經過技術員的修復，硬碟上的一些資料還能讀出來。這臺筆電是湯小輝死後留給湯小雯的，曹元明希望從電腦中能找尋到一些端倪。

電腦中，可以看到湯小輝生前拍攝的一些照片，大部分都是他四處旅行時留下的，有十幾張照片是河山市附近千巖山的景色，從日期上看，正是他死前一週左右拍攝的，這也再度確認，湯小輝在那段時間沒有離開河山，這和查詢他出行紀錄得到結果是一致的。這麼看來，那具日軍的屍骨，應該是在河山，或者說，很可能是湯小輝在千巖山一帶發掘的。

湯小輝是一個好動的人，足跡遍及大江南北，又是一個孤僻的人，旅行都是單槍匹馬，從不結伴。他到河山已經多年，千巖山應該早就去遊玩過，為什麼近來又會去那裡呢？可能正是衝著找尋這具屍骨去的。那麼，是誰讓他這麼做的呢？黎娜曾說起，湯小輝死前不久說過，弄到了好東西，一出手能賣不少錢，而古晨亮也聽到湯小輝對黎娜說過，閣樓上的箱子裡裝著的東西很重要。曹元明想到了那個古玩掮客錢志成，可惜此人現在不在國內。

曹元明又訪問了湯小輝平時交往的朋友，以及帶他做油漆匠的師傅。談起湯小輝的死，他的師傅有些惋惜：「小輝很聰明，就是眼高手低，不願幹體力活，整天想著就是哪天發大財，自己開公司當老闆，工作三天打魚兩天晒網，經常請假，一走就是好些天，也不知跑到哪裡去玩。我說，這天上掉餡餅的事，哪能輪得到他？就是天上掉錢，你也得早起，晚了都被別人撿走了。就他這樣貪玩的毛病，今後肯定一事無成。」

「他賣過古董，這事您知道嗎？」

他師傅嘆了一聲：「什麼古董，都是騙人的玩意。他經常跟幾個人穿著建築工地的工作服，戴著安全帽，假裝建築工人，拿著『古董』去早市或者車站兜售，說是剛從工地上挖出來的『寶貝』，其實，都是假貨。」

根據湯小輝師傅提供的線索，曹元明等人破獲了一起偽造古董出售的一條龍詐騙集團，但是，曹元明卻高興不起來，因為從中沒有得到他想要的線索。

曹元明繼續在湯小輝的電腦中搜尋，以前從黎娜那裡得知湯小輝的帳戶和電子信箱時，就查過古董交易方面的情況，並沒有發現什麼，這次還是同樣的結果，看來這種交易都是面對面進行的，有意避免留下線索。他沒有灰心，仔細檢查湯小輝瀏覽過的網頁，發現湯小輝在千巖山回來的第三天曾登入過「迅風」快遞公司的網址，又查了湯小輝的通話紀錄，曾打過「迅風」的電話。既然沒有其他的線索，那麼，這就是一條線索。曹元明立刻和「迅風」快遞公司聯繫，詢問湯小輝寄送的是什麼物品，送往哪裡。這一問，就問出了名堂：「迅風」公司回答，湯小輝送的是一個密封的檔案袋，很輕，至於裡面裝的是什麼，快遞員也不知道，只聽說是很重要的一封信，收件人是上海閘北區止園路的錢志成，由於錢志成離開了中國，這個包裹無人簽收。

曹元明精神一振，問：「那現在這個包裹在哪裡？」

「應該還放在上海的分公司那裡，這個要查一下，因為無人認領的包裹累積到一定時間要集中處理。」

曹元明說：「請趕快查一下，如果還在那裡的話，我們這就趕過去。」

得到了肯定答覆後，曹元明連夜驅車前往上海，趕到「迅風」上海分公司已經是夜深人靜了，「迅風」快遞公司24小時營運，分揀郵件的值班員從堆積如山的郵件裡找到了那個湯小輝寄送的包裹，交給了曹元明。

曹元明打開包裹，拆開檔案袋，只見裡面是一張硬紙板，材質是草紙，泛黃而且受潮後都是黴點，顯然年代久遠。這張紙板看來像是某本筆記本的封面，上面寫著「Todes Notiz」幾個外文字母，不是英文，但不能確定是哪國文字，反面則是鋼筆手寫的一首詩，燈光下字跡已經看不大清楚，不是中文，而是日文，其中可見「手術、青年、手足、解剖臺、十字架」等漢字，但整體意思不明。他預感到此事非同小可，立刻返回河山，請外語學院日文系的一位老師翻譯這首詩。

很快就翻譯出來了，這是一首日本俳句，譯成中文如下：

手術刀，割活人，鮮血淋漓；
鐵桶內，青年心，緩緩搏動；
解剖臺，棄碎屍，僅剩手足；
十字架，受染蚤，貪婪吸吮；
遭離棄，腐敗鳥，何處是巢；
青春的，千巖山，猶在眼前。

「Todes Notiz」則是德語，意為：「死亡筆記」。

這首詩使曹元明如同置身於地獄之中，「手術刀，割活人，鮮血淋漓」一句，是在描寫一個人被活生生解剖的慘景；「鐵桶內，青年心，緩緩搏動」一句，令人毛骨悚然：一位青年被活活解剖，他的心臟盛在鐵桶內，尚在緩緩搏動；「解剖臺，棄碎屍，僅剩手足」，寫的是內臟都摘除，解剖臺上僅剩四肢的可怕場面。

再看後面幾句：「十字架，受染蚤，貪婪吸吮」，這句就有點奇怪了，十字架？受染蚤？他一時還不明白這句話的具體含義，至於最後兩句「遭離棄，腐敗鳥，何處是巢；青春的，千巖山，猶在眼前」，則更有些莫名其妙，意境和前面幾句不符。

從湯小輝寄出這個包裹的時間看，這張「死亡筆記」的封面，應該就是他在千嚴山與屍骨、身分牌一起挖掘出來的，其主人應該就是那個染上鼠疫的日本兵，根據身分牌可知他名叫「名取和夫」。

湯小輝為什麼把這個封面寄給錢志成？曹元明推測，這應該是他們之間談好的交易，交易的主要物品是那具屍骨，而且價錢不低，湯小輝才會如獲至寶把屍骨藏好。湯小輝把這張寫有俳句的封面寄給錢志成，是表示貨已經弄到手，有進一步討價還價的意思，只是他沒想到錢志成這段時間離開了中國。那麼，這具屍骨究竟有什麼價值呢？難道價值在於「死亡筆記」的內容？不知情的古強焚燒了這具屍骨，一起被焚燒的還有和屍骨一起的零碎物品，即使筆記本裡有內容，也全部燒光無從得知了。「死亡筆記」又是什麼意思呢？他的腦海裡，一個個謎團接踵而至。

曹元明正苦於韓世達一案毫無線索，看到這個六十多年前死去的日本兵所作的俳句——像是惡魔的吟唱所描繪的恐怖場景，赫然就是韓世達被活體解剖的寫照——這就不能不讓他懷疑：這個日本兵和韓世達的死存在著某種關係嗎？能不能由此找到什麼線索呢？倘若如此，那真是「山窮水盡疑無路，柳暗花明又一村」。

第十二章 不歸之途

曹元明找到韓吟雪，告訴了她那具日本士兵屍骨一事，以及懷疑此事與韓世達被害可能存在某種關聯的想法，問：「妳奶奶說，日本人曾把道格拉斯神父關進監獄，妳爺爺救過他，具體是怎麼一回事？還有，妳爺爺被日本兵斬去右手大拇指的事，能不能說一下詳細情況？」

韓吟雪點了點頭，說：「我馬上回去問奶奶。」又說，「我爺爺救人和失去右手拇指是在抗戰時期，被害是在 1950 年，那個時候不可能出現一個穿軍裝戴著身分牌的日本士兵來謀害他。」

曹元明說：「我以前也這麼想，但是，從這個叫名取和夫的日本士兵臨死時所留下的俳句看，這種活體解剖應該是他親眼見過，甚至親手做過的。他描述的被害人雖然不是妳爺爺，但和妳爺爺被害的遭遇很相像，在案子沒有線索的情況下，我們就不能單純地用巧合來解釋這種相像。」

韓吟雪問：「這個日本兵怎麼死的？」

曹元明回答：「檢驗殘骨，發現這個人感染了鼠疫，至於最終的死因是不是鼠疫還不能肯定，因為屍骨被火燒後殘留下來的太少了。我們推測是突然死亡，如果是一般的戰死或者病死，同伴會取走他的身分牌。死亡前發生了什麼，誰也不知道。從這首俳句的筆跡看，寫得歪歪扭扭，力道越來越弱，看來，他是在身體極度虛弱的情況下完成的，可能是臨終前有感而發，一個人在這個時候，往往會記起生前經歷的一些難忘的場景。」

韓吟雪回去後，很快打電話給曹元明，遺憾地說：「我爺爺失去右手拇指的情況，奶奶也不清楚，因為爺爺生前不願提這些悲慘的往事。只提到當時道格拉斯神父得了瘧疾，多虧了我爺爺用奎寧救了他的命。」

曹元明輕輕嘆了口氣，在電腦上又開啟了湯小輝死前不久拍攝的照片，從這些千巖山照片看，都是一些著名景點的風景照，遍布整個景區，不能提供什麼線索。

千巖山位於河山市以南30公里，被開闢為國家級風景區，以「奇峰險壑、珍稀動植物和禪宗文化」為旅遊主打，從市區到千巖山，白天平均每15分鐘就有一班公車，交通便利。

當前，河山市正集中警力調查鄧鬱薇失蹤案，警力猶嫌不夠，曹元明負責追查湯小輝收藏屍骨一案，只有寥寥幾個助手，不可能實行人海戰術拿著湯小輝的照片四處詢問風景區的保全、服務人員、清潔工等人，何況，風景區遊人如織，工作人員每天要面對大量的陌生面孔，不可能記住很多天以前這個外貌平常的小夥子去過什麼地方。

千巖山，顧名思義便知當地是山巒疊嶂，這些山峰，有的以雄秀見長，有的以險峰爭奇，有的以幽靜取勝，進入景區，可見山野天池、絕壁怪石、蒼松山花、流泉飛瀑，景緻優美而多姿多彩，這卻為偵查工作帶來了很大的困難：千巖山方圓數十平方公里，湯小輝挖掘屍骨必然祕密進行，要在這麼一大片複雜地形中找到這個地點，就像是從沙盤中挑出一粒沙子，令曹元明感到頭大。

曹元明到千巖山走了一遍，湯小輝的十幾張千巖山照片中，在大蛇谷拍的最多，有四張，這四張都是站在山谷上面拍的，曹元明來到大蛇谷，對照著照片站在拍攝地點四處眺望，並沒有看到什麼異常。一個陪同的景區保全說：「聽老人們說，以前這裡漫山遍野是蛇，人都不敢進來，只是偶爾有幾個膽大的抓蛇人來過，所以叫『大蛇谷』。到抗戰時，日本人進占縣城，又鬧瘟疫，有人逃難來到這裡，個個都是有來無回。說來也怪，打那以後，這裡蛇就少了很多。後來，千巖山上的原始森林被大片砍伐，蛇就更少見了。」

曹元明怏怏地返回市區，路上接到鄒衍的電話。

「我有大麻煩了……」電話裡鄒衍的聲音虛弱而惶恐，這和以前自信的他判若兩人。

「怎麼回事？」曹元明預感到大事不好，緊張地問，「你慢慢說。」

「你到醫院來吧，我住院了，在血液科。」鄒衍說完結束了通話。

鄒衍正當壯年，平時很注重鍛鍊身體，是冬泳健將和網球高手，至今仍是醫學院運動會男子三千公尺長跑紀錄保持者，怎麼會突然住院了。

曹元明急忙趕到醫院血液科，看到鄒衍的母親正在走廊的一角抹眼淚，忙問：「伯母，鄒衍怎麼……？」他曾猜測鄒衍會不會是意外受傷，但受傷應該住外科病房，怎麼會在血液科呢？

鄒母看到曹元明哭出了聲：「小明啊，鄒衍這孩子命不好啊……」這時，辦公室的門打開了，血液科主任和鄒衍的父親鄒和平走了出來，鄒和平臉色沉痛，扶著妻子進了辦公室，讓她不要在病房走廊裡哭，影響其他病人的情緒。

曹元明問起鄒衍的病情，鄒和平摘下眼鏡，揉了一下眼睛，低聲說：「情況不好，你問李主任吧！」血液科李主任告訴曹元明，鄒衍近一個多月來一直感到乏力，今天中午去游泳，突然發現全身皮膚多處出血點，便知大事不妙，在門診一做血液常規檢查，紅血球、白血球及血小板均嚴重低於正常值範圍，其中血小板是1.0×10E9/L，只有正常水平的百分之一！於是立刻做了骨髓穿刺，初步診斷為急性再生障礙性貧血。

曹元明近來發現鄒衍臉色不好，幾次提醒，但他卻不以為意，醫生一直關注的是他人的健康，而自己身上的毛病卻往往被疏忽掉了。

曹元明不了解這種疾病的預後，再加上不是癌症，給人感覺不像絕症，現在醫學昌明，就算是癌症也有很多方法可以治療，但是，從鄒衍父母的表情中，他卻感到了那個可怕的後果，忐忑地問：「李主任，這種病危險嗎？」

李主任眉頭緊鎖：「很危險，可能發生敗血症和嚴重的內臟出血，如果沒有有效的治療，病人通常只能活半年到一年。」

曹元明猶如五雷轟頂，恍惚了一下，這才回過神來：「那有效的方法是什麼？」

「唯一有可能治癒的方法就是異基因造血幹細胞移植，通俗點說就是骨髓移植，如果能找到HLA配型相符的供者，移植應儘早進行。當然，移植也是有風險的。」

「什麼……HLA？」曹元明一臉迷惑。

「就是人類白血球抗原，它由遺傳決定，存在於細胞的表面，形成了免疫系統辨識異我的標記，就像每個人的身分證一樣。只有HLA配型相符，骨髓移植才能成功，否則，就會被機體當做異己排斥，甚至導致死亡。」

曹元明擔心地問：「那鄒衍能不能找到合適的骨髓呢？」

「這就要看他的運氣了。常見的HLA分型，在幾百人中可以找到相符者；少見的，可能有五千分之一到萬分之一的機率；而罕見的，就要到幾萬甚至幾十萬的人群中去尋找了。等不到合適骨髓就去世的病人不在少數。」李主任的語氣並不樂觀。

曹元明說：「時間緊迫，鄒衍的希望就寄託在你們身上，一切拜託。」

李主任說：「應該說是寄託在骨髓配型上。時間就是生命，第一年移植成功率可達百分之九十。我們肯定會盡全力，會第一時間聯繫骨髓庫，但願他有好運氣吧！」

曹元明走進單人病房，鄒衍戴著口罩，正躺在病床上輸血。他回想起不久前還生龍活虎、神采奕奕的鄒衍，一陣揪心般的疼痛，他在床邊坐下，問道：「你感覺怎麼樣？」

鄒衍看了他一眼：「什麼時候學會這外交辭令？來看我，也不帶點吃的。」

「你想吃什麼，我這就去買。」曹元明站起來。

鄒衍嘆了口氣，搖了搖手：「坐下吧，他們不讓我隨便吃外面的東西。你呀，怎麼一點幽默感都沒有了？看來我的情況嚴重啊！」

曹元明說：「可不能這麼說。你是我破案的福星，以前幫我破過販槍案，最近又幫我找到了那個患鼠疫的竊賊，沒有你，我在刑警隊還怎麼混？」

鄒衍勉強笑了一下：「可惜你們刑警隊太小氣，不發獎金給我啊！」

「這樣吧，我替你通風報信一下。」曹元明問，「韓吟雪知道你住院了嗎？」

「沒有。」鄒衍無力地搖了搖頭，「我不想讓她看到我這個樣子。」

「我去跟她說。要相信，愛情能創造奇蹟。」

「愛情？奇蹟？」鄒衍冷笑了一聲。

「李主任說了，骨髓移植的效果挺不錯的。」

「但願吧。」鄒衍「哼」了一聲，「真他媽的倒楣！你相信報應一說嗎？」

「我當然相信，惡有惡報，善有善報。你救過那麼多人的命，老天會眷顧你的。」曹元明趕緊安慰他。

鄒衍雙手枕頭，望著天花板出神，好像有什麼心事，不再說話。

曹元明痛心地發現，這位好哥們兒眼神中的光彩正一絲一絲地消逝，周圍的一切都如夜色般黯淡下去了。

韓吟雪得知消息後，趕來看望了鄒衍，經過幾天輸血和點滴，鄒衍精神略有好轉，坐起來和韓吟雪、曹元明談天說地。因為受到探視時間的限制，不一會兒，韓吟雪和曹元明告辭出了病房，去找李主任了解治療情況。

事與願違，在骨髓配型上，鄒衍的運氣極差。

在遺傳學上，父母和子女只有一半的位點相符，醫學上叫半相合，所以父母的骨髓不適用於子女。由於子女從父母處各得到一條染色體單倍體，所以在兄弟姊妹間有四種可能存在的 HLA 形式，找到 HLA 配型完全相合的供者的機率為四分之一。在進行骨髓移植時，首選是兄弟姊妹間的 HLA 配型完全相同者，其次是 HLA 基因型部分不同但表型相同的家庭成員，再次是 HLA 位點有一個不同的家庭成員或 HLA 表型相同的無關供者，最後是有一個位點不符的無關供者或有兩至三個位點不符的家庭成員，選擇越往後移植的效果越差。總之，有血緣關係者處於優先地位。

鄒衍是獨子，母親那邊的幾個表兄弟驗了骨髓配型，都不符合。鄒和平也是獨子，鄒衍沒有堂兄弟。

據李主任說，聯繫骨髓庫和臺灣慈濟骨髓庫，都沒有找到 HLA 配型相符的骨髓！

韓吟雪聽到這個不幸的消息，臉色煞白，攥緊了手帕，說：「看報導，骨髓庫還為一位遠在萬里之外的阿聯酋小夥子提供過骨髓，怎麼鄒衍反而配不上呢？」

「鄒衍的 HLA 類型很少見。」李主任無奈地說，「HLA 有同宗同族性，由於遺傳基因的巨大差別，不同人種、不同國家的人，HLA 配型幾乎不可能成功。也許，那位阿聯酋小夥子的祖先有華人血統，才會發生這樣的奇蹟。」

韓吟雪轉過頭來，低聲說：「這種不幸的事，怎麼會發生在他身上？」她的眼睛裡噙著淚花。

曹元明握住了她顫抖的手，說：「別灰心，骨髓配不上，還有其他的治療辦法，鄒院長、李主任會請國內著名的血液病專家來為鄒衍制定最好的治療方案。」

接下來，鄒衍接受了一系列可謂煉獄般的治療，抗淋巴細胞球蛋白、抗胸腺細胞球蛋白、環孢素、激素、雄激素、丙球、集落刺激因子等等一圈藥物用下來，三個月後，病情果然得到了明顯緩解，出院後在家休養。曹元明和韓吟雪去看他，鄒衍雖然人瘦了一圈，但精神不錯。那天，河山市下了今年的第一場雪，雖然雪不大，但興致勃勃的鄒衍不顧家人勸阻，還是和韓吟雪驅車去芳草湖遊玩了一圈，拍了好多雪景照片。遊玩後，他倆又叫上曹元明夫婦、羅嘉夫婦以及楊梅和她的男朋友等一大幫朋友到「江楓漁火」吃飯，席上觥籌交錯，氣氛熱烈，大家都為鄒衍病情好轉而高興，在曹元明的提議下，開吃前全體舉杯為鄒衍的健康乾杯。

酒過三巡，大家開始暢所欲言，這時，楊梅的男朋友因為公司有事先行告退，而羅嘉的小嬌妻葉鶯則談起了新婚旅行的種種見聞，說到去香港買玉器的事，對市場的行情說得頭頭是道。

楊梅聽了，從身上取下一枚玉器，說：「這是我男朋友送我的玉觀音掛件，光澤不錯，手感也挺溫潤的，他說是新疆的和田玉，是他外婆留給他的，很珍貴，當年是拿兩根金條換的。姐姐妳懂玉，幫我看看。」

葉鶯拿過來看了一會兒，以不容置疑的口氣說：「這不是和田玉，是青海的料子，還是新坑，五千塊差不多了，地攤貨。」

楊梅一張小臉漲得通紅，說：「和田玉和青海玉本來就是一類的嘛，都是崑崙玉，沒有什麼區別。」

羅嘉輕輕咳嗽一聲，提醒妻子說話客氣點，不要這麼尖酸刻薄，葉鶯不理，反而冷笑一聲，說：「當然有區別！崑崙玉色白，和田玉色澤發紅。不但顏色有區別，而且質地也有微妙的區別。還說什麼兩根金條，講故事，騙妳這不懂事的小姑娘呢！」

楊梅氣鼓鼓地說：「不要妳看了。」一把把玉觀音拽過來，不料，兩人爭執之間，一失手，這枚玉器「噹」一聲掉到了地上。楊梅「哎呀」一聲，趕緊撿起來，愛惜地撫摸了幾下，卻發現玉觀音頭上摔出了一道裂縫，雖然裂縫很細微，但已經破相了，心中甚是難過，就要哭出來。

韓吟雪安慰她：「我知道有家首飾店的師傅，修補玉器的手藝十分高明，明天我就帶妳去找他。」

楊梅抽抽噎噎地說：「再怎麼修補，還是能看出破綻來，這是我男朋友的傳家寶，怎麼辦呢？」

葉鶯見自己口不擇言闖下了禍，也不安起來，連連向丈夫使眼色，意思是：「你趕快替我想個辦法。」

羅嘉乾咳了一聲，賠笑著說：「小妹妹，不要著急，我有個好辦法。」

楊梅帶著哭腔問：「什麼好辦法？」

羅嘉說：「我有個朋友，是古玩收藏家和鑑定專家，對玉石這一塊很在行。他的收藏我見過，那是包羅永珍，無奇不有。妳這樣的玉觀音，我見他手裡有好幾件，材質和大小都差不多。他曾經和我談起，近期要到河山來遊玩，等他來的時候，我請他順便帶上這幾件玉觀音，和妳手裡的比較一下，一來比美，做個鑑定，二來呢，如果有一模一樣的，只要妳喜歡，我把他手裡的買下來，送給妳，作為賠禮，好嗎？」

這話聽起來合情合理，楊梅說：「不要了，那多不好意思。」

羅嘉大度地說：「別客氣嘛，應該的。」他先把場面上的話說圓，至於以後賠與不賠，其中大有轉圜餘地。

韓吟雪知道羅嘉這樣的生意人說話容易誇大，便問：「你那位朋友尊姓大名啊？」

羅嘉笑瞇瞇地說：「韓大小姐也有興趣，那我真是求之不得。」從腰包裡翻出一張名片，遞給韓吟雪，「他叫錢志成，我和他是多年的老朋友了。」

一旁的曹元明聽到「錢志成」三個字，心裡立刻一動：這個人不正是讓湯小輝挖掘屍骨的那個掮客嗎？他順手接過名片，這張名片很別緻，是青花瓷式樣，上面寫著「明大進出口公司銷售顧問」以及「古玩鑑定國際專家錢志成」，問羅嘉：「你這位朋友，是不是一個加拿大籍華人，住上海閘北區止園路？」

羅嘉很是詫異：「你怎麼知道？」

曹元明說：「他和我們的一起案子有關。」

羅嘉問：「他犯法了？」

「現在還不能這麼說，但是有些情況要向他問清楚。」

「噢，這樣啊，他這段時間不在國內。」

「你現在能聯繫上他嗎？」

羅嘉有些尷尬地搖了搖頭。

「你們不是多年的老朋友嗎？」韓吟雪語帶譏諷地問。顯然，剛才羅嘉跟楊梅所說的，大半是吹噓。楊梅醒悟過來，氣憤地瞪了他一眼。

「你剛才說，這位錢先生近期要來河山遊玩？」曹元明問。

「他出國前是說過，聽說河山的景色不錯，回來後，要來河山玩玩。」

曹元明心想，錢志成來河山，說不定與湯小輝手裡的「貨」有關，又問：「你是怎麼認識他的？」

「在一個酒會上，其實，我對他了解不多。」羅嘉沒想到自己一句大話引來了這樣的麻煩，額頭冒出了亮晶晶的汗珠，掏出手帕擦了擦，「我只知道他是做古玩買賣的。」

「你不是做醫療器材的嗎？怎麼會認識古玩商人？」這會兒輪到鄒衍發問了。

「生意場上的應酬，多一個朋友多一條路嘛！」

飯後，曹元明和羅嘉單獨談了錢志成的事，向他說明找到這個人的重要性，又問了幾句，見羅嘉確實不能提供更多的情況，便說：「只要你一得到這位錢先生回國的消息，就馬上通知我，好嗎？另外，希望你對此保密。」

羅嘉點了點頭，帶著妻子逃也似的離開了。

元旦時，曹元明夫婦請鄒衍和韓吟雪吃飯，鄒衍的身體得到進一步恢復，可以從事輕度的勞動，他開始慢跑鍛鍊身體了，許久不見的神采又回到了臉上。

大家說說笑笑，說的最多的，還是對新的一年的期盼。鄒衍說，打算春節後就回醫院上班。鄒衍診斷為急性再生型貧血障礙後，以前那些和他打情罵俏的女孩們，個個避而遠之，只有韓吟雪常常來看望他。汪敏旁敲側擊地詢問韓吟雪對鄒衍的意思，但韓吟雪避而不談。曹元明總覺得鄒衍和韓吟雪的關係一直不冷不熱，但身為旁人，在這個敏感時期又不好置喙，而眼下讓他煩心的案子還不少：由他負責追查的湯小輝收藏屍骨一案，仍無線索，難以交差；一度轟動全市的幼稚園教師失蹤案，幾個月來也毫無進展，河山市民對警局很不諒解，各種添油加醋的傳言風聲鶴唳，搞得人心惶惶，晚上單身女子都不敢去僻靜的地方，長官氣得幾次拍桌摔杯：「一個大活人就在你們眼皮底下消失了，滿街的監視器都成了擺設，這是犯罪分子在打我們的臉，不是奇恥大辱是什麼？」城南分局人人出門都挺不直腰桿。此時面對韓吟雪，最讓曹元明心焦的是，關於韓世達的案子，仍不能給她任何的承諾，甚至一條經得起推敲的線索都沒有。他曾經提到那個染鼠疫死去的日本兵可能與韓世達之死有關，也只是追查到了死胡同時，死馬當活馬醫的聯想，而現在，他卻依然還在死胡同裡轉悠，沒有找到出口。

好景不長，不幸再次來臨。春節時，鄒衍一次看似尋常的感冒導致了疾病的復發，而且來勢凶猛，由於眼底出血一度出現失明，被送往醫院急救。經過一個多月的治療，才脫離了生命危險。曹元明去隔離病房探視，鄒衍雖然復明了，但形銷骨立，滿臉鬍渣。當曹元明走進病房時，迎接他的是一片慘白：白色的燈光，白色的床單，白色的臉頰。「這樣的人，也會死嗎？」曹元明痛苦地想。

「『吱吱』作響的電手術刀，手術切口上方繚繞的煙霧，人肉燒灼時發出的焦糊氣味，黃澄澄的脂肪層，粉紅色的腸子……這熟悉的一切，我可能再也看不到了……」鄒衍的聲音，虛弱而遙遠，透出無限的不甘和痛楚，沒有血色的臉龐上，那種招牌式的壞笑永久地消失了。

曹元明看到了鄒和平，這位父親似乎一夜白頭，額頭的皺紋寫滿了憂愁，他聆聽幾位請來的專家在會診，像個認真的小學生一樣做著筆記。遠遠看到這一幕的曹元明鼻子發酸，想起了死去的師傅和父親，想起了那些為了孩子竭盡心力的父親們。

鄒衍因為嚴重的貧血、血小板減低和白血球缺乏症，住進了無菌加護病房，探視受到嚴格限制。曹元明只好向鄒和平打聽鄒衍的病情，這天，他去醫院找鄒和平，沒見到人，心想這段時間鄒伯伯太疲勞，可能在休息，這時，聽一個醫生說鄒院長出國了，他奇怪地問：「去哪裡了？」

那個醫生說：「好像去日本。」

曹元明一怔：「日本？怎麼可能？」

那個醫生說：「怎麼不可能？鄒院長很喜歡旅行，周遊世界是他一直以來的想法，以前是沒時間，去年一退休就去歐洲玩了一圈，德國、法國、波蘭、義大利……」

曹元明越想越納悶，鄒衍病情這麼嚴重，鄒和平怎麼有興致出國旅遊？

就這樣又過了十幾天，曹元明突然接到電話，是血液科李主任打來的，他以為鄒衍的病情出現了變化，心都快跳出來，開口就問：「鄒衍怎麼樣了？」

「鄒衍的病情還是老樣子。不過……」電話那頭，李主任的聲音聽起來十分沉痛，沉吟半晌，最後說，「電話說不清楚，你來一趟醫院吧！」

曹元明一顆心突突直跳，不敢耽擱，立即趕到醫院。李主任把他帶進了一間小會議室，只見鄒衍的母親有氣無力地半躺在沙發裡，面無血色，雙目紅腫，兩個護士一左一右陪著她。看到曹元明進來，鄒母拉著他的手，放聲痛哭：「小明啊，我們這個家完了，全完了！我上輩子是造了什麼孽啊！」

李主任告訴曹元明一個噩耗：「剛接到日本方面的消息，鄒和平院長在日本逝世了！」

曹元明大為震驚，沒想到鄒和平此去日本，竟然是不歸之途！

他內心除了深感痛惜，還有接踵而至的疑惑：鄒和平這個時候去日本顯得很蹊蹺，現在又突然逝世，這究竟是怎麼回事？他問：「鄒院長的身體不是一直好好的嗎？是車禍嗎？」

「不，是猝死。」

「猝死？」曹元明心中一片混亂，隱隱覺得事情沒有那麼簡單，「好好一個人，怎麼一下子就猝死了？是心臟病？」

李主任搖了搖頭：「猝死原因現在還不明。大部分猝死都是心源性的，但老鄒心臟沒毛病，血壓也不高，猜想不是心腦血管方面的問題。」他嘆了口氣，「老鄒這半年來一直操心過度，人憔悴了不少，年紀又大了，去日本這一路疲勞，很可能因此誘發猝死。」

曹元明定了定神，問：「鄒衍還不知道吧？」

「我們暫時沒有告訴他，他現在不能受刺激。」

曹元明扶著鄒母消瘦的肩膀，腦子裡浮現出鄒和平和藹的音容笑貌，少年時代，正是他把自己從竊賊的路上拉了回來，這位醫德雙馨的老院長突然猝死異國他鄉，誰都難以接受這個殘酷的事實。

「鄒院長為什麼要去日本？」曹元明問道。

「這個……」李主任把頭轉向鄒母。

鄒母兩行淚水又流了下來，無力地搖了搖頭：「別說了，現在說這些有什麼用？我後悔沒有勸住他啊！」說到這裡，泣不成聲。

這時，市立醫院的陸院長進來了，扶著鄒母說了些節哀順變的話，站起來，朝李主任使了個眼色。

李主任把曹元明拉到房間一角，低聲說：「今天請你來，是希望你幫鄒家處理一下鄒院長的後事，去一趟日本。這是……鄒院長夫人的意思。本來，我們是準備讓一位副院長去的。」

陸院長走了過來，說：「鄒家一脈單傳，鄒衍和鄒和平都沒有兄弟姊妹，鄒院長的夫人年紀大了，身體又不好，這個打擊太大，我們怕她會想不開，隨時隨地都要人看護，請她姊姊從外地趕來照顧，這樣一來，鄒院長的後事，只有拜託你了。我們都知道，你是鄒衍最好的朋友。」

雖然工作繁忙，但曹元明一口應允：「我馬上回去請假，即刻動身。」

李主任說：「你辦理入境日本的手續，可能還要幾天。」說到這裡，他頓了一下，壓低了嗓音，「鄒院長隨身帶著一個棕黃色封皮的筆記本，上面詳細記錄著鄒衍的病史、治療方式和療效，你看到這個本子，或許就會明白鄒院長為什麼要去日本了。」說這話時，他有些吞吞吐吐。

曹元明明白其中有隱情，點了點頭，問：「鄒院長在日本的什麼地方去世的？」

「千葉縣山武郡的一處旅館裡，千葉這個地方，就在東京旁邊。」

陸院長說：「請假的事，我會幫你向警局長官說情的，旅途所需費用，醫院來出。你有什麼困難，醫院能幫得上的，一定幫你。」

曹元明說：「困難談不上。希望院方和大使館聯繫，引起他們的重視，讓大使館和日本當地的警方交涉，盡快查清鄒院長的死因，提供詳細報告並且妥善保存遺體。」

陸院長點了點頭：「我們馬上去辦。」又問，「你還需要一個日語翻譯吧？」

曹元明想了一下，說：「我有個中學同學，名叫鮑書華，跟我和鄒衍的關係都挺好，他在日本東京好多年了，日語說得和日本人一樣好。我聯繫一下他，如果他有時間幫忙我，就不需要再帶翻譯了，否則太麻煩。」

陸院長和李主任對望了一眼，說：「這樣最好。」握住曹元明的手，「小曹，辛苦你了。」

曹元明義不容辭地說：「鄒衍的事，就是我的事。」

曹元明乘坐班機從上海浦東機場起飛，經過兩個多小時的飛行，艙內廣播傳來了空中小姐甜美的聲音：「各位旅客，飛機即將抵達東京成田機場。」這是曹元明第一次出國，他有些好奇地鳥瞰窗外，機身逐漸下降，綠色覆蓋的平緩丘陵映入眼簾，丘陵四周可見高速公路和建築群，還散落著一些水田和高爾夫球場，露出一派繁忙而又恬靜的景色。

曹元明下了飛機，拉著行李箱匆匆穿過機場大廳，好友鮑書華已經說好來接他。

曹元明和鄒衍是國中就成為好友的，到了高中，兩人又認識了鮑書華，結成了三人小團體，三個朋友還在公園的梅園裡結義為兄弟，自稱「梅園三結義」。以年資排輩，曹元明最大，做了大哥，本來鮑書華年紀比鄒衍大，但他自甘老三，讓鄒衍做了老二。鮑書華家境不好，脖子又有點殘疾，被同學看不起，一直有些自卑，曹元明為人仗義，鄒衍家境優越，有兩人撐腰，此後在班上才沒人敢欺負他。

鮑書華在東京的矢佳株式會社當技術員，在日本生活了整整10年，可以說是一個「日本通」。他雙手高舉寫有「接曹大哥」的大紙牌在人群中踮著腳四處張望，見到曹元明後使勁揮動紙牌：「大哥，我在這裡！」

曹元明趕了過去，兩位多年不見的好朋友擁抱在一起。鮑書華語氣沉重，「鄒衍真不幸，沒想到，我居然是以這樣的方式幫他，唉……」

曹元明拍了一下鮑書華的肩膀：「我們別愣在這裡，抓緊時間，邊走邊說。」

兩人出了成田機場，坐上了一輛計程車，沿著296國道往東而行。成田機場雖然是東京的國際機場，但其實不在東京，而是坐落於千葉縣。

日本的計程車是清一色的豐田，司機是一位五十多歲的男子，穿著藍色的制服，戴著白手套，一本正經的表情。計程車行駛在逶迤於竹叢和樹林之間的國道上，公路平整，路況優良，正值雨後，路邊的菩提樹和櫻樹長勢茂密，蔥翠欲滴，山澗的清泉匯聚成小溪，潺潺而流，遠處天邊是一道亮麗的彩虹。

千葉市是千葉縣的縣廳所在地(日本縣的行政級別比市更大)，從成田機場到千葉市不過30公里。計程車駛入千葉市，這時，一位騎摩托車的日本警察示意停車，原來計程車司機忘了繫安全帶，警察攔下後遞上了一張罰單。

這位計程車司機看來是位直率的人，這時居然衝著警察發火了，大罵警察全是欺負老實人的飯桶，沒有膽量去捉殺人放火的壞蛋，對繫不繫安全帶的小事卻管得特別勤快！滿街亂扔的廢棄腳踏車不去好好管理，白拿納稅人的錢不做正事……

這可出乎曹元明的意料，這個日本司機為什麼敢對警察發火？更沒想到的是，那個警察卻只是恭敬地彎著腰，聆聽司機臭罵一通，直到司機罵不出詞來，他才小心翼翼地遞上罰單，說：「給您添麻煩了。」

計程車停在了綠樹掩隱的千葉縣警署門口，接待曹元明的，是千葉縣警察本部搜查一課的一名警探，他名叫立花裕司，是一位警部補（警部補是日本警察的警銜之一，位居警部之下、巡查部長之上）。立花裕司長著一張娃娃臉，頭髮梳得一絲不苟，面容清秀文雅，身材修長，態度恭敬，說話輕聲細語，給曹元明的第一印象，他不像個刑警，不像印象中的日本男子。

曹元明和鮑書華談到對日本警察的疑惑。鮑書華笑著說：「現在的日本和過去完全不一樣了，過去大男人主義盛行的日本已經變得陰盛陽衰了，日本男子都變成了溫順的食草男。你要是和日本警察打交道多了，就會發現他們最大的特點是脾氣好、禮貌、細心、周到。」他舉了個例子，「有天晚上我騎腳踏車回家，聽著音樂，一個年輕的警察把我攔下車，我以為是要檢查什麼，停了下來。我那時剛到日本，日語還不流利，一張口說話，警察聽出我不是日本人，他指著我的耳機說騎車不要聽，這樣很危險，因為汽車喇叭聲你會聽不到，我忙說謝謝。我忙著回家，和他說再見又很快地踏上腳踏車，他還在後面說：『小心點，不要騎那麼快』。」

說到這裡，鮑書華揶揄地說：「這警民之間溫情脈脈的一幕，在國內，只存在於電視劇當中。」

曹元明仔細一想，這種情景他確實沒有遇到過，也明白了為什麼那個計程車司機居然敢扯著嗓子罵警察了，他想起這個司機提到「滿街亂扔的廢棄腳踏車」，便問鮑書華真有這回事嗎？

鮑書華回答：「是啊。說來難以置信，日本城市到處都是廢棄的腳踏車，大部分七八成新，也就是說腳踏車在人們的眼裡一文不值。但你的腳踏車要是丟失了，去報案，日本警察會像接一個大案一樣，認真記錄立案，並派出警力到處查詢。我一個在北海道留學的朋友丟了腳踏車，因為他上學剛好路過警察署，所以就順便報了案，從此，警察們就真當個案子辦了，還不時地找那個留學生詢問丟失腳踏車的細節。最後，我朋友都厭煩了，不願理睬，甚至都忘了丟腳踏車的事。可萬萬想不到的是，兩年後警察竟然能從上千公里遠的日本最南邊的城市鹿兒島找回了腳踏車，並像郵差送快遞那樣，開著小貨車將擦拭一新的腳踏車送上門來！」

說到這裡，鮑書華換了一種語氣：「我舅舅在國內丟了一輛摩托車，剛買的，報警做了筆錄，給了一張報警回執單，但是接下來一直沒有消息，如石沉大海一般，這車算白丟了。日本警察和國內警察，就有這麼大的區別。」

在鮑書華眼裡，日本警察簡直個個都是正義使者。曹元明滿不是滋味，說：「我不知道日本警察是如何做到這麼高效率的。我想替國內同行訴苦一下：以一個20萬人口的小縣城為例，外來人口10萬，總共有30萬人，而警察只有50個，每天的竊盜案至少是10起，搶劫案就算1起吧，糾紛每天10起，打架每天5起，各類求助20起。你想，一個案子就需要輾轉各地，破案起來又需要很多天，這段時間又會累積超多的案子，就算抓住嫌犯，有些依照法律判得很輕，有些還構不上刑事責任，你說該怎麼做？別看只是一輛腳踏車被偷，查起來得花好幾天，幾千元的辦案經費就去掉了，而這輛破腳踏車估價為500元，這樣的模式上級會支持嗎……」鮑書華搖了搖手，打斷了曹元明的辯解：「好了，不談這個，你先和日本同行交流一下。」

第十三章　身世之謎

立花裕司向曹元明說明了鄒和平之死的大致情況：「我們是4月15日中午接到一家名叫『笹井屋』的觀光旅館報案的，說是清潔工進屋打掃房間時，發現在此住宿的一名男子身亡。鑑識課的調查結果顯示，死者死亡時間是當天凌晨1點至3點，勘查死亡現場，沒有發現任何打鬥或者掙扎的痕跡，門窗完好無損。屍體目檢後，再送去解剖。同時警署在第一時間與大使館聯繫，並派警員詢問『笹井屋』的老闆和店員，看看死者之前有沒有什麼異常的言行。結果，屍檢結果和詢問調查，都沒有發現異常之處。由於死者是旅日的外國人，所以無法進行死者周圍社會關係的調查。總之，在排除了自殺和他殺的可能之後，我們認為這是一起意外的死亡。」

曹元明想了一下，問：「那麼，你們認為死亡的原因是什麼？」

立花裕司拿過法醫簽署的屍檢報告，說：「睡眠中死亡綜合症。」

「什麼？」曹元明讓這個詞搞得一頭霧水。

立花重複了一遍「睡眠中死亡綜合症」，並在一張白紙上寫下了這個詞的英文：「dead-in-bedsyndrome，DBS」。他說：「我們在鄒先生的包裹中發現了這個。」他取出了塑膠袋包裝起來的血糖機和胰島素筆針，「他是一位糖尿病患者，對嗎？」

鄒和平患有糖尿病，這是曹元明知道的，說：「是的，但他自己是醫生，一直很注意控制血糖，以前從沒聽說他發生過糖尿病的併發症。」

立花點了點頭，說：「DBS 的主要特點是：一、以前未發生過糖尿病併發症；二、既往體健，死亡前一天身體狀態如常；三、猝死發生於睡眠中；四、床單平整，無臨終前掙扎、出汗痕跡；五、屍檢結果為陰性，無明確致死原因；六、更傾向於在男性中發生。以上這幾點都符合鄒和平先生的死亡情況。」

當下，曹元明和河山市立醫院的陸院長通了電話，彙報了日本警方的驗屍報告和死因推斷，說：「為謹慎起見，我想請醫院的內分泌科專家說明一下 DBS 的情況。」

河山市立醫院內分泌科的藍主任告訴曹元明：「DBS 是一種無法用病理結果來解釋

的不明原因的猝死，其發病機制可能為：糖尿病患者經歷反覆、嚴重的低血糖打擊後出現心臟再極化異常，同時可能合併有潛在的遺傳因素或基礎心臟疾病，最終引發惡性心律失常、阻塞性睡眠呼吸驟停而猝死。鄒院長死於DBS，確實有這個可能。」

曹元明問：「可是，鄒伯伯沒有心臟疾病啊？」

「我剛才提到了一點，就是潛在的遺傳因素。據我所知，鄒院長的母親匡月芝，就是在睡夢中不知不覺地去世了，這和他的死很相似。匡月芝也是糖尿病患者，糖尿病是有遺傳傾向的疾病。」

曹元明還是覺得懷疑，又問：「為什麼會發生DBS呢？」

藍主任回答：「DBS潛在的發生機制非常複雜，確切的發病機制仍未明確，大部分學者推測DBS主要與夜間嚴重的低血糖有關。這部分患者一旦發生無意識性低血糖或低血糖相關的自主神經障礙時十分危險，因為他們的胰高血糖素和腎上腺素對於低血糖不能完全充足的反應性分泌，低血糖往往容易持續數小時。糖尿病患者中存在的遺傳因素是心臟再極化異常的重要原因。但DBS因其發病率低，獲得樣本難度大等因素，使得開展遺傳學工作存在很多困難，目前僅發現DBS和SCN5A基因變異有關。」

曹元明聽不懂那些專業術語，但他抓住了一點「大部分學者推測 DBS 主要與夜間嚴重的低血糖有關」，繼續問：「糖尿病患者發生低血糖原因有哪些？」

「糖尿病患者發生低血糖的原因很多，比如，控制血糖時使用胰島素劑量過大，或者睡前錯把短效胰島素當中效胰島素注射。」

「謝謝。」曹元明放下了電話，思忖片刻，問立花裕司：「鄒和平的胃裡發現過什麼藥物嗎？」

立花回答：「發現了一些地西泮的殘渣，但胃內殘留量很少，猜想就是兩三片這樣的劑量，可以使人入睡，但不至於引起死亡。從體內消化代謝的時間上推斷，這種藥是在死前大約兩個小時服用的。」

鄒和平為兒子的病情操勞，夜不能寐，只能求助於藥物，這件事曹元明早有耳聞。他從警多年，接觸過一些自殺案例，知道地西泮這種安眠藥是很安全的，它的致死劑量是 100 至 500 毫克每公斤體重，一個成年男性，不要說 3 片，就是一次吞服 30 片，也不會致命。何況，鄒和平不存在服藥自殺的動機。

曹元明心想：「這麼看來，鄒和平的死因就只有用 DBS 來解釋了。」

這時，晚霞鋪滿了西方的天際，到了下班時間，幾個日本警察請曹元明到附近的一家餐廳吃飯。

他們吃的是牛肉壽喜燒，火鍋裡放上奶油，燒熱後，把牛肉里肌片、大蔥、蒟蒻、蘑菇、茼苣、白菜心、胡蘿蔔、韭菜什麼的整齊擺在裡面，澆上專用的醬油，然後咕嚕咕嚕地燉，燒熟後，每人一個生雞蛋打到小碗裡，蘸著雞蛋吃。味道還真不錯，據說這是在美國最受歡迎的日式料理了。

他們聊起了天。日本警察對這位外國同行很有興趣，請教了外國警方對刑事案件的偵查流程，而曹元明對日本同行有著同樣的興趣，他想：「天下警察是一家，這話放之四海而皆準。」

一位名叫長屋哲男的警部，40多歲，細瞇眼，下巴上留著鬍子刮光後的青印，長屋頗有點自豪地說：「日本的刑事案件破案率平均為百分之四十，重大案件為百分之七十左右，而凶惡案件在百分之九十以上，堪稱世界一流。」

曹元明說：「在我們國家，刑事案件的破案率約在百分之三十左右，比日本低一些，但是，殺人案這樣的重大惡性案件是要求必破的。我們的警力嚴重不足，能在人口如此密集的國家做到這一點，這和對毒品、槍支彈藥的控制、對大案要案的重視程度，是分不開的。」

長屋分析說：「日本的犯罪率低，源於日本社會的管理理念是傾向於建立安全、安心的環境。公務員自不必說，日本很多企業都有年功序列制度，只要員工踏踏實實做事，企業一般是不能隨便炒魷魚的。由於社會醫療保險、失業保險、養老保險都很到位，社會比較成熟，人心浮躁的因素少了很多，所以違法犯罪行為就少了很多。」

隨著談話的深入，對於日本警察制度的弊端，日本同行們也不忌諱。

立花裕司警部補說：「日本社會治安良好、犯罪率低，可是面對惡性犯罪，日本警察就顯得有些手足無措。日本警察每天的最大工作量是處理迷路人的問題路，每個警察都帶著厚厚的地圖，隨時準備告訴你路怎麼走——這是警察的全部工作嗎？」

警部補的職位大致相當於一級警司，立花裕司和曹元明兩人年齡和職位相仿，彼此很談得來。因此，立花談到了一起讓警察蒙羞的惡性案件：

1995年3月30日，日本警察廳長官國松孝次，在自家門口的停車場身中三槍，在醫院裡躺了一年半，換上了人工直腸。當時正是奧姆真理教事件鬧得沸沸揚揚的時候，確實到後來很多線索都指向奧姆，但由於缺乏核心證據，幾次抓人又放人，就是無法提起公訴，弄到現在國松都卸職多年了，還不知道找誰去報仇。

立花說：「我們推斷，國松被刺案的背景很複雜，不是一起單純的刑事案件，而是有政治背景。日本的政界和黑社會勾結由來已久，這是在明治時代就形成的痼疾，二者互相利用，相互保護，黑社會協助政治家拉選票，提供政治獻金，充當政治打手，已經成為體制內的一個構成部分。所以，在偵辦此類案件時，很令人頭疼。」

看來，日本警察也有很多無奈。

後來，曹元明有一次在酒店看電視，雖然不懂日語，但新聞有字幕，日文中漢字比較多，結合畫面猜測，也知道個十之六七。一條新聞引起了他的興趣：一條街道上，數名日本警察圍住一輛汽車，卻不敢進入車內制服歹徒，然後精彩的一幕就出現了，只見車內歹徒衝出，手中似乎還拿著凶器，警察不但不敢上前，反而嚇得轉身就跑。難怪那個日本司機大罵警察全是欺負老實人的飯桶，沒有膽量去捉殺人放火的壞蛋。

長屋哲男警部還介紹了一些日本警察近年來在偵查中採用的新技術，如佐賀縣警察開發了利用聚乙烯膠帶的黏著面採取指紋的方法，青森縣警察發明了靜電足跡採集器，東京警視廳利用雷射技術提取殘缺指紋等等。

而一個女警察的提問則讓曹元明忍俊不禁：「你們的警察是不是都學過少林寺的功夫？」

總之，剛到日本，事情還算順利。

接下來，就是轉交鄒和平的遺物，以及商談處置遺體的事宜了。

然而，就在曹元明清點鄒和平的遺物時，他發現了蹊蹺之處：其他物品都在，唯獨丟了那本棕黃色封皮的筆記本！這個筆記本，是鄒和平用來記錄鄒衍病情的資料，而且，河山市立醫院的血液科李主任曾說，鄒和平為什麼去日本，在這個本子裡能找到答案，所以，曹元明對此特別留意，但是，這個筆記本卻不翼而飛了。他詢問了警署，立花裕司的回答是，現場仔細清理過，沒有這個筆記本。

為什麼在鄒衍病重時，鄒和平卻遠渡重洋來到日本？難道日本真的有治療的靈丹妙藥？這一直是曹元明內心的疑問，但現在解開這個疑問的筆記本不見了，這更令他疑竇大增：難道是不慎丟失了？不，鄒院長一向小心謹慎，這個記載著愛子病情的筆記本，必然會像寶貝一樣保存，不慎丟失的可能性太小了。那又是誰拿走了這個筆記本呢？小偷，不，鄒和平身上值錢的東西多了，為什麼偏偏看上這個筆記本？如果是有意拿走的，那又是為什麼？難道鄒衍的病情存在什麼不可告人的祕密嗎？或者，鄒和平發現了其他什麼不可告人的祕密記在這個本子上？一連串的疑問就像瘋長的野草塞滿了他的大腦。

曹元明又拿起了鄒和平留下的血糖機和胰島素筆針，在鄒和平貼身的上衣口袋裡還有一個小小的記事本，以一天三次的頻率定時記錄下了每次的血糖測量值和胰島素用量，這是一個老醫生的職業習慣。曹元明忽然想到，如此謹慎的人是不可能弄錯胰島素針的劑量！從小本子上看，鄒和平的血糖一直控制得很平穩，使用胰島素劑量過大、或者睡前錯把短效胰島素當中效胰島素注射引起低血糖進而導致DBS，這樣的可能性，與不慎丟失那個棕黃色封皮的筆記本一樣小！

兩起可能性很小的事件同時發生，那麼，這二者很可能不是獨立的，而是存在某種連繫。這是長期刑警生涯培養出來的直覺。

那麼，這種連繫是什麼呢？

望著鄒和平的遺物，曹元明悚然驚覺：「難道鄒和平之死不是意外？」

如果是謀殺，那麼筆記本的丟失就好解釋了：因為筆記本中記錄下了對凶手不利的東西，凶手帶走了它。但是，鄒和平之前從未到過日本，在日本又會得罪什麼人以至於要痛下殺手呢？

「謀殺」這個字眼一出現在曹元明腦海裡，就再也揮之不去！

他仔細檢查了鄒和平的遺物，看看能不能發現有價值的線索，他的眼光落到了那臺尼康數位相機上。他開啟照相機，瀏覽其中儲存的照片，這些照片都是鄒和平來到日本後拍攝的風景照，數量並不多，只有寥寥二十多張，請立花辨認，都是千葉縣山武郡一帶的景色，沒有其他地區的景色，可能是無心到處遊玩的緣故。從照片上的日期看，在鄒和平去世前兩天，他沒有拍照，所以不知道他這兩天去了哪裡。

曹元明請立花裕司帶他去看一看鄒和平的遺體。鄒和平的遺體存放於當地的一家殯儀館內。從寒氣森森的冰箱內拉出鄒和平僵硬的身體，看到那熟悉的面孔，想到和這位長輩從此人鬼殊途，曹元明一陣痛心，更感到追究死因的責任重大。

雖然屍檢沒有提到鄒和平身上有傷痕，但曹元明既然懷疑是謀殺，當然要仔仔細細地檢查他身上的每一寸皮膚。在鄒和平的腹壁和右上臂，可見一些細微的針孔痕跡，這是注射胰島素留下的，而在左邊手臂上，也發現有一個細小的針孔！這些痕跡非常微小，不經意就漏掉了。一般人用胰島素針進行皮下注射，在皮膚上幾乎不會留下痕跡，鄒和平雖然年屆六旬，但平時很注意養生保健，皮膚依然白皙光潔，而且可能有點兒瘢痕體質，所以仔細看，能看到一點痕跡。

曹元明一顆心提了起來：「鄒伯伯是左撇子，他替自己打胰島素，如果打在手臂上，一定是打在右邊，怎麼左邊手臂上也有針孔？難道……是別人打的？」

這時，曹元明腦海中閃過了一個可怕的景象：一個黑影溜進了「笹井屋」的室內，對服用安眠藥後沉睡的鄒和平注射了大劑量的胰島素，使他在睡夢中無聲無息地死去。這種殺人於無形的手段確實高明，不會留下絲毫證據，幾乎就要騙過警察和醫生，只是，凶手沒有想到鄒和平是左撇子，而想當然的在他的左側手臂打針，從而露出了破綻！

曹元明把這個想法告訴了立花裕司，立花吃了一驚，思忖片刻，說：「如果真的是謀殺案，那麼，警署將設立調查本部展開調查。不過，現在還沒有足夠的證據……」

曹元明打斷他說：「事不宜遲，現在請你帶我去一個地方。」

「您是說……『笹井屋』？」立花立刻想到了這一點。

曹元明、立花裕司、鮑書華三人匆匆趕到「笹井屋」，這是一座精巧的觀光旅館，採用的是日本常見的迴遊式庭院。

「笹井屋」的老闆姓植田，是個矮胖的中年人，這是一對夫妻經營的旅館，還僱了三個員工，發現鄒和平去世的是一個年老的女清潔工，此前警方已經詢問過，沒有發現什麼奇特之處，這次再來詢問，老闆和店員們雖然臉上掛著職業性的笑容，但語氣裡已經有點不耐煩了，客人死在旅店裡可是件不祥之事，傳開了生意就更不好做了。

曹元明去了鄒和平居住的房間，房間仍然空著，打掃得乾乾淨淨，木質地板光可鑑人，寢具全部換新，什麼痕跡也沒留下。

植田回憶說：「這位鄒先生是4月8日來住宿的，算起來，到他去世那天，正好一個星期。」

「他是一個人來的嗎？」曹元明透過立花裕司詢問。

「是的。」

「他有沒有說來此的目的？」

「說是旅遊，每天一早都見他背著背包出去，晚上才回來。」

「去了哪裡？」

「這個我們就不便詢問了。他早出晚歸，幾乎不和其他人交流。」

「他會說日語？」

「會說一點，不過他英語很好，日本服務業的英語普及率很高，外出沒有什麼問題。」

「請再仔細回想一下，他在和你們交談時，有沒有透露關於去向的資訊？」

「這個嘛……」植田想了一下，喊了一聲，「孩子他媽！」

老闆娘應聲過來。植田問：「那天，這位鄒先生不是向妳問過路嗎？」

老闆娘問：「哪一天？」

「就是他去世的前兩天。」

老闆娘想了想：「嗯，他問起去木更津在哪裡搭公車比較方便，我告訴他，從這裡往西一公里的寺前車站，去那裡的車很多。」

「他有沒有說去木更津的什麼地方？」

「沒有。那天出去後他沒有回來，第二天晚上才回來，結果後半夜就去世了。」

曹元明一凜，鄒和平去木更津與他的死可能存在關聯，那晚猜想是在木更津留宿。他看了一下地圖，木更津位於千葉縣西南部，面臨東京灣。立花告訴他，木更津市人口十多萬，如果沒有進一步線索，在這樣一座城市裡要找到鄒和平去了哪裡，是不可能的。

「那麼，查一下當天木更津市的旅館入住登記的紀錄，總可以吧？」

曹元明知道，在日本進行人海戰術大肆搜尋，是行不通的，那就先弄清楚鄒和平那晚住在哪裡。根據日本政府的規定，外國遊客在日本的酒店、汽車旅館等地住宿都必須登記姓名、國籍和護照號碼。

「明白了。」立花裕司馬上撥通了警署的電話，請求他們透過網際網路調查木更津市及周邊地區旅館的入住紀錄。

曹元明問植田：「我可以看一下鄒先生去世當晚的監視器嗎？」

植田有些歉然地說：「實在對不起，我們旅館沒有安裝監視器。」

「沒有安裝？」曹元明有些驚訝，在河山市，全市大小酒店旅館都會安裝監視器。

立花告訴曹元明，日本沒有強制旅館安裝監視器的法令，日本的治安情況良好，有些旅館故意不安裝，特別是情人旅館，這是為了取得客人的信任，他們不想自己的隱私留下紀錄。

「在去世的那晚，鄒和平情緒上有什麼異常嗎？」

「沒什麼異常……嗯，對了，他回來時好像有點高興的樣子，晚餐加了一瓶紅酒，以前他的臉色都是沉沉的。」一個店員回憶說。

曹元明又詢問了幾個問題，但老闆和店員們沒有提供更多的線索。

不一會兒，警署的調查結果就回報過來。「調查過了，那天木更津市沒有鄒先生的入住紀錄。」立花聳了聳肩。

難道鄒和平是住在親戚朋友家？可是，沒聽說鄒和平在日本有親戚朋友啊！

曹元明想了一下，既然老闆娘提到了鄒和平在寺前車站上車，那就去看一看吧！

寺前是一個不大的鄉間車站，給予人整潔有序的印象，候車廳裡，一群旅客正安靜地坐著，電子顯示器上，來往班車的車次和時間一目了然，但當拿著鄒和平的照片詢問售票員時，幾個售票員都表示不記得有這麼一個人來買過票，畢竟，每天來往的旅客很多，匆匆一瞥之間，不會留下什麼印象。

寺前車站，顧名思義，車站後面就有一座古寺。由於無法繼續追查下去，曹元明有些沮喪，和鮑書華索性就去古寺一遊。

寺門有些破舊，屋頂上是長滿青苔的老瓦片，寺門旁的山櫻倒是蒼翠繁茂，映襯著還留有一絲硃色的門柱，頗有些古色古香的韻味。從偏門進入寺院，可見正殿屋頂下裝飾著魚尾形脊瓦，下方立著八根大柱子，整體風格與中國的古寺有異曲同工之妙。他們沿著正殿寬寬的房簷，繞到了後方，寺裡的鼓樓和講堂都經過了修繕，硃色煥然一新。

寺廟靜悄悄的，一個遊客也沒有，也沒有看到僧人。

兩人從正殿門口出來，旁邊有個賣護身符和明信片的小屋，一個老頭從屋裡探頭出來，問：「您是來拜謁本尊的嗎？」

曹元明答道：「不，僅僅是參觀一下。」

「是外國人？」老頭有點興奮地說，「您是第一次來我們這裡吧，請進來看一看。」

寺廟平時遊客不多，老人看來有些寂寞，遇到外國人更是少有。

小屋裡還擺放著一些瓷器，上面有「鐮光寺」的漢字標記，曹元明就買了幾個瓷器碟子作為紀念品。

當老頭包裝紀念品時，曹元明瞥見了旁邊放著的芳名冊，冊子是用和紙（具有日本文化特色的一種紙張）裝訂而成，很厚，正好攤開著，他隨手翻了翻，都是些來寺廟禮佛許願的人留下的姓名，突然，三個漢字跳進了眼簾：「鄒和平」！

曹元明趕緊定睛一看，沒錯，從字跡上看，這確實是鄒和平本人的簽名，在一堆日本人姓氏中顯得卓爾不群。他指著「鄒和平」三個字問老人：「這個人什麼時候來過？」

「這個嘛……」老頭前後翻了翻芳名冊，側頭想了一下，「是上個月的事了。」看來因為是罕見的姓名，所以老人還有印象。

「具體是哪一天呢？」曹元明又問。

「這個就記不清了。」老人抱歉地說。

「麻煩您仔細想一想。」曹元明掏出鄒和平的照片給他看，再次確認，「是這位嗎？」

老頭很認真地看了看照片，點頭說：「就是這位先生。」

「這是我的一位長輩，來這裡旅遊時不幸去世了，請幫幫忙回憶一下。」

老人拍了拍腦袋，說：「我記得那天下著雨，他一個人帶著背包和照相機……」他從櫃臺下拿出一本日曆，往前翻到上個月，一頁一頁翻過，日曆上用鉛筆記著當天的天氣和提醒事項，他手停了下來，「是上個月13日，沒錯，就是那一天。」

曹元明心想：「對了，就是『笹井屋』老闆娘說的那一天，鄒和平向她問去木更津的路。」又問：「你說這個遊客當時帶著照相機，確定嗎？」

「沒錯，我還看到他在寺院裡照了幾張相。」

得到肯定回答後，曹元明心頭疑雲更盛：「鄒和平的照相機裡沒有鐮光寺的照片，而且，那兩天拍的照片都沒有，是他自己刪掉了嗎？不，他人刪掉的可能性最大。為什麼要刪這些照片呢？顯然是不想讓其他人知道他來過什麼地方。」

曹元明問老人：「後來這位鄒先生又去了哪裡？」

「這就不知道了，他進寺拜佛後，就往那個方向去了。」老人指著車站說。

看來，鄒和平只是途經鐮光寺，看到這個寺廟勾起了他的某種思緒，比如對愛子的關切，於是拜佛許願。在做出重大抉擇前人們往往會祈求神祇的保佑。

在木更津，有什麼在等待著鄒和平呢？

曹元明告辭而去，老頭說：「謝謝惠顧。」

猛然之間，曹元明站住了，腦海裡閃現出「鐮光寺」的名稱。這絕不是自己第一次看到這個寺名……他想了又想，終於想起來，以前孫寶章給自己看過一串佛珠，裝佛珠的盒子上面就寫著「鐮光寺」三個字，佛珠是一個日本人送的，是二十多年前的事了，那麼，這和鄒和平的旅日之行，會有什麼關聯嗎？

曹元明呆呆地站立了一會兒，又返回寺內，這時，雲散去了一些，淡淡的陽光下，正殿的八根柱子在地面倒映出一排整齊的影子，很有立體感。據老頭說，這個寺廟建於足利尊氏時代，戰國時代（室町幕府後期到安土桃山時代之間大約百年間政局紛亂、群雄割據的日本歷史）以來歷經兵火而荒廢，寺運一直不振，戰後伴隨日本經濟起飛有了些起色，但最近因為經濟不景氣，又歸於沉寂。

他在寺內轉了一圈，沒有看出什麼線索，但仍不死心，又繞到了寺院後面。

既然懷疑鄒和平是死於非命，在陌生的異國，而且是沒有線索的情況下，要偵破只能靠自己多看多想了，雖然不見得能查到什麼，但不能有一絲一毫的懈怠。

寺廟後面的樹蔭下，排列著幾十塊破舊的墓碑，上面長滿暗綠色的青苔，有的傾斜或倒下，有的橫臥在地上。墓碑上所刻文字久經風吹雨淋，風化嚴重，幾乎難以辨識，只是依稀可辨刻有「文化」、「文政」、「天保」、「萬延」等字跡，這都是日本江戶時代的漢字年號。

「我們像是在考古啊！」鮑書華自嘲了一句。

不過，有幾座墓碑比較新，字跡還算清晰完整，一座墓碑映入眼簾，寫著「名取茂門之墓」六個漢字，鮑書華隨口讀了一下，忽然，曹元明轉過頭來，問：「你說什麼？」

鮑書華見他臉色凝重，便指著墓碑說：「我讀墓碑上的字啊！」

「你說的是日語？」

「這有什麼奇怪的，習慣了，過幾年，說不定我連夢話都是日語。」

「不，不……」曹元明想起了一件很重要的事，舉起一根手指，問，「『吶妥瑞』用日語讀是什麼意思？」

鮑書華不假思索地回答：「用漢字寫出來，就是『名取』二字。」

「什麼名取？」

「噢，這個可以是姓氏，也可以是地名，日本有個城市就叫『名取』，在宮城縣。」

「是這個嗎？」曹元明指著眼前那塊寫著「名取茂門之墓」的墓碑問。

鮑書華說：「對，剛才我就是在讀這幾個字，發了這個音。這個讀音有什麼奇怪的嗎？」

曹元明緩緩點頭。

身為一個優秀的偵查員，必須具備良好的記憶力，而就在聽到鮑書華讀這兩個字時，就像是觸動了內心的靈感，讓曹元明想到了賴勁松曾經提到的一件事：田力在發高燒時說胡話，反覆出現「吶妥瑞」這個讀音，而事後又矢口否認。

「吶妥瑞」這個讀音，在中文裡沒有任何意義，難道……曹元明心中猛然一跳：「這個田力是日本人？『名取』是他的姓氏嗎？還是他出生的地方？還是有其他的含義？如果他是日本人，那麼，鄒和平、鄒衍其實都是有日本血統的！」

想到這裡，曹元明眼前陡然一亮：這就能解釋鄒和平來日本的原因了！

鄒衍患病，現在病情復發，急需骨髓移植救命，而在骨髓庫和臺灣的慈濟骨髓庫，一直找不到合適的 HLA 配型，河山市立醫院血液科李主任說過，「鄒衍的 HLA 類型很少見」，現在看來，這是因為鄒衍繼承了祖父田力的日本人基因的緣故。李主任還說過，家庭成員的骨髓一旦和病人的配型相符，其移植效果要好於同等條件下的無關捐贈者。鄒和平來到日本，應該就是為了找尋血親提供骨髓，雖然有碰運氣的成分，但無路可走的情況下，救子心切的他沒有其他更好的選擇，只有去日本碰碰運氣。

曹元明頓時豁然開朗，精神大振，但一個大大的疑問依然盤旋在腦海裡：「為什麼鄒和平會被人害死呢？」

曹元明沒有把這些想法告訴鮑書華，因為這僅僅是推理，還沒有實證，他問鮑書華：「你是研究生物技術的，我們和日本人基因差別大嗎？」

鮑書華有些奇怪：「你怎麼關心這個？兩個不同民族基因差別當然大得很。」

這個回答和曹元明的推理相符，他只是有些疑惑：「不都是黃種人，基因差別怎麼會這麼大？而且長得也很像。」

「像嗎？我看一點都不像！那是西方人的說法，他們看黃種人都一個樣，就像我們看西方人，英國人、法國人、德國人都一個樣，其實這些民族的長相特徵並不一樣。只要你在日本待久了，你就能輕易地分辨其他黃種人和日本人的長相差異。日本人外貌主要有兩大類型，長州型和薩摩型，長州型有一些大陸系的血統，摻入了部分韓國人和中國人的基因，而薩摩型就是南島系血統。日本雖然是單一民族國家，但日本人的祖先來源多樣，血統很雜，有通古斯——朝鮮人、阿伊努人、沖繩人、中國人和日本本土五大來源，總體而言，日本人和中國人的基因差異很大，和韓國人還近一些。雖然日語中有大量的漢字，但從語言分類上看，和漢語屬於完全不同的語系。」

曹元明點了點頭，心想，鄒和平已死，那麼，了解這位田力身世內情的，只有鄒衍和鄒母了，弄清楚這一點，對於查出鄒和平之死的真正原因是至關重要的。從鄒家對田力三緘其口的態度看，其中確有隱情，得面對面詢問。鄒和平的生母匡月芝、繼父鄒水根都已過世，鄒衍的母親是最可能的知情者。曹元明當下向立花裕司談了自己的看法，說要回國一趟，在死因未最終確定之前，希望日方繼續妥善保存鄒和平的遺體。

走的時候，鮑書華說：「你第一次來日本，還沒去東京逛逛呢！」

「這是個遺憾，不過沒有時間啊！」

「沒時間逛街，請你吃頓好的總是應該的。」鮑書華請曹元明到東京六本木吃了一頓飯，這裡匯集了世界各地的美食。

鮑書華說：「日本料理不是生的，就是醬湯；英國菜有名的難吃；義大利菜主要是麵條和比薩；美國呢，漢堡包；印度菜，咖哩飯；越南菜加檸檬也加辣椒；俄國菜，馬鈴薯沙拉和紅菜湯，都不怎麼樣。這裡能與中餐媲美的，也就法國大餐了，吃法國菜吧！」

曹元明說：「既然來了日本，還是品嘗一下經典的日本料理吧！」

於是，鮑書華請他吃了三重木盒的松花堂便當，非常精美的日式料理，五顏六色切成各種花型的吃食，感覺像是在吃一個個小時候的橡皮擦，另外還點了一份鮪魚生魚片，最肥最粉的部位放到嘴裡有奶油的味道，入口即化，的確美味。

曹元明飛回了國內，一下飛機就去鄒衍家。但鄒家無人，一問鄰居，才知道鄒母因悲傷過度病倒，他又趕到市立醫院。醫院這時開始搬遷，一片忙碌景象，到處亂糟糟的。曹元明來到病房，迎面遇到護士們攙扶著病人魚貫而出，一個護士長模樣的人還喝斥他，讓他趕快讓路。這時，坐在輪椅上吊點滴的鄒母看到了曹元明，讓護士停下來，問他：「小明，老鄒的後事處理得怎麼樣了？」

曹元明見老太太形容枯槁，大為衰老，心中難受，說：「鄒伯母，我有些要緊的事想問妳，妳現在身體怎麼樣？」

鄒母見曹元明風塵僕僕的模樣，知道其中有變故，說：「放心，我還死不了，事情重要嗎？」

曹元明點了點頭：「與鄒伯伯的去世有關。」

鄒母一把抓住他的手：「那快說啊！」

曹元明環視了一下四周，說：「我們找個安靜的地方。」他從那個嘟著嘴的護士手裡接過輪椅把手，來到一個剛搬走空無一人的病房，掩上房門。

鄒母急切地問：「究竟出了什麼事？」

曹元明說：「鄒伯伯的死有蹊蹺，我懷疑他是被害！」

「什麼？」鄒母全身一震，她經歷過兒子重病垂危和丈夫突然逝世的打擊，已有了一定的心理承受能力，「小明，你把話說清楚，老鄒在日本得罪了什麼人嗎？他這個人從來謹慎小心，怎麼會惹下殺身之禍？」

曹元明把鄒和平之死的可疑之處說了，並且提到棕黃色封皮的筆記本丟失和照相機中照片被刪等疑點，說完，他望著鄒母，緩緩地說：「伯母，我有幾個問題，請妳一定要如實回答，否則，鄒伯伯就會死得不明不白！」

鄒母似乎意識到了什麼，點了點頭。

「鄒伯伯的親生父親田力，是不是日本人？」曹元明開門見山地問。

鄒母沉默了片刻，緩緩地說：「這件事我本來不知道，老鄒是臨去日本前，才告訴我的。」

「田力的日本姓名叫什麼？是日本什麼地方的人？」曹元明想，果然不出所料，那麼，田力會不會是姓「名取」呢？或者是千葉人？

鄒母搖頭說：「老鄒只告訴我他的生父是日本人，至於具體情況，他不讓我多問，我什麼也不知道。」

「鄒伯伯去日本，是為了幫鄒衍找合適的骨髓？」

「是的。老鄒一再叮囑不能告訴別人，只有李主任知道一點點，但這些都瞞不了你。」

「為什麼不能告訴別人？」

「他說，其中涉及一些敏感的問題，但究竟是什麼問題，他不告訴我。這個祕密，他守了幾十年，如果不是鄒衍病得沒有辦法了，他可能到死都不會說。」

「田力不是在朝鮮犧牲了嗎？鄒伯伯到哪裡再去找他的那些血緣親屬？」

鄒母說：「我問過老鄒這個問題，他說自有辦法。」

「什麼辦法？」

「我不知道，很多事他都不和我說……聽他話裡的意思，好像鄒衍的親爺爺還在日本生活。」

「什麼？」這下輪到曹元明震驚了。如果田力現在仍在日本，那當年的犧牲就是一場騙局，他參加援朝戰役最後卻溜回了日本。無怪鄒和平要對此守口如瓶。

曹元明心念電轉，直覺告訴他：田力與鄒和平之死很可能有關。從一些人的回憶看，田力是日本人的身分一直隱瞞得很好，周圍無人知曉。是因為鄒和平到日本後揭穿了這個祕密才引來殺身之禍嗎？如果田力還活著，也80多歲了，60年前偽裝身分一事已經不會受到制裁，何至於要殺人滅口？

「鄒伯伯到了日本後，跟妳聯繫過嗎？說了些什麼？」

「聯繫過，但只是說些旅途順利，身體還行之類的話，要不就是問鄒衍怎麼樣了。我問他在日本事情辦得怎麼樣，他總是避而不談。」

「那本棕黃色的筆記本，您以前看過嗎？」

「看過一些，寫的都是鄒衍的病情，沒有其他的。」

曹元明心想，鄒和平到了日本後，肯定在這個筆記本中記錄了找尋合適的血親骨髓提供者的資訊，這裡面必然牽涉到了田力或者他的親人，也許正是因此，這個筆記本被拿走了，並引來殺身之禍。

鄒和平最後找到了自己的親生父親嗎？不能肯定，但很有可能。從時間上看，他和失散數十年的生父見面就發生在去世前兩天，地點是木更津一帶。無論如何，解開鄒和平之死謎團的鑰匙，就在田力身上。

曹元明把這個想法告訴了鄒母：「妳要盡可能地回憶鄒伯伯以前說過的話，任何可能與田力有關的，都要告訴我。」

鄒母回憶良久，但最終，還是令人遺憾地搖了搖頭。

「那麼，田力有沒有留下過什麼遺物呢？」

「嗯，好像是留下了點東西。」

曹元明跟隨鄒母來到家裡。地板上那層薄薄的灰塵和有些霉味的空氣，告訴他這個破碎的家庭已經很長時間沒有人了。鄒母望著鄒和平的遺像潸然淚下，半晌才回過神來，從儲藏室一個老式大箱的底下翻出一個木篋，說：「這是我婆婆匡月芝留下的，應該是她和前夫的東西。」

這個木篋鏤空雕花，外鑲青玉，樣式精美，像是過去女子用的梳妝篋，不過要大一些。打開後，裡面用綢布裹得嚴嚴實實，開啟綢布，見裡面有匡月芝和田力的結婚照、結婚證，以及田力獲得的二級勛章，一支鋼筆和一件鴛鴦戲水圖案的刺繡，都很陳舊了，看來是兩人的定情信物，這些東西都看不出什麼問題。裡面還有一個小小的絨布袋，拿在手裡沉甸甸的，打開一看，是排列得整整齊齊的一疊「銀元」，但仔細一看，又不是銀元，上面光溜溜的沒有圖案，而且，年代久遠的銀元由於氧化作用會變暗，這些圓圓的金屬片卻銀白閃亮，曹元明掂了一下，感覺比白銀要重，「是鉑金嗎？」鉑金可比白銀貴重多了。此外，篋裡還有一架老式的萊卡照相機，後經行家檢驗，是二戰時德國原廠生產，配的是蔡司 2.0 鏡頭，這在艱苦樸素的 1950 年代可是奢侈品了。那幾枚金屬經鑑定，的確是鉑金。曹元明感到很疑惑：「如果是田力留下的，那可真有錢啊，他是從哪裡弄來鉑金的呢？」

鄒母這裡獲取的資訊太少，鄒衍病情嚴重，不能打擾，而且以前問過他關於田力的情況，鄒衍幾乎一無所知，因此，曹元明又去找了賴勁松，問：「田力的戰友，還在世的你認識誰？」

賴勁松說了幾個人的姓名，曹元明一一打電話詢問，有的人是田力的戰友，沒有提供更多的資訊，而其中一位和田力在同一部隊服役的老軍人，懷著悲痛的心情說明了田力犧牲的情況：「1952年，朝鮮戰場處於僵持階段，雙方依託戰壕和坑道對峙，所以，我們野戰醫院的部分工作人員就護送一批重傷人員後撤到安東（今丹東）休整，其中就有田力。他1951年初到朝鮮後，已經一年多沒有回國，穿梭在戰火紛飛的前線搶救傷員，不辭辛苦，不怕犧牲，立過二等功，受過嘉獎，本來可以安排他回家探親，但他拒絕了，到安東沒幾天又要求重返前線，不料發生不幸。那年夏天的一個晚上，田力去金化前線為一位傷員做手術，就在這時，我軍對敵軍陣地進行了一次連級規模的夜襲，由此引發了雙方的一次激烈砲戰，砲戰發生時，他正在返回的路上，就此失蹤。天亮後，部隊順著他返回的路線搜尋，但沒有找到他的屍體，猜想是被砲彈擊中粉身碎骨，或者被爆炸的土石覆蓋了。在戰場上，活不見人死不見屍的失蹤很常見，一般都是死亡，或者被俘。朝鮮停戰後，交換戰俘時，在名單上沒有他的姓名，因此，他最終被認定為犧牲。」

曹元明暗自點頭，看來，田力並沒有死在朝鮮，而是很可能越過了戰線，向美軍投降，吐露了自己是日本人的真實身分，此後便回到了日本。只是，現在該到哪裡去找這個田力呢？

曹元明想起了田力發高燒時提到的「名取」，這個名取，和那個鐮光寺的「名取茂門」有關嗎？還有，那個染鼠疫死去的日本兵「名取和夫」，與此又有什麼關係嗎？

孫寶章曾說過，二十多年前，一個來河山成化寺拜謁的日本遊客留下了盒子上有「鐮光寺」字樣的佛珠，這個日本遊客又是何人呢？他怎麼知道原先成化寺的舊址？孫寶章少年時見過田力，那麼，這個日本遊客應該不是田力。為了保險起見，曹元明又去找孫寶章，孫寶章果然否認那個日本遊客是田力，但除此之外，卻再也沒有其他資訊可以提供了，畢竟那已經是二十多年前的事了。

曹元明再次陷入了線索中斷的困境。

第十四章　埋藏山中的歷史

曹元明去市立醫院血液科看望鄒衍，但時候不巧，一到病房，就看到鄒衍因為突發心律失常正在急救，看著正在死亡線上掙扎的好兄弟，他心如刀絞。

曹元明退出忙碌的病房，在候診室坐了一會兒，這時，手機響了，是羅嘉打來的：「喂，老曹嗎？」

曹元明以為羅嘉是來問鄒衍的病情，悲傷地說：「鄒衍的情況不好，正在搶救。」

羅嘉「噢」了一聲，似乎並不在意，說：「你要我找的那個錢志成，他回上海了。」

曹元明精神一振：「消息可靠嗎？」如果找到了這個錢志成，那麼，就可以知道湯小輝收藏那具染有鼠疫的日本兵遺骨的真正原因，這個日本兵名叫「名取和夫」，也許，和田力發燒時唸叨的「名取」是同一個人，雖然只是推測，但追尋下去，可能會發現某些線索，不管這種可能性是如何微小，都不能放棄。

「可靠！我一個朋友昨天在大都會和錢先生打過高爾夫球，他剛回來沒幾天，住的還是老地方。」羅嘉說，「老同學，我可是按你的要求及時報告了，剩下的事就與我無關啦！」說完就掛了電話。

事不宜遲，必須馬上找到這個錢志成。曹元明向分局報告此事，讓分局向上海警方提出協查請求，回家匆匆拿了幾件換洗衣服，就驅車前往上海。

錢志成通過海關時使用的是加拿大護照和英文姓名，所以入境紀錄上沒有「錢志成」這個人，但找到他卻出乎意料地順利。當曹元明和當地一位派出所警員來到止園路的住家門口時，正遇到一個西裝革履、儀表堂堂的男子出門，警衛說：「錢先生，路上小心。」曹元明看過湯小輝在上海時入住賓館的監控錄影，記住了前來碰頭的錢志成的外形特徵：走路有明顯的外八字。直覺告訴他就是此人，便喊了一句：「錢志成！」

對方停下了腳步，回過頭來，有些狐疑地問：「你們是什麼人？」此人果然是錢志成。

派出所警員亮出了證件：「請跟我們去一趟派出所，有些事情要問問你。」

錢志成露出了為難的表情：「我現在很忙。」

曹元明說：「我們也很忙。不是請你喝茶，是遇到了大案，需要你的協助。」

錢志成皺著眉頭，只好去了派出所。

錢志成雖然自幼在加拿大長大，卻說得一口道地的上海話，人高馬大的他，話音倒是糯糯的。他矢口否認自己賣過出土文物，堅持交易的古玩都是來自合法管道的。

曹元明問：「那你認識湯小輝嗎？」

錢志成愣了一下，搖頭說：「不記得了……好像不認識。」

「不認識？那湯小輝的手機裡怎麼會有你的電話號碼？」曹元明立刻揭穿他的謊言，「你想看看賓館監視器拍下的你們碰面的畫面嗎？」

錢志成有些尷尬，說：「噢，你這麼一說，我想起來了，是有這麼個人。我和這個姓湯的小夥子做過幾次生意，但來往金額不大。」

錢志成隱瞞和湯小輝的交往，更讓曹元明起疑，兩人的交易從不經過銀行、網路等公開管道，明顯是涉及了一些非法的情況，他問：「你們最近一次談的是什麼生意？」

錢志成說：「這個我記不太清楚了，都是去年的事了，得好好想想。」

「我幫你想。」曹元明拿出那個湯小輝寄給他的包裹，把那張寫有俳句的「死亡筆記」封面放到他面前。

「這個……」錢志成怔住了，心中緊張地考慮著說辭。

曹元明不讓他有時間編織謊言，說：「湯小輝死了，是死於這筆交易。」

「什麼？」錢志成全身一震。

「你讓他去挖一具屍骨？對嗎？他就是因此染上鼠疫去世的！」曹元明直視錢志成。

錢志成的臉色慌亂起來，低下頭躲避著曹元明的目光：「我……我沒有想到結果會是這樣。他寄這個東西給我時，我正好接到噩耗，我妹妹一家人在渥太華出了車禍，就立刻趕回去了……」他見警方已經掌握了這麼多的證據，知道狡辯沒有用，抬頭說，「我認了，你們到底想知道什麼？」

「這筆交易的來龍去脈，你要如實交代。」

「可以。但我只是一個中間人，有些事情我也不知道。」

「那你的上家是誰？」

「一個日本人。」

曹元明一凜，問：「他的姓名？」

「名取昭夫，是一個80多歲的老頭，也是古董商人。」

曹元明心想：「那具日本士兵屍骨的身分牌上的姓名是『名取和夫』，法醫鑑定死了60多年，死時是個20歲左右的青年，從年歲和姓名看，看來與這個名取昭夫是兄弟。」他問：「名取昭夫為什麼讓你找這具屍骨？」

「這個我就不知道了。按規矩，我也不問。他的要求是找到這具屍骨，同時必須給出可以證明這具屍骨身分的證據，開出的價格是500萬日元。這具屍骨據他說是埋在河山市的一座大山的某個山洞裡，找起來很費力，還有一定的風險，我就轉交給下家，就是湯小輝了。」

「名取昭夫為什麼找上了你？你又怎麼和湯小輝拉上交情的？」

「湯小輝這個人年紀雖輕，卻很狡猾，我跟他做過幾筆生意，有幾次他是拿假貨糊弄我，沒有瞞過我的眼睛，因此我對他沒有什麼好感，談不上交情。當然，也不是每次都是假貨。有一次我賣給名取昭夫一個康熙年間的鼻煙壺，是湯小輝從河山民間弄來的，品相不錯。名取昭夫問起鼻煙壺的來源，我就順口吹牛，說我在河山有專門的供貨管道，那些人挖地挖墓找寶貝的本事很大。名取昭夫記住了這句話，於是，就跟我談了這筆生意。他說，只要找到屍骨，便妥善保存，到時他會讓人到河山來提取DNA驗明屍骨的身分，只要身分無誤，便就地火化，將骨灰帶回日本，因為一具人骨是無法通過海關的。實際上，在河山和我做交易的，只有湯小輝一個人，我就找了他。湯小輝一直想賺筆大錢，和我交易幾次後嫌賺得少。我告訴他，我做這行20多年了，看貨火眼金睛，出價很道地，沒有那麼多花樣，做生意嘛，講究的就是誠信，想做大的，要看時運，不是想做就能成，你得要有料。你要是真想做大的，我可以給你一個機會。於是，我就以100萬的價格，把找尋這具屍骨的工作包給了湯小輝。」

「這位日本人名取先生，怎麼知道這具屍骨的埋藏地點呢？」

「他給了我一張繪有座標的地形圖，說是他曾經去過河山，實地勘查過地形。」

曹元明聯想到鐮光寺後面那個刻著「名取茂門」的墓碑，心想：「那個到過成化寺舊址、送給孫寶章帶有『鐮光寺』字樣的佛珠盒子的日本人，可能就是名取昭夫，只要找到他，就可以知道隱藏在名取和夫屍體背後的祕密。」

「這個日本古董商的地址和聯繫方式呢？」

「他是日本千葉人，住址我不知道，聯繫方式嘛，我要回家找一下。」

千葉縣就是鄒和平去世的地方，這個名取昭夫，會不會認識田力，甚至與鄒和平之死有關呢？既然能查到此人的聯繫方式，那就好辦了。

曹元明跟著錢志成到了他家，不但找到了名取昭夫的聯繫電話，還找到了那張繪有座標的地形圖，這張地圖錢志成一式兩份，一份給了湯小輝，一份自己留著。這是一張萬分之一的大比例地圖，這樣精度的地圖，民間是買不到的，只有測繪局和軍方才有。地圖一看就是出自專業人員之手，很準確地標明了河山市千巖山的各種地標，包括道路、河流及山峰，以及等高線、邊線和南北子午線。由於地圖原稿是20多年前繪製的，又經過了GOOGLE地圖的校正，並採用專門製作定向圖的軟體OCAD進行數位化處理。在千巖山大蛇谷的某處，標上了一個醒目的紅色圓點，顯然，這就是埋藏屍骨的地點。

曹元明返回河山，將地圖交給城南分局，市政府立刻組織了一支由地質隊員、衛生防疫人員和警察組成的聯合搜查隊進入了千巖山風景區，封鎖了大蛇谷，按地圖的標識開始了挖掘工作。

傳說住著一位蛇神的大蛇谷，是風景區裡罕有人跡的偏僻角落，因為山谷是封閉的，幾乎無路可走。大蛇谷旁邊是白蓮花水庫，30多年前一場大暴雨導致山體下滑形成泥石流，把山腳下幾戶村民連人帶房子都吞沒了，改變了這一帶的地貌，山谷也被阻塞，直到今天，偶爾有愛好探險的人進入谷中，平時除了鳥鳴聲，就是死一般的寂靜。

這個描繪地圖的日本人，肯定是實地勘測過。地圖上標有一條簡易小路，由於地貌改變，早已看不出來，但按圖上的指引，撥開覆蓋的蔓蔓植被，仍能找到當年路基的痕跡。這條祕密的道路，連當地的老人都不知道。

大蛇谷一帶是喀斯特地貌，谷底可見大小不等的溶蝕裂隙性洞穴。地圖上標記的紅色圓點，是一個巨大的巖洞，進入巖洞後，等眼睛適應了黑暗，可見洞內岩石犬牙交錯，崎嶇不平，到處是石筍和鐘乳石，有的石頭層層疊疊狀如蓮花，古樹的根系垂到洞裡，時而擋住去路。有的地方可見火燒的痕跡，殘留的食品袋和標籤紙，看來是探險愛好者來過。山洞四通八達，小洞穴很多。搜尋隊員在明亮的頭盔燈光下仔細搜查地面，幾名隊員沿著乾涸的地下河道崎嶇而行，前進了兩百多公尺，路越來越窄，後來只容一人通過。他們發現有一處巖壁底下被新鮮的泥土覆蓋，有近期人工開鑿的痕跡。扒開這些泥土，果然看到用碎裂岩石堵住的一個洞口，大小正好夠一人匍匐前進，清理洞口後，穿過這段狹窄的裂縫，他們來到了一個新的洞穴中，真是別有洞天。但是，他們很快發現，這不是一個普通的洞穴，準確地說，這是一個人工改造過的洞庫，三面是巖壁，一面是水泥澆築的大門，但門的那面已經堵塞。由於這個洞庫已破壞，溼氣進入，潮溼的地面生長著苔蘚和地衣，怵目驚心的是，地上散落著幾具人的骨架，以及生鏽的三八式步槍、子彈、水壺、防毒面具過濾片、朽爛的軍裝、背包與鋼盔、皮靴等等物品。從屍骨上找到了幾枚黃銅鈕扣，和曹元明保存的那顆鈕扣一模一樣。

洞庫的一角整齊擺放著幾隻朽爛的箱子，搜查隊員小心翼翼地開啟，都是些變質的罐頭，看來洞裡的這幾個人靠這些食物活了一段時間。從這些屍骨上的金屬身分牌可知，這些死去的人，都是當年的侵華日軍官兵。巖壁上，這些死於此地的日本兵紛紛用刺刀刻下遺言：

「我如朝露降人間，和風櫻花隨春謝。」

「我們視死為天命，將日本男兒堂堂之軀化為支那之土，但靈魂將回歸大八洲（日本的古稱），化作護國之鬼。」

「肉軀縱曝武藏野，白骨猶唱大和魂。」

「真心祈禱早日回到母親的夢中。」

落款分別是：「大日本帝國陸軍伍長名取和夫，上等兵大橋惣助，一等兵森田徹男、二等兵川岸卯吉。」

巖壁上「名取和夫」的姓名說明，湯小輝就是從這裡帶走了那具染有鼠疫菌的屍骨的。湯小輝沒有拿走那些槍支子彈、鋼盔什麼的，因為這些東西太引人注目，有了身分牌，從屍骨上可以取下碎骨進行 DNA 驗證，這已足夠證明身分了。

洞內遺留的屍骨是三具，加上被帶走的「名取和夫」，一共四人。

經過檢驗，這些屍骨均含有烈性的鼠疫桿菌。

洞庫的地面，還散落著一些細碎的灰白色物體，經過分析這是陶瓷碎渣。

法醫檢查了現場，從這三具屍骨後腦的彈孔看，他們是在食物還未耗盡的情況下，被人從後腦擊斃的，從盤腿的姿勢看，死的時候很從容，可能是名取和夫用步槍將這三人逐一射殺，然後自殺。在這個密封的洞穴中，名取和夫是四人中軍銜最高的，在絕望狀態下（從屍骨含鼠疫菌看是在這些人鼠疫病重時）決定集體自殺以減輕痛苦。因為名取和夫的屍骨被焚毀，這些只是推測。

至於這些日本兵為什麼會死在這裡，看來只有找到那個出錢搜尋遺骨的名取昭夫才知道。

名取昭夫、名取和夫，從姓名看，很容易讓人聯想到，這二人是兄弟倆。

這個含有鼠疫菌的洞穴被立即封閉，防止有閒雜人員靠近，引起鼠疫大流行可不得了，同時，防疫中心和警局將此事迅速上報。

洞穴中留下的三具日軍士兵的身分牌完好無損，上面有部隊的番號，曹元明將這些身分牌拍照，再請吳大鵬辨認他們是屬於哪支日軍部隊的。

吳大鵬說：「這個就對了，這三人都隸屬於當年駐紮河山的日軍『晃』旅團，番號『539』部隊，你上次拿來的那個身分牌，就不是這個部隊的。」曹元明上次拿來的是名取和夫的身分牌，番號是四個字，只能辨認出其中一個「6」字。

「這倒奇怪了，不在一個部隊的四個人，卻死在了一起。」曹元明將千巖山大蛇谷那個神祕的洞穴一事告訴了吳大鵬，並給他看了一些現場的照片。

吳大鵬聽到這些日本兵的屍骨裡都含有鼠疫桿菌，忽然想到了什麼，在一張白紙上寫下了「1644」四個數字：「這個名取和夫，可能屬於侵華日軍的『中支那防疫給水部』，這個部隊的總部設在南京中山東路原南京陸軍中央醫院，代號榮字1644部隊。」

曹元明「嗯」了一聲。

吳大鵬繼續解釋：「1644部隊名義上是防疫給水部隊，其實就是細菌部隊，專門製造鼠疫、霍亂、炭疽、傷寒等病菌。『中支那防疫給水部』的活動範圍就在華東地區，這個部隊的番號帶有一個『6』字，那幾個日本兵又染上了鼠疫，因此，我就聯想到了它。」

曹元明想了一下：「你的意思是說，這些死去的日本兵是被他們自己製造的細菌武器奪去生命的？」

吳大鵬點了點頭：「完全有這個可能。日本的731部隊你知道吧？」

曹元明說：「當然知道。這個1644部隊和731部隊是什麼關係？」

731部隊是日本關東軍在東北設立的一支細菌部隊，以慘無人道的活體實驗而臭名昭彰。

「731 部隊的創始人是石井四郎軍醫中將，而 1644 部隊是由石井四郎在 1939 年 4 月帶領 731 部隊的部分人員、設備來南京建立的。剛開始部隊的名稱為『石井（四）部隊』，1941 年曾稱『多摩部隊』，不久又改稱為『榮字 1644 部隊』。可以說 731 部隊與 1644 部隊是表裡一體的，從某種程度上可以說後者就如同前者的一個分部。這在番號上就可見一斑：1與6之和為7，3與1之和為4，1644 中的最後一個數字『4』的日語發音為『石』。日軍在華東地區多次實施細菌戰，實施這些細菌戰時，遠在東北的 731 部隊都組織了一支遠征隊，由這支遠征隊與南京的 1644 部隊配合去完成實施任務。」

「原來如此！」曹元明咬牙切齒，「這幾個死去的日本兵，真是自作孽不可活。」

「當年的日本人可不這麼想，細菌武器被他們當成了一張王牌。731 部隊名義上稱為『關東軍防疫給水部』，又有『石井部隊』、『東鄉部隊』、『加茂部隊』等代稱，後來關東軍總司令部下令全軍各部隊及機關都要使用番號，它便得了個番號『滿洲第 731 部隊』。這支祕密部隊歸屬日本陸軍省、陸軍參謀本部和關東軍司令部雙重領導。日本人為發展細菌武器不遺餘力，731 部隊的儀器設備都是當時最先進的，關東軍憲兵則為它提供了源源不斷的活人作為實驗材料。這個部隊的人事配備也是很強的，細菌戰研究工作人員就有2,600餘人，其中將級軍官就有5名，校級軍官30餘名。其實日軍的細菌部隊遠不止這一個，731部隊只是最著名的。」吳大鵬介紹說，日軍繼731部隊後陸續建立的規模較大的細菌部隊有：

1938年2月設立北京（甲）1855部隊（北支防疫給水部）；1939年4月設立南京（榮）1644部隊（中支防疫給水部）；1939年8月設立廣東（波）8604部隊（南支防疫給水部）；1941年12月，太平洋戰爭爆發後，戰局向南方擴展，翌年3月，日本陸軍又在新加坡設立了（岡）9402部隊，稱南方軍防疫給水部。

上述各細菌部隊的控制中心是設在東京新宿陸軍軍醫學校內的防疫研究室，頂頭人物就是專攻細菌學的石井四郎。

不過，由於日本戰敗時銷毀了大量的細菌戰罪證，加之戰後那些從事細菌戰研究的罪魁禍首一直未得到追究，日軍細菌戰的很多祕密都淹沒在了歷史長河中。

聽完吳大鵬的說明，曹元明頓時意識到：「如果能找到這個名取昭夫，弄清楚這些日本兵的死因，那說不定能揭開當年日軍實施細菌戰的某些不為人知的祕密和罪行！」

這些隱藏於重重歷史帷幕後的謎團，令他震驚，也令他振奮。

「是啊。死在日軍細菌武器下的人有千千萬萬，如果你能夠為那些死去的亡魂伸冤，你將是世界上最了不起的刑警。」吳大鵬說，「既然千巖山大蛇谷埋葬的這些日本兵感染了鼠疫，那就可以這麼推測，那個名取和夫是第 1644 部隊的，其餘三人是當地駐軍中抽調來協助細菌作戰的，可能是在實施細菌戰時出現了什麼意外而一起喪命……至於具體細節，就是謎了。」

「日軍有在河山進行細菌戰的記載嗎？」

「沒有。」

曹元明想到，醫學院細菌研究所主任薛建國提到 1945 年 2 月，河山曾經發生過鼠疫大流行，他還有些納悶為什麼是冬天發生鼠疫，這很反常，現在想來，會不會是日軍的細菌戰呢？

吳大鵬說：「當時河山是日軍占領區，按理說，日軍不會在自己的控制區內實施細菌戰。」

曹元明點了點頭：「現在這些推論缺乏有力的證據。我會馬上再去日本調查，這個案子牽扯到的東西太多了！」

案情進展到這一步，所涉及的深度和廣度，已經遠遠超過了一般的刑案，這不僅帶給曹元明出乎意料的震撼，還讓他感到了前所未有的使命感和緊迫感。

吳大鵬說：「年代久遠，兩國之間又存在諸多隔閡，查起來難上加難啊！」

曹元明說：「我知道很困難，但既然找到了端倪，就絕不會放棄。從某種意義上說，死去的名取和夫也是細菌戰的受害者，相信那些有良知的日本知情人會配合我們調查。」

吳大鵬說：「祝你成功！」

曹元明心中一凜，想起了鄒和平的突然死亡，更強烈地預感到，這背後不但隱藏著凶手，而且隱藏著不可告人的罪惡……

曹元明向分局長官報告了鄒和平的死因。臧進榮說：「你整理好資料，我們上報中央，透過外交管道與日本警方協商，要求立案展開調查。不過，這公文往來程序最耗時間，破案是經不起等的。」

「我明白，馬上動身去日本！」曹元明把吳大鵬的分析告訴了臧進榮。

這時，對千巖山大蛇谷的挖掘工作有了新進展：在這一山區範圍內，發現隱蔽在山岩深處的多個日軍洞庫遺跡，每個洞庫都建成了坑道式的出擊通路，有彈藥、槍砲、糧食、醫藥等地下倉庫和指揮所、瞭望點。在日本戰敗時，日軍爆破毀壞了這些洞庫，銷毀了儲存的物資，而名取和夫等人葬身的洞庫因為有大量烈性傳染菌則未加以破壞。

曹元明正準備再赴日本，這時，接到了韓吟雪的電話，說她父親想見見他。

這段時間，曹元明先是查湯小輝收藏屍骨一案，後來又忙著鄒和平的事，韓世達一案的追查就擱下了。他本想推辭，但韓吟雪說，只是去公司見一面，簡短談個話，不會耽誤什麼時間。曹元明便答應了。

世達公司包下了河山市很氣派的一幢辦公室作為辦公地點，韓吟雪把曹元明帶到了頂樓韓觀樵的辦公室，裡面正在談話，韓吟雪做了個抱歉的鬼臉，讓曹元明在外面稍等。

門是虛掩的，裡面傳來一個嗓門洪亮的人的說話聲：「韓總，這個專案看起來不錯，卻是個有去無回的買賣。石橋那塊地有不少釘子戶，那些人看似衣衫破爛，其實都是地痞流氓，有幾個簡直是亡命之徒，前些年也有外地公司過來進行合作開發，結果來一個死一個，都是血本無歸。現在政府把地拿出來拍了，這些釘子戶就獅子大開口，政府也跟著哄抬物價，把我們當唐僧肉，都想咬一口。」這個正在彙報的人看來是世達公司的某個業務經理，隱隱聽見一個男子的低音，似乎是說你有什麼看法，這個洪亮的嗓音回答：「依我看，我們不如找幾家本地的公司一起來經營，以免招忌，雖然利潤平攤，但風險也降低了。我們公司這兩年接連拿下幾個大專案，樹大招風啊！多少人都眼紅，就算硬把地吃下來，規劃、建設、消防、環保，能折騰死我們，到時候就只能低價把專案轉賣了。」

聽到這裡，韓吟雪輕輕咳嗽一聲，敲了敲門。

曹元明並不是有意去聆聽人家的商業機密，他想：「世達公司這些年確實勢頭很猛，剛拿了小鏡湖的地和市立醫院的地，這次又要拿石橋那邊的地，胃口這麼大，它的資金鍊承受得了嗎？」

石橋雖然是個鎮，但與三和鎮一樣，隨著城市化的快速發展，已經和市區融為一體，據說，新的市政府要向那邊搬遷了，最近那裡的地價一直看漲。

韓吟雪帶著曹元明進了辦公室。

辦公室的一側牆壁上掛著山水國畫和書法，另一側的博古架陳列著一些青銅器和瓷器，巨大辦公桌旁的花叢中，一架循環水車模型正發出潺潺的水聲，整個布置顯得清雅古樸。

那個經理模樣的人見韓吟雪帶著一個陌生人進來了，便中斷了談話，告辭退出。

韓觀樵微笑著對曹元明說：「請坐。」他的嗓音低沉而有磁性。

曹元明暗自打量了一下韓觀樵，見他神態儒雅，兩鬢染霜，看來操心的事不少，眉目之間依然可見年輕時的俊朗風采，與韓世達有些相似，穿著雖然隨意，卻有一種雍容的氣質。

只聽韓觀樵問韓吟雪：「剛才老劉的話都聽到了吧，妳怎麼看？」他並不避諱眼前的曹元明，顯示了一種不見外的信任。

韓吟雪說：「我不同意他的看法。這個專案，我們要自己做。我們前期投入那麼多，為什麼要拉上別人一起分享？這個專案說難處當然有難處，但說簡單也簡單，只要搞定兩個人：市長和規劃局長，就OK了。地痞流氓還能鬥得過法律？這根本就不是問題的關鍵。」韓吟雪的話冷靜而銳利，與平日的嬌媚可愛大相逕庭，讓曹元明刮目相看。

韓觀樵「呵呵」一笑：「我們是外來戶，老劉是河山地產界的老江湖，他的意見，我們還是要尊重。」轉頭對曹元明說，「這位就是曹警官吧，幸會。我父親的冤案，有勞你多方奔波調查，韓家上下，都感激在心。」

曹元明說：「不必客氣，我既然向韓老夫人做了承諾，就會不遺餘力地查下去。只是現在調查仍然沒有什麼進展，我感到很慚愧。」

「不用慚愧，你已經做了很多努力。這個案子本來就很難辦，只要你盡了力，我們韓家是絕對不會虧待你的，至於最終是個什麼結果，看天意吧！」說到這裡，韓觀樵嘆息了一聲，「我這個做兒子的，從小只能在照片和母親的口述中懷念父親，這麼多年來，連他的屍骨都無從安葬，為人之子，還有比這更痛心的嗎？」他神色酸楚，平靜了一下，「請你把掌握的有關案情完完全全地告訴我，好嗎？」說完，兩眼炯炯有神地看著曹元明。

這種眼光讓曹元明有些不自在，他略一沉吟，覺得還是如實相告比較好，便把一路追查韓世達一案所了解到的消息，包括韓世達曾經有過的外遇，以及對鄒衍親生祖父田力的懷疑，全部一一說明。

有些事情韓吟雪還是第一次聽到，她和父親交換了一個驚訝的眼神。

「我必須強調，所有這些懷疑對象，比如去世的馮德純先生和袁素女士，都是與之相關的人的回憶所編織而就的，現在還沒有任何的物證可以證明他們與本案有關。」說完，曹元明又補充了一句。

「那麼……那位田力呢？他還活著嗎？」韓觀樵關注的並不是馮德純和袁素。

「也許還活著，但是，同樣沒有證據證明他與本案有關，要說關聯，就是他那時在『慈康』醫院當過外科醫生。」

「接下來，就是去日本找到這個人囉？」

「是的，我準備再去日本，因為田力不僅可能與韓世達一案有關，還可能與鄒和平院長的去世有關。」

「嗯，請詳細說說。」韓觀樵對此很感興趣。

曹元明把鄒和平在日本猝死一事說了。

韓觀樵沉思了一會兒，說：「你到了日本後，如果案情有進展，請及時告訴我們，這算我的一個小小的要求，可以嗎？」

「當然可以。」

「聽吟雪說，因為長期勞累，你身體有小恙。警察是份苦差事，你要是有興趣，此事一了，可以辭職到我公司來。你的才幹和為人，吟雪是十分讚賞的，我相信她的眼光。」說到這裡，韓觀樵看了一眼女兒，韓吟雪如玉的臉龐泛起一抹淡淡的紅暈，他繼續說，「像曹警官你這樣的人，即使不當刑警，一樣可以大有作為。你還年輕，現在轉行，完全來得及。」

曹元明說：「謝謝您和吟雪的好意，只是我不能遵從。」

「年輕人，你再考慮一下，然後答覆我。我保證，你過來後，會有一個光明的前途。我是不輕易許諾別人的。」韓觀樵說。

「曹大哥，這個好機會，有多少人渴求不得。」韓吟雪在一旁相勸。

「不用考慮了。」曹元明微笑著說，但語氣十分堅決，「你們的好意，我只有心領了。」

談話結束，韓吟雪開車送了曹元明一程。

「你什麼時候去日本？」

「明天就走。」

「這麼快？」韓吟雪輕輕地「咦」了一聲，似乎有些遺憾，「我看你去年胃潰瘍手術出院後到現在一直在忙，從沒看你安安穩穩休息過幾天。」

「習慣了。我這麼多年來，從來沒有休過公休假，一年中，有兩三個月的週末能休滿雙休的，算是本年風調雨順、國泰民安了。深更半夜的，一有電話就得出門。上級一句話，一個檔案，就可以讓一個連假成為夢想。」

「那你為什麼不願意來世達公司？這樣的話，你不用沒日沒夜地操勞，可以照顧家人，可以好好保養身體，也不再需要面對那些可怕的生命危險和心理創傷，何況，收入也是刑警不可比的。」

「命運已經把我和刑警這個行業拴在了一起。我注定就是個忙忙碌碌的小警察，與榮華富貴無緣。」

「你也相信命運？」

「也許吧。」

「你真傻！」韓吟雪輕輕地說了一句。

「什麼？」曹元明沒有聽清。

「沒有想到，鄒衍的祖父居然是日本人，還從軍過。」韓吟雪換了一個話題。

「聽說日本剛戰敗的時候，國內一片廢墟，飯都吃不飽，很多日本人留在了中國，這些人分兩大類，一是日本人的遺孤，這在東北很多，後來日本經濟發展起來了，很多遺孤長大後又回去了；還有的，就是被國共雙方留用的技術人員，比如軍醫、護士、無線電技術員、司機、飛行員，鄒衍的祖父就屬於後一類。」

「鄒衍的祖父是怎麼從軍的？」

「具體情況就要找他當年老部隊的戰友去問了，田力所在的部隊醫院是第一批裁軍時撤銷番號的，時間很長了，找起來比較麻煩，而且我也沒有精力去查。」曹元明說到這裡問，「妳現在經常去陪鄒衍嗎？」

「沒有，醫生不讓他接觸外面的人。」韓吟雪淡淡地說。

「希望妳多陪陪他，算是我的一個請求吧！鄒衍生了這個病，父親又突然去世，他現在的精神支柱只有妳了。」

「請不要這麼說。鄒衍對我說過，他不需要這種廉價的憐憫。」

韓吟雪語氣中的冷淡，讓曹元明有些意外，說：「其實鄒衍內心不是這麼想的……」

「你怎麼知道他的內心？」韓吟雪打斷了他的話，「我早說過，你雖然跟他朋友這麼多年，卻未必有我了解他。」

「又是女人的直覺嗎？」曹元明問。

韓吟雪幽幽地說：「你根本不了解鄒衍，你和他，其實是完全不同的。」

「這話怎麼說？」

「我今天不想提鄒衍，就說你。我只聽到你說別人的好話，說你們隊長好，說你師傅好，在我面前最多的是說鄒衍好，從來沒聽你說過自己好。」

「我有什麼好說的？工作上，我不是好警察；生活上，不是好丈夫。」

「我可不這麼認為，相反，我覺得你是個好警察，是個……好丈夫。」韓吟雪若有所思地輕聲說。

「想不到我在妳心目中的形象如此高大？」曹元明不以為意地「嘿嘿」一笑。

「我從沒有見過一個男人像你這樣，對工作這麼執著、這麼淡泊錢財名利。」韓吟雪回頭莞爾一笑，夜風拂來，秀髮飛揚，路燈下的她宛如仙女一般。

面對韓吟雪燦如雲霞的笑容，曹元明有點目眩，一時不知說什麼好。

「嗯，日本有死刑嗎？」韓吟雪見曹元明有些走神，又換了一個話題。

「有死刑，但日本判死刑的人很少，日本的法律很多地方和我們不一樣，像有心理障礙的殺人、強姦殺人什麼的，幾乎不會判死刑。」

「就是說，即使殺害鄒老先生的凶手被抓住，很可能不會判死刑？如果是這樣，還不如廢除死刑。處死罪犯，被害人也不會復生，不如將罪犯永遠關押。」

「日本的法律我剛剛開始研究。我一直認為，死刑是不能廢除的。法律的主要作用不是制裁罪犯，而是對犯罪分子造成震懾作用，達到制止犯罪的目的。沒有哪種刑罰比剝奪一個人的生命權來得更嚴厲。所以我強烈建議保留死刑，只有這樣才有足夠的震懾，使人顧忌到犯罪成本，不去犯罪。」

到了家門口，韓吟雪送給曹元明一隻嶄新的手機，這是一款新出的手機，以品質優良著稱，流線型的典雅外殼泛出淡淡的金屬光澤。

曹元明不接受：「這是幹嘛？」

「你在日本，要經常和國內聯繫。看你那部老手機，漆皮都掉光了，該換換了。」

曹元明說：「太客氣了，我可不能收下這個禮物。」

「你要是不收，我可再也不理你了。你去日本查案，那邊物價那麼貴，時間一長，你受得了嗎？」韓吟雪嗔道，「我們家三番五次表達謝意，你總是不接受，現在連個小小的手機也要拒之門外，我都送到你家門口了，你這不是看不起人嗎？」俏臉一板，看來是真生氣了。

日本物價昂貴，曹元明深有體會：一個肉包100日元，一份蓋飯1,000多日元，坐三站地鐵200多日元……說實在的，他經濟上是有些吃緊。汪敏託姨父找關係調動工作，人情是一回事，送禮也是要的，雖然曹元明最後沒去政府機關，但那是他自己的個人原因，有些送出去的錢不可能再要回來。

曹元明是個不拘小節的人，猶豫了一下，就收下了這個手機。

韓吟雪這才轉嗔為喜，說：「這個手機防潮、防震，但是不防盜，所以你要好好保管它噢！」

曹元明「呵呵」一笑：「多謝多謝。」

韓吟雪最後說：「曹大哥，一路小心。」

臨行前，曹元明又去了醫院看望鄒衍，鄒衍已經睡了，他不忍打擾，默默地看著身上插著各種管子的鄒衍，看著心電監護器上的那些跳動閃爍的數字，病房裡安靜極了，偶爾傳來呼吸機的「滴滴」響聲。

雖然和鄒衍只隔著一層玻璃，卻彷彿隔著的是生與死的兩個世界。

鄒衍得知了父親去世的消息，病情又惡化了，昏睡中的他，能夢見天國裡的父親嗎？

曹元明擦拭了一下潮溼的眼角，暗暗發誓：「好兄弟，你安心吧，我就算是豁出命，也要找到那個殺害鄒伯伯的凶手！」

第十五章　遲到的懺悔

曹元明再度飛到日本，飽書華仍一如既往地在機場接他，並一直陪著他。

一下飛機，曹元明便根據錢志成提供的聯繫方式打電話求見名取昭夫，沒想到的是，電話不通！詢問日本電信電話株式會社，對方答覆，這個手機的使用者確實叫名取昭夫，但一個月前已經停機了。

為什麼名取昭夫會辦停機呢？難道是預感到了什麼？

錢志成只知道名取的這個手機號碼，並不知道他的地址和其他聯繫方式。曹元明找到立花裕司，試圖透過警方查詢名取昭夫的下落，但立花遺憾地告訴他，在沒有涉案證據的情況下，這是侵犯他人的隱私權，所以不能動用警方的搜查權。

曹元明一時無計可施了，忽然想到，既然這個名取昭夫是古董商人，說不定在網上能搜尋到他的消息。於是，曹元明開啟雅虎日本的網址，試著輸入「名取昭夫」的姓名搜尋，只有一些零星的資訊，沒有什麼價值，不過，一條消息引起了他的注意：一本名叫《飢餓の島》的書，是昭和年代戰爭的回憶錄系列之一，署名作者是「名取昭夫」，書再版了幾次，看來銷量不錯，最近一次出版是五年前，出版社是德間書店。這本書的作者是參加過太平洋戰爭的日本老兵，從年歲看，此人應該就是要找的那個名取昭夫。

於是，曹元明去書店買下了那本《飢餓の島》，回到酒店，連夜讓鮑書華將這本書的大體內容翻譯出來。

書名翻譯成中文，就是「飢餓的島」的意思，說的是太平洋戰爭期間，一個叫洛丁島的小島上發生的人間慘劇：

洛丁島面積僅15平方公里，呈紡錘狀，周圍都是珊瑚環礁。在太平洋戰爭前，有土著居民100人左右，島上居民人數若再增多，便沒有足夠的糧食供給，因為這是在環礁上形成的小島，海拔僅數公尺高，島上雖然長有茂密的熱帶植物，可是卻無法開闢供養100人以上的土地。太平洋戰爭爆發後，這些土著被日軍強行遷走。

昭和十八年春，日本陸軍在這個小島上設立了一個熱帶傳染病研究所。雖說叫研究所，可是實際規模不大，僅20人左右的編制，名取昭夫便是其中之一。研究所在島嶼北部的熱帶叢林中，被溼地包圍著，巨蜥、鱷魚、毒蛇在那裡棲息，因為有鐵絲網的屏障，所以島上其他部隊的人員不能進去。

由於戰局的變化，自昭和十八年秋以來，日軍開始向這個小島增派軍隊。最初登島的，是陸軍南洋第五支隊野戰高射砲隊的700多名官兵，爾後，海軍的設營隊和防空警備隊也陸續抵達，總人數超過了1,500名。這是根據大本營制定的《今後執行之戰爭指導大綱》中〈絕對國防圈〉的設想而增加的。倘若往某島運送軍隊的船舶在中途被擊沉，這些士兵便爭先恐後地游向附近的島嶼，飛機也會意外地著陸，在洛丁島上就有兩架著陸時毀壞了的飛機殘骸。所以在南方戰線，即便是在一個小島上，往往有陸軍也有海軍。

這些日本軍人絕大部分都沒有活到戰爭結束，名義上當然都是戰死的，不過，真正的死因是餓死。

一個僅能容納百多人的小島，轉瞬之間變為千餘人的戰鬥部隊駐紮地，供給的緊張程度可以想像。

各種糧食都見底了。而且，戰局還不斷地惡化。

昭和十九年6月15日，美軍在塞班島登陸，7月7日全殲日本守軍，接著又攻占了關島和提尼安島，馬里亞納群島落入美軍之手，「絕對國防圈」破滅了。期間經過幾次大海戰，日本海軍聯合艦隊被摧毀殆盡，日軍在太平洋上基本喪失了制海權，海運癱瘓。從塞班島戰役開始，洛丁島就成為補給斷絕的飢餓之島。

運輸船無法抵達，沒有糧食了。島上最先被剿滅的是蜥蜴、鱷魚、蛇、老鼠等。在野生動物被獵光之後，主食就是蕃薯和南瓜。島上沒有發生真正的戰鬥，僅僅是空襲，而效能低劣的日本高射砲自暴自棄地沉默著，因為還擊非但不能擊落敵機反而會引來更加猛烈的空襲。總之，這個彈丸小島在受到幾次猛烈轟炸之後，全島陷入了一種任憑風吹雨打的狀態。

什麼椰子、椰子的核以及木瓜之類的，一切野生樹木都被燒光了，土地用來栽培唯一的食品來源——薯類和南瓜。司令部指揮的不是對敵軍的戰鬥，而是為生存而鬥爭，每天每人的糧食配給從500克逐漸降低到最後的50克。

飢餓的人不斷倒下。僅有的一點糧食，就是被稱為B-24的蒼蠅群，因為這種鐵灰色的蒼蠅很像敵機中的B-24轟炸機，由於看不見食物而聚集起來。一個士兵僅50克蒼蠅為食品，士兵們只好貪婪地到海灘去捉海星吃。但是，誰吃了海星就會患嚴重痢疾，伴隨腹痛，身體衰弱，很快就會垮下去。

死神接踵而至。起初，士兵們為它取的名字叫「膝蓋顫抖症」，症狀是膝蓋晃晃蕩蕩不能舉步，從步行困難到腓腸肌絞痛，脛部知覺麻木，膝腱反射消失，站立困難，凹陷性水腫，心臟衰竭，肌肉萎縮，在歷經了這些發展階段後，全身各處的皮膚都出現青白色，這時就是死期到了。

島上有飛機場，並且有幾架海軍的「零式」戰鬥機。可是在戰局惡化的昭和十九年4月，飛機全部撤走了，機場被炸毀。炸毀的跑道用來種植作物，而耕地又實在有限。島上的陸軍中有農學院徵來的人，他們進行南瓜的人工交配，然而偷吃南瓜的士兵太多了。由於發現了要受死刑，因而往往生吃。由於營養失調，胃液減少，生吃會引起嚴重的痢疾，這奪去了許多人的生命，但即使如此，每晚田地裡都會響起處決偷吃者的槍聲。

供戰鬥所用的食品還有，但那是嚴禁吃掉的。這是假定敵人登陸時，就把這些僅存的食品吃掉，以增強體力好進行最後的「玉碎」突擊。

罐頭腐爛了，一腐爛就膨脹起來，如果這樣吃下去，會出現嘔吐、下痢、腹痛、蕁麻疹等等症狀，無論怎樣也無法搶救。於是人們把罐頭蓋打開，讓蒼蠅來產卵，極短時間內就會湧現出光溜溜的蛆，然後再把蛆吃掉。吃蛆不僅不會中毒，而且還有營養，腐爛的罐頭成了蛆的培殖場。

蛆的培殖甚至用及人體，雖然有命令，餓死者的屍體一律要扔到海裡，可是人們仍將屍體放在那裡，以待生蛆食用。

整個小島籠罩著死亡的陰霾，成了名副其實的「飢餓的島」。

士兵們漸漸地沉默了，陰鬱支配了一切。其間，偶然會出現好像什麼東西撕裂了似的狂笑聲，這是精神錯亂者。幾乎所有的精神錯亂者都衝向海裡，嘴裡嘮嘮叨叨地唸著什麼「潛水艇送來的糧食，浮上來啦！」「運輸船來啦！」之類的語言，最終消失在環礁和浪濤之中。

這種狀態一直持續著，最後，僅僅因為搶吃死屍而相互殘殺的人也出現了。

在地獄般的煎熬中，所有的日軍士兵都在渴望敵人登陸，以便能在砲火中痛痛快快地戰死。但是，令人啼笑皆非的是，盟軍並沒有登陸。龐大的美國艦隊和海軍陸戰隊，在開啟日本絕對國防圈的缺口後，進行「跳島戰術」，攻擊矛頭轉向了硫磺島和沖繩島等地。

洛丁島僅僅遭到了忽三忽四的轟炸，被棄置不理而殘存著。

昭和二十年9月19日，日本宣布無條件投降一個月後，美軍的驅逐艦和登陸艦來到了洛丁島，日本的特設醫院船也入港了。島上被收容的日軍人員有300餘名，個個骨瘦如柴，猶如活骷髏，其餘1,200名士兵死在了這個飢餓的孤島上。

名取昭夫幸運地活了下來，寫下了這本回憶錄，是想用慘痛的歷史警示那些對戰爭一無所知的年輕人，告誡他們要珍惜生活，珍惜和平，避免戰爭悲劇重演。

「我小時候經常挨餓，飢餓的滋味太恐怖了。」翻譯完這本書的鮑書華頗有感觸，「實際上，這樣的慘劇不僅發生在日本軍人身上。」他的祖父在抗戰期間參加過遠征軍，受盡了磨難。遠征軍第一次入緬抗戰以慘敗告終，10萬大軍僅餘4萬，而且大多為非戰鬥損失。以第五軍為例，總兵力42,000人，戰鬥傷亡不過7,300人，撤退途中損失卻達15,000人，這些人大部分是翻越荒無人煙的野人山回國途中因飢餓死去的。

在戰爭中，日軍在瀕臨絕境死傷殆盡的情況下，也絕不投降而是像猛獸般頑抗到底，甚至讓有些盟軍官兵認為他們面對的是半獸人軍團。然而，日軍畢竟是人組成的，在飢餓和疾病面前，他們並不是金剛不壞之身，相反，由於給養和藥品不足，日軍的非戰鬥減員比美軍、英軍都要嚴重得多。

太平洋戰爭對日本軍隊來說是一場不折不扣的飢餓戰爭，像洛丁島這樣的慘劇，在許多太平洋孤島都上演過：日軍在菲律賓，總共死亡52萬人（超過了在中國大陸長達8年戰爭的全部死亡人數），在巴布亞紐幾內亞，死亡19萬，這些官兵大部分都是死於飢餓和熱帶流行病，而不是戰死。

曹元明靈機一動，讓鮑書華打電話給出版方德間書店，自稱是某報記者，看了《飢餓の島》一書很感慨，想採訪一下作者，了解一下作者的近況，就這樣得到了名取昭夫的家裡電話。

這個電話終於撥通了，曹元明透過鮑書華翻譯，自稱是商人，帶來了名取昭夫想要的東西，請他驗貨。接電話的是名取昭夫的女兒，她說主人很忙，沒空會客。曹元明執意要見面，請求只要抽出15分鐘就行。

對方仍然拒絕：「我父親生病了，現在需要絕對安靜，不能會見任何來客。」

說完就要結束通話，曹元明趕緊說：「請轉告名取先生，我們找到了他兄弟的遺骨。」

對方吃了一驚：「什麼遺骨？」

「死在中國的名取和夫，是他的哥哥還是弟弟？」

「請稍等。」對方放下話筒，似乎是去和名取昭夫交談，過了片刻，她拿起了話筒，「那麼，就有勞您了。」看來，名取昭夫很重視這具遺骨。

名取昭夫的住所位於千葉市幕張區的一座丘陵上，是一座三層樓的西洋式小別墅，四面是落地窗，光照很好。房子建在比路面高一層的地基上，從大路到家門口由一段石階相連，住房下還有隧洞式車庫。曹元明和鮑書華趕到時是傍晚，四周一片死氣沉沉。開門的是一個中年婦人，是名取昭夫的女兒，她面帶戚容，掛念著重病的父親，一再叮囑談話時間要短。

鮑書華問：「老人得的是什麼病？頭腦還清醒嗎？」

她回答：「肝癌晚期，臥床不起一個多月了，頭腦還是清楚的。」

曹元明暗暗慶幸：「還好趕到了，否則晚來幾天，可能就見不到這位八十多歲的老人了。」

這位中年婦女把他倆帶到一間朝南的居室，晚霞照映下，室內一片明亮的金黃色，給人暖洋洋的感覺，窗戶上擺著修剪過的插花，地面很清潔，但是，這裡總有揮之不去的一股死亡氣息，這種氣息來源於病榻上的名取昭夫。聽曹元明說明來意後，這個老人蠟黃的臉龐露出了一絲激動的紅暈，讓女兒扶他坐起，取來了助聽器戴上，半躺著問：「你們是從中國來的？」

曹元明點了點頭：「錢志成先生告訴了我您的手機，但是沒打通，我就託其他人找到了您家的電話，多有打擾。」

「噢，錢先生那裡一年來都沒消息，我近來身體很虛弱，以為等不到這一天了，家裡人不讓我用手機，說我需要靜養，真是失禮了。」老人長嘆一聲，「只要東西找到了，談好的價錢，我一個子兒都不會少。」

「如果您能如實回答我的幾個問題，那麼，我們不但會將名取和夫的骨灰交給您，還不需要任何報酬。」

「什麼問題?」名取昭夫忽然產生了警覺。

曹元明拿出那張德語寫的「死亡筆記」的封面，背面寫有「手術刀，割活人，鮮血淋漓……」的日本俳句，遞給名取昭夫:「這是名取和夫的筆跡吧?」

老人接過來，戴上老花眼鏡仔細看了看，緩緩點頭，確認了來客所言不虛。

曹元明又遞上那張千巖山大蛇谷的地圖:「這圖是您畫的嗎?」

老人又點了點頭:「是我畫的。」

曹元明說:「雖然那個地方經過了山洪和土石流，地貌改變了，但地圖還是很精確，這很像是一張軍用地圖。您以前當過兵，去過河山，是嗎?」

老人沉默了一下，說:「我以前參加過舊日本軍，學過製圖，這張地圖的底稿，就是一張軍用地圖。我去過中國的河山，不過那是戰後了，二十多年前吧，是為了找尋和夫的屍骨，但身為一個外國人，沒有辦法挖掘，只能勘測地點。就在一年多以前，醫生診斷我得了肝癌，死期將至，不能再耽擱了，我就想把他的遺骨遷回日本安葬，這是我母親的遺願，戰爭使我們家破人亡，一家人只有在九泉下團聚了。所以，我就找了錢志成先生幫忙。」

「名取和夫，是您的親兄弟？」

「我們倆是孿生兄弟，我比他早出生五分鐘，我們出生那年，正是昭和元年，為了紀念這個新的天皇年號，我父親替我們取名『昭夫』和『和夫』。那時誰也想不到，這個動盪的昭和時代，對日本來說是一場災難。」

曹元明把發現名取和夫遺骨一事的前前後後都說了，並談到了那四名困死在狹小山洞中的日本兵，以及因此染上鼠疫相繼死去的兩個男子。

名取昭夫臉上肌肉微微牽動，默然嘆息。這時，他女兒進來斟茶，低聲提醒：「爸爸，已經十分鐘了。」他搖手說：「妳出去，把門關上，不要管我，我要和這兩位客人好好談談。」女兒還在勸告，他臉色嚴厲起來：「我們要談重要的事，女人不要插嘴，明白嗎？」女兒只得退出。

房間裡只剩下三個人，名取昭夫問曹元明：「曹先生，您不是商人，對嗎？」老人雖然行將就木，但思維依然敏捷。

曹元明說：「實不相瞞，我是一名刑警。在追查一起命案時，遇到了很多疑點，其中就包括了名取和夫之死的謎團。」他掏出了自己的護照和警官證放到名取眼前，「我一開始根本沒有想到這個案子會涉及如此深遠，現在深感責任重大，迫切地需要知情人提供詳情。所以，我就專程前來拜訪您，拜託了！」他學著日本人的模樣正襟危坐，鞠了一躬。

名取「嗯」了一聲，沒有問是什麼案子，而是望著窗外的夕陽怔怔出神，似乎在追憶往事。

室內一片寂靜，隔了半晌，曹元明小心翼翼地說：「過去的創傷誰都不願提及，如果您有所不便……」

名取昭夫回過頭來，淡然一笑：「到了這個地步，我還有什麼不便的！做了這麼多壞事，如果不好好地反省和懺悔，死後是要下阿鼻地獄的。」

這個昔日的侵略者，或許是人之將死其言也善，到了垂暮之時，並不掩飾對那場侵略戰爭的厭惡。

曹元明問：「那麼，能談談您這位孿生弟弟是怎麼死的嗎？」

「關於和夫的死因，我也不清楚，戰後收到的陣亡通知書上只是簡單的一句話：『戰死於中國河山縣』。如果不是您，我還真不知道他感染了鼠疫。」

「戰後才收到陣亡通知書？」

「是的，當時我們兄弟三人都在軍隊中服役。我倆還有個大三歲的哥哥，是海軍的輪機兵，在萊特灣大海戰中隨『武藏』號戰列艦沉沒了。我的父親在東京開了一家很小的皮革工廠，專門為軍隊生產皮靴，後來在東京大轟炸中工廠被焚毀，父親和妹妹都燒死了。戰後，我們全家活下來的只有我和母親，我們剛替父親和妹妹修好墳墓，就接到了兩張陣亡通知書，一張是哥哥的，死於昭和十九年10月，一張是弟弟的，死於昭和二十年2月，都是屍骨無存。我母親傷心欲絕，加之戰後營養不良，沒幾年就去世了，臨終前的遺言就是希望全家人能葬在一起。我們家就這樣被戰爭摧毀了。哥哥在世時，因為他是海軍，我是陸軍，我們經常為哪個軍種對日本更重要爭論得面紅耳赤，現在想來，真是太可笑了。」

曹元明心想：「昭和二十年就是1945年，就是那年2月，在名取和夫死的時候，河山發生過反常的鼠疫大流行。」他問：「您怎麼知道和夫死亡的具體地址？」

「那是他的戰友在戰後告訴我的，在軍隊測繪的地圖上標註出來。我二十多年前去河山，發現地貌地形發生了很大變化，一些人工建築，比如道路、橋梁變化最大，地圖上標出了成化寺，這是一個古剎，本來我打算進去祈福，一看也沒有了，於是重新畫了一張地圖，去年結合衛星地圖又做了一些修正，就成了現在你看到的地圖。」

名取昭夫果然就是贈送佛珠給孫寶章的那個日本人。

「名取茂門是您的什麼人？」

「你們去過鐮光寺？」

曹元明點了點頭。

名取昭夫拿起枕邊的一串佛珠撫摸了幾下，說：「那是我的叔父。鐮光寺是我以前經常去許願的地方，我母親的葬禮也是請他們做的法場。後來我年紀大了，身體不好，就不去了。」看來，人到老年的他，誠心皈依了佛門。

曹元明心想，如果不是恰巧看到名取昭夫這個叔叔的墓碑，這個案子還不知要費多少周折。他問：「您弟弟的戰友沒說明他的死因嗎？」

「沒有。因為死因涉及機密，所以不能說。」

「那這位戰友還在嗎？」

「已經去世多年了。」

「連死因都不能明說，這是什麼部隊？」

名取昭夫說：「說來就話長了。我猜想和夫染上的鼠疫來自於祕密製造的細菌武器，所以不能說，只能寫『戰死』。」他說到這裡，劇烈咳嗽了幾聲，皺緊了眉頭，他女兒聞聲進來了，看了一下掛鐘，說：「該吃藥了。」從床頭櫃拿出藥瓶，端起水杯餵給父親吃，看了曹元明和鮑書華一眼，目光中很是不滿，好像在說：「你們怎麼還不走？」

名取昭夫吃完藥，又揮手讓極不情願的女兒出去。他深吸一口氣，不等曹元明和鮑書華發問，再次開口：「我們兩兄弟是一同被招入 731 部隊的。「731」的創始人石井四郎和我一樣是千葉縣人，他這個人很重同鄉情誼，所以，在 731 部隊中有很多千葉人。」

聽到「731 部隊」這個詞，曹元明和鮑書華都吃了一驚，雖然過去了60多年，但這仍是一支光聽到名字就會讓人不寒而慄的惡魔兵團。

「很驚訝是嗎?在今天，731 部隊已經不是什麼祕密了，透過公開的資訊管道，很多中國人和日本人都聽說過。但在當年，這是一個天大的機密，即使是和 731 部隊毗鄰的關東軍其他部隊，都不知道我們是做什麼的。長官就曾直截了當地說過：731 部隊所在的哈爾濱平房地區被指定為特別軍事區，就是關東軍的飛機也不能從我們頭頂上空飛過，否則會被擊落。」名取昭夫喝了一口茶，繼續說，「昭和二十年終戰時，參謀本部作戰課的中佐參謀朝枝繁春飛到滿洲，找到石井四郎軍醫中將，告訴他：『如果全世界知道日本使用了活人來進行細菌、毒氣及凍傷研究的話，天皇就會被作為戰犯起訴。』並傳達大本營陸軍部命令：『請貴部永久地從地球上消失，並完美地銷毀一切證據。』平成九年，朝枝繁春在朝日電視臺的節目中作證，承認他說過這些話。雖然在戰敗的混亂中，但這個命令仍然得到了嚴格的執行。731 部隊撤退時，石井部隊長對成員們下達了命令：『一、回到故鄉後，要永遠隱瞞自己在 731 部隊服役的事實。二、不得擔任一切公職。三、部隊成員之間不得相互聯繫。』要大家發誓：『要共同帶著 731 部隊的祕密走進墳墓。』打了敗仗毫無光彩可言，更何況做過那種傷天害理的事情，所以我打算把這段歷史全部忘記，但是根本辦不到。回國後的那些年，我沒有安寧過一天，經常被活體實驗的夢魘纏身，美軍占領日本後又不分白晝黑夜地搜捕戰爭罪犯。不能歸鄉的隊員數不勝數，冒用他名、偽造軍歷，進入流浪人群的也為數不少。但是，要幾千人保守這麼大的一個祕密是不現實的，隨著歲月的流逝，731 部隊的罪行逐漸暴露在了陽光下。」

他指著陳舊封皮上那行德語「Todes Notiz」說：「死亡筆記，這是我們在 731 部隊學習時用的筆記本，當時很多醫學術語都是德語。」

他翻過這張封皮，指著「……遭離棄，腐敗鳥，何處是巢；青春的，千巖山，猶在眼前」這行字，說：「這是和夫在被部隊無情拋棄後，對罪惡的悔悟。年紀輕輕便困死於遠離故鄉的異國山洞，與陽光和新鮮空氣隔絕，只能留下這種絕望無助地感慨。這支部隊自成立伊始，便籠罩著非人的氣息。」

曹元明盯著名取昭夫問：「可是，731 部隊的罪行並沒有被追究。為什麼？」

「這裡的原因很複雜。731 部隊集中了日本當時第一流的細菌學、血清學和免疫學方面的專家，這些人回國後，都隱瞞了自己的過去而重返醫學界，散布在各大學的醫學部、國立的研究機關，為戰後日本的復興而竭盡全力。現在，僅我所知身居要職的人，就有相當數量。比如石井四郎的親信內藤良一中佐，就是綠十字公司創始人，這是日本最大的血庫儲存基地，在六名公司董事中，三人是原 731 部隊成員。你說要追究戰爭中的罪責，如果把在 731 部隊工作過的人都揭露的話，那後果不堪設想，不僅是醫學界，影響也會波及各個領域。」說到這裡，名取有些吃力，靠在枕上喘息。

「原來如此。」曹元明等名取恢復了些體力，繼續問，「您說原因很複雜，還有其他原因嗎？」

名取昭夫遲疑了一下：「可以說，以上說的並不是主要原因。」

「那主要原因是什麼？」曹元明有些驚訝。

名取昭夫閉上了眼睛，良久無語。

曹元明見談話進入死胡同，便想換個話題，他想起一事，問：「您寫過一本書，《飢餓の島》，對嗎？」

名取昭夫睜開了眼：「你看過這本書？」

曹元明點了點頭。

「這本書出了中譯本？」名取的眼神中閃過一絲光彩。

「不，我看的是日文版。」曹元明問，「您不是731部隊的嗎？怎麼跑到太平洋上的一個小島上去了？難道，那個熱帶病研究所只是一個掩護的幌子，實際是731部隊派遣的細菌部隊分支機構？」他想起吳大鵬曾說，731部隊在北京、南京、廣州和新加坡等地都設立有分支部隊。

名取點了一下頭：「我在書中沒有揭示的祕密，沒想到被你猜到了。」

「洛丁島在哪裡？」

「呃……那是菲律賓和西加羅林群島之間的一座由小小環礁構成的熱帶海島，現在回想起來，那裡的一切還是令人感到窒息。」

曹元明問：「731 部隊為什麼要在那麼偏遠的地方設立研究所？」

名取昭夫說：「這話說來就長了。昭和十七年，日軍占領了馬尼拉。這時，得到陸軍大本營支持的 731 部隊決定，研究所向南方發展。由於 731 部隊的不斷努力，細菌繁殖、細菌爆炸等研究專案已大致完成。當時的問題在於，嚴寒的西伯利亞與酷熱的南太平洋，細菌的使用環境完全不同，既然已培養出了在嚴寒下也能猖獗的鼠疫菌，那麼，與此相反的鼠疫菌也應該有。於是，731 部隊在洛丁島設立了熱帶傳染病研究所，在那裡進行以美軍為對手的細菌戰研究，我就是在昭和十八年被派到這個島上去工作的。以美軍為對手的細菌戰，與以中國人為對手是不同的，存在著體格和其他方面的問題，而且，若不進行在熱帶自然狀態中的實驗，便不會奏效。實驗需要活的美國人作為實驗材料，占領菲律賓和馬來亞後，盟軍的士兵就容易得到了。在三年的研究中，洛丁島上的研究所總共使用了 150 個美國人和英國人，這些俘虜是用運輸船在夜間祕密運來的。進行活人實驗要在極度祕密的情況下進行，在孤懸大洋的小島上，不用擔心洩密，但為防止意外情況發生，人員都是從其他部隊抽調來的，在軍歷上也無紀錄。」

名取還說，在島上斷糧的情況下，研究所的人員靠「實驗材料」——盟軍俘虜的肉充飢，「把人肉用鹽醃起來，風乾後能吃很久」，所以研究所二十多人無一人餓死。

曹元明暗暗吃驚，「731」惡魔的食譜上，不但有中國人，連西方人也難逃魔掌。「這麼胡作非為，就不怕戰後被定罪嗎？」

但是，無論是對中國人還是對美國人所犯下的罪行，在戰後，731 部隊都沒有人因此獲罪。

「當時，軍方就已擬定出一套以戰敗為假定對策的方案，如果戰敗，勢必要追究戰爭罪犯，而在這些罪行中，研究、使用細菌武器的人要受到嚴重處罰。正因為這樣，所以要絕對保密。戰後，美國人在洛丁島登陸後，到研究所去查看。研究設施早已全部破壞了，是燒毀的，一是為了毀滅罪證，二是怕細菌擴散。但是，紙畢竟包不住火。」說到這裡，名取昭夫換了一種語氣，「美國在太平洋戰爭後成立了一個搜尋戰場上失蹤人員的機構，他們對人權問題是非常重視的。數年後，還有成百上千名失蹤人員的下落未能查到，但這個機構卻關閉了。這些銷聲匿跡的人去了哪裡?有可能是因飛機事故或沉船等死亡，因為在太平洋戰爭中美軍有十萬人死亡，相比之下，幾百上千的失蹤數字不算大的出入，當然，也許另有原因——這就是這個官方搜尋機構的模稜兩可的結論，沒有一個定論。官方的機構雖然關閉了，可是失蹤者的家屬不甘心，他們組織起來，私設了搜尋組織。這個民間組織決定進行半永久性地搜尋。你只要想想搜尋納粹餘孽的猶太人組織，就可以理解了。搜尋組織與駐日美軍和中央情報局聯繫，想依靠他們進行人道主義的調查。這個民間組織發現了洛丁島上的日本駐軍曾經關押過戰俘的事情，但戰後移交的戰俘營名錄上，沒有這個地址，便提出了質疑。

「日本方面的回答是：在洛丁島，只有少量日本駐軍，以及一個研究熱帶傳染病的醫療機構，規模很小，沒有關押過美軍俘虜。

「對手並不好糊弄。他們認為被派往洛丁島的日軍，不是從日本本土而是從關東軍防疫給水部來的，調查應該從那裡進行。不過，防疫給水部沒有名冊，證據在撤退時已被燒毀，在關東軍裡沒有紀錄。因此，他們一無所獲。要是最終查明失蹤的 150 人是在洛丁島的研究所被用於活體實驗了，那將會掀起軒然大波。一想到這個，我們就不寒而慄。這樣的祕密，對於民間機構可以隱瞞，但是，能隱瞞得了美國政府的情報機構嗎？如果駐日美軍，或者說美國政府與日本政府祕密聯繫，那麼，一切內幕都會被揭開。」

「內幕敗露了嗎？」曹元明問。

「沒有。」名取昭夫發出了陰鬱的聲音。

很顯然，美國軍方和中情局對這個半永久性搜尋失蹤人員的民間組織，保持了不可思議的沉默，並沒有真正去幫助它。

曹元明明白了，名取昭夫繞了一個大圈子，以隱晦的方式說明：731 部隊罪行沒有得到追究的最主要的原因，在於美國政府的包庇！不難想像，如果沒有美國占領當局網開一面，731 部隊的成員怎麼可能安然無恙？

「名取和夫的身分牌上寫著，他是 1644 部隊的，這支部隊其實是 731 部隊的分支，他去河山，和您去洛丁島熱帶病研究所一樣，是執行細菌戰任務，對吧？」

「是的。731 部隊就像一隻貪婪的大章魚，把觸角伸及到日軍的各個戰場，它也成了日本帝國陸軍在海外從事細菌戰研究和人體試驗相關研究的祕密軍事醫療部隊的代稱。」

「1644 部隊在河山都做了些什麼？」

「這是軍事機密，我沒在那裡做過，所以無從得知。」

接著，名取昭夫提到一件事：「我的孩子在美國留學，我打算去美國看看他，當乘坐的國際班機在洛杉磯降落後，我卻被機場保全告知『被拒絕入境，將由下一個班機強制遣返』。美國司法部的解釋是：『第二次世界大戰中，您涉嫌參與了反人道的殘虐行為。』雖然有透過律師提出抗議的權利，但我明白這是徒勞的。像我這樣的人，一舉一動都在他們的監視之下，他們明明知道我要去美國，卻事先不拒簽，而是等到我落地後再發出驅逐令，這是一種變相的侮辱。戰爭期間，我在洛丁島參與過虐殺美國俘虜的罪行，美國人沒有確鑿的證據能定我的罪，只能用這種方式發洩某種怨氣吧！」

「像我這樣的小嘍囉……」名取嘀咕道。他的言下之意是：本應身為戰犯接受審判的 731 部隊首領如石井四郎、內藤良一等人可以不被追究罪責，反而被美國人奉為座上賓，而自己這樣的無名小卒卻為什麼要受到處罰？

此後，曹元明與吳大鵬在國際電話裡長聊此事。吳大鵬熟知二戰史，對曹元明說：「你的調查和發現很有意義，等你回國後，我們一起整理你搜集到的資料，這對於揭露被刻意掩埋的真相和罪行，有著很重要的歷史意義。對那些死去的冤魂，也是一個安慰。」他舉了抗戰期間常德的例子來說明細菌戰的恐怖：日軍只用了一架九七式轟炸機，在城區上空投下36公斤鼠疫跳蚤(用破布、羽毛等作載體)，而且在攻擊之後馬上被當地軍方發現有異常，並很快判斷為細菌戰攻擊，立即在上級支援下進行了消毒和全民防護宣傳，全城當天就普遍焚燒各種可疑垃圾。但儘管如此，兩天之後鼠疫就開始流行，十幾天之後進入劇烈流行，最終，常德市和周邊鄉鎮因鼠疫流行死亡七千多人！

曹元明一聲長嘆：「這種戰爭罪行居然沒被追究！」

曹元明和名取昭夫談到後來，華燈初放，月亮在落日後的餘暉中冉冉升起。

還有最後一個重要的問題。

曹元明拿出了一張照片，這張照片是賴勁松提供的，是曹炳生、賴勁松和田力的三人合影，時間是1950年元旦。「您認識這個人嗎?」他指著田力問名取昭夫。因為田力在發高燒時，提到了「名取」。

名取昭夫戴上老花眼，認真地端詳照片，因為年代久遠，他需要在時光的長河中慢慢打撈記憶。

曹元明屏息等待，他的心跳忽然加速：名取昭夫點頭了！

「這個人，是我在 731 部隊的戰友。」

彷彿是漆黑的迷宮忽然開啟了一扇大門，一瞬間，曹元明的聲音激動得微微顫抖起來：「他叫什麼名字？您在戰後還見過他嗎？」

「嗯……我在戰後沒有見過他，我不願提起 731 部隊的往事，也從來不在原隊員的聚會上露面，不和這些人來往。姓名嘛……」名取想了想，對鮑書華說，「請幫我取一本相簿。」

鮑書華順著他的視線望去，在書架上找到了那本相簿，遞給名取昭夫。他翻開這本陳舊的相簿，找到一張泛黃的合影照片，指著其中一人說：「就是他。」

曹元明望去，見這是四個日本軍人的合影，他們都很年輕，有的滿臉稚氣。名取所指的那個人，面目特徵赫然就是「田力」。

照片邊幅上寫著「天皇昭和十八年春ハルビン少年兵の寫真」。名取說：「這是昭和十八年 731 部隊接收的一批少年隊員，我因為是早一年的兵，所以身為接兵伍長和他們合影。」他翻過照片，照片後寫著這幾個人對應的姓名，「田力」對應的是「堀田禮三郎」，更令人興奮的是，姓名下方還寫著「木更津市倉賀町 154 號」這個地址。

曹元明大喜，真是不虛此行，一直以來苦尋的答案，就在眼前了！

「731 部隊的少年兵是怎麼回事？」在這樣一支從事非人道研究的部隊中，存在這樣稚嫩的成員，讓曹元明感到意外。

「這些少年有兩個特點：第一，他們出身的家庭經濟情況都不富裕；第二，少年們都正在國民學校裡上學，在校時是成績優秀的人，有上進心、求知欲很強。」

「為什麼要招收這麼小的孩子？」一想到這些乳臭未乾的少年被訓練為殺人不眨眼的機器，曹元明就感到脊背發涼。

「731 部隊是從日本內地抽調許多軍醫、醫學工作者和研究人員組成的，但從建立之日起，就深為研究人員奇缺而苦惱，尤其嚴重的是，專門研究細菌戰的骨幹技術人員的數量不足。製造細菌和進行實驗，需要理論指導和研究的學者，也需要許多協助學者整理實驗數據和製作各種解剖標本的研究人員和助手。在戰前的日本，培養衛生臨床技術人員的教育機構比較少。石井四郎十分重視這種情況，立意要培養出既掌握細菌戰的技術祕密，又在防諜方面具有鐵的紀律的熟練技術人員。從這一點出發，計劃大量培養少年見習技術員——731 部隊從少年兵培養出來的中間幹部。於是，關東軍司令部和 731 部隊教育部派人到日本全國各地，動員那些希望求學但由於家境困難又不得不放棄的少年們說：『當軍隊的少年見習技術員吧！』對於由於家貧而無法升學的少年們來說，軍隊的少年見習技術員是一個獲取資格、求學上進的好途徑。這和其他學校不同，少年見習技術員有獲得軍人身分的保證，成為一名帝國軍人是那時每個日本男子的夙願，不但可以領到月薪，而且根本不用擔心吃住等一切問題。在『為國奉公』的教育氣氛籠罩全國的時代，許多少年應徵入伍了。北起青森縣南至鹿兒島縣，經過考試合格的十四五歲的少年們隻身從內地（日本）來到了哈爾濱，也有少數是從滿洲的日本移民中選拔的，堀田禮三郎就是這樣加入 731 部隊的。當然，他們那時根本不可能知道 731 部隊是一支負有何種特殊任務的部隊。」

「田力」自稱是東北人，而據賴勁松回憶，「田力」畢業於醫科大學，現在看來，他只是有在中國東北生活的經歷，說了一口流利的漢語，而真正學習醫學知識的地方，不是在窗明几淨的醫科大學裡，而是在鬼氣森森的 731 部隊！

曹元明問：「能詳細談談這個堀田禮三郎嗎？他的解剖水準怎麼樣？」凡是回憶「田

力」的人，都提到他精湛的外科技術。

「接兵後不久，我就去了太平洋戰場的洛丁島，和他們相處時間不長。在 731 部隊，對少年兵實行的是填鴨式教育，課程繁多，起初有些少年跟不上。初到北滿，在異國寒風的呼嘯聲中，寂寞與不安衝擊著少年兵的內心，他們畢竟太年輕，還需要時間適應這一切。但堀田禮三郎因為是來自滿洲的移民家庭，所以適應起來很快，而且聰明伶俐，行動力很強，解剖課上手很快。我記得的，大致就是這些。」

曹元明看到照片上有四人，除了名取昭夫和堀田禮三郎，還有兩人，他問：「這兩人是什麼情況？」假如按照片的地址找不到堀田禮三郎，那麼，透過這兩人可能有辦法。

「這兩人在戰爭期間就死去了，他倆在昭和十九年到過洛丁島，將島上培養出來的菌株運回滿洲，但搭乘的潛水艇半途上被美軍驅逐艦擊沉了。」

說到這裡，窗外已經一片漆黑，但曹元明內心卻一片雪亮，許多沉積已久的謎團逐一揭開，他發自肺腑地感激：「名取先生，這些資訊很重要，太感謝您了！」

名取昭夫說：「731 部隊的罪行沒有得到追究，舊日本軍隊犯下的罪行，全體日本國民都有責任。我是有罪之人，所以不能接受你的謝意。」

曹元明感嘆：「如果日本人都能像您一樣清醒地認知那場戰爭就好了。」

名取一針見血地指出：「身為日本人，必須意識到，正確了解那段歷史不僅是對鄰國好，更是對日本好。在戰爭進入了熱核武器和太空技術的時代，這個狹小的島國比任何時候都脆弱，反省過去的錯誤，才能與鄰和睦相處，這才是日本的生存之道。」

曹元明遞上名片：「您的話很有道理。這是我的電話，如果想起什麼有關堀田禮三郎的事，麻煩和我們聯繫。祝您早日康復。」

曹元明和鮑書華離開了，他心潮起伏，久久不能平息。名取昭夫曾經是一名侵略者，犯下過戰爭罪行，但他是晚年的良心發現者，雖然懺悔來得遲了，但這種真誠的懺悔是值得尊重的。

第十六章　魔鬼仍徘徊在人間

回到酒店，曹元明頭枕手臂躺在床上想：「西方犯罪心理學裡面有句名言：一個人過去的行為是他將來的行為的 best reference（最好的參考）。化名『田力』的堀田禮三郎原來是 731 部隊的少年兵，早年就耳濡目染乃至親手解剖過活人，那麼，韓世達很可能是發現了這個祕密而被他以慣用的手法肢解殺人滅口。孫寶章回憶，當年曾見『田力』到過千巖山大蛇谷，說不定是在緬懷那些死在此地的袍澤。堀田禮三郎與名取和夫是戰友，當年一定是隨著日軍 1644 部隊在河山進行過細菌戰，而且關係還不錯，所以他在發高燒神志不清時才會唸叨著『名取』。如此推論，那韓世達對日軍在河山的細菌戰是了解一二的，但他在戰後卻從未提及過，為什麼呢？」

再往下想，鄒和平來到日本找尋生父堀田禮三郎，很可能發現了不為人知的祕密而被殺害。根據名取昭夫提供的資訊，堀田的老家在木更津，正是鄒和平猝死前兩天去過的地方。

只是，那場戰爭已經過去了60多年，當年的罪行早就不追究了，凶手為什麼還不放過鄒和平呢？

所有的疑點都迅速地向堀田禮三郎聚焦，找到他，就能解開韓世達和鄒和平兩人的被害之謎！

鮑書華在大學讀的是生物技術，所供職的矢佳株式會社是一家生物醫藥公司，曹元明問他：「日本細菌學的水準究竟怎麼樣？」

名取昭夫展示過一張731部隊和日本微生物學會會員的聯誼合影，拍攝於1942年，照片上的人，包括石井四郎，均為資深的細菌學研究者。但在曹元明眼裡，這些人毫無人性，都是學術界的敗類，是「731」這個魔窟裡發酵出來的魔鬼。

「這方面日本著實出了幾個世界級的厲害人物。不過，他們並不都是細菌戰的罪魁禍首，很多人對醫學是有貢獻的。」鮑書華掏出一張1,000日元的鈔票，指著上面一位穿西裝的日本人的肖像，「這個人叫野口英世，被日本人稱為『國寶』，印在了鈔票上。

他早在1904年就前往美國洛克斐勒研究中心進行螺旋體的研究，首次在神經梅毒腦切片上發現了螺旋體，並利用人工培養基從奧羅亞熱患者血中和秘魯疣患者疣結節中分離培養出桿狀巴爾通體，闡明了這兩種疾病之間的關係。他還從事了脊髓灰質炎、沙眼和狂犬病等疾病病原體分離的研究。野口的死很可惜，他遠赴非洲的迦納研究黃熱病，從一個病人血中分離出鉤端螺旋體，他因此宣布，螺旋體是黃熱病的病原。然而，他走了霉運，由於為他提供病理材料的醫生誤診，拿到的實際上是一個出血性黃疸病人的樣品。野口無法面對各種質疑，最終選擇自己感染黃熱病而死亡。在那個年代，微生物學家經常拿自己當做病原體的感染對象，常常因為感染病原體而死亡，但他們把這種死亡當做自己人生的聖戰和無上的榮譽。野口英世葬在紐約的墓地成了日本遊客的聖地，上面的碑文上寫著：『他畢生致力於科學，他為人類而生，為人類而死』。除了他，那時的日本，還擁有北里柴三郎、志賀潔和秦佐八郎等一大批細菌學的國際學者。

曹元明記得薛建國也提及過北里、志賀等日本細菌學家，他問：「北里柴三郎，就是發現鼠疫桿菌的那個人？」

鮑書華有些意外：「嗯，你也知道北里柴三郎？他是破傷風血清療法的發明者和鼠疫桿菌的發現者之一，在微生物學界是有傑出貢獻的。」

如果沒有這些日本細菌學專家打下的基礎，731 部隊的細菌武器恐怕無法在短期內取得那麼大的進展。曹元明感慨不已：「科技就是雙刃劍，可以造福人類，也可以為人類帶來巨大的災難。」

「是啊，就像核科技的發展，可以研製出瞬間毀滅一座城市的原子彈，也可以建造核電廠為千家萬戶帶來光明。」

「你們矢佳公司開發的是什麼產品？」

「主要是生產各種疫苗，每年的流感疫苗需求量都很大，光是這個就要忙好一陣子。」

「看來你們公司的訂單很多。」

「還不錯，公司的上級們和厚生省、日本醫師協會的關係不錯，能拿到大訂單。」

「平時一定很忙吧？為了替我當翻譯，你請假這麼久，耽誤了工作，真是過意不去。日本的道路、車站和商店，都有漢字，交通和日常生活沒有問題，我還能說幾句英語，一個人也沒問題。」曹元明兩次到日本，鮑書華都一直陪伴身邊，形影不離，曹元明有些過意不去，他看出來鮑書華在經濟上比較拮据，在外國打拚不容易，不能給這個朋友增添太多麻煩。

上次到日本時，曹元明曾去過鮑書華的家，家裡沒有其他人，鮑書華說在日本養小孩成本太高，所以沒有生孩子，妻子在便利商店打工。鮑書華的家是在下北澤租的一個小房子，只有六個榻榻米大，有個小瓦斯爐、換氣扇、洗手臺，還有一個封閉式洗手間，裡面有一個剛好能容納一人的浴缸，以及馬桶和洗臉臺，由於房子小，冰箱只能擺門口，人進門要側身。鮑書華說東京寸土寸金，這麼個小房子月租也要四萬日元。

除了一開始去過幾次餐廳，平時鮑書華和曹元明都是買麵包、蛋糕充飢，吃膩了乾糧，就自己做散壽司吃：煮好一鍋米飯，在米飯裡放點壽司醬，把超市裡買來的生魚片、雞蛋和紫菜卷放進去，用木勺攪和幾下就成了。有時候，把米飯泡到味噌湯裡，再加點最便宜的烤秋刀魚，就是一頓飯了。

「你這是什麼話？你能看懂路標，但聽不懂日語，怎麼調查？幫你就是幫鄒衍，他都這樣了，我這個朋友出這點力不算什麼。」鮑書華的話，讓曹元明心裡一陣溫暖，倍感欣慰：「友誼無價，我沒有交錯這個朋友。」

第二天，曹元明和鮑書華帶著「木更津市倉賀町 154 號」這個地址興沖沖地趕到木更津市政機關，想透過查詢戶籍找到堀田禮三郎現在的住所。接待他們的工作人員是一位年輕女性，名叫中泉泳子，態度彬彬有禮，耐心認真。曹元明聽說日本的戶籍制度在明治時代已發展完善，歷年來的紀錄都保存下來了，起初還滿懷希望，但花了一整天翻遍了幾十年來的戶籍紀錄，就是找不到「堀田禮三郎」這個姓名，「倉賀町 154 號」這個 60 多年前的地址，由於城市發展和道路建設，也早就不復存在了。

曹元明想起名取昭夫曾說，堀田一家後來移民到中國東北，那會不會因此沒有留下戶籍紀錄呢？泳子告訴他們，即使是移民，身為家長姓氏的「堀田」也會留下紀錄，但是，並沒有找到「堀田」這個姓氏移民的紀錄。

會不會是這個地址有誤呢？泳子提出了另一種可能性：「這個地址是真的，但已經成了『幽靈戶籍』。」

曹元明問：「什麼是『幽靈戶籍』？」

泳子說：「就像遭到原子彈轟炸的廣島、長崎一樣，一家人全部死亡的，稱為『幽靈戶籍』，這樣的戶籍無法考核，到一定時候就會自動登出，不會保留紀錄。」她接著解釋，「第二次世界大戰期間，木更津建有日本海軍的機場和軍用倉庫，戰爭末期成為神風特攻隊的訓練基地，因此，1945 年這裡遭到美軍的猛烈空襲，投下了數以千計的燃燒彈，全城化為一片火海。城市被燒成了荒野，居民死傷慘重，剩下的都逃亡鄉下。要申報所有的死亡者是不可能的，因為成千上萬的人死於一瞬間，這是毫無辦法的。」

曹元明皺緊了眉頭，深感失望，泳子見狀，說：「別著急，忙了一天，您先坐一會兒。」她讓曹元明和鮑書華在會客廳裡喝茶，自己去和同事商議，過了一會兒回來，對他倆說：「在千葉縣，『堀田』這個姓氏很少見，這附近有個岸香村，以前有不少人姓這個姓氏，木更津一帶的姓『堀田』的人幾乎都是從那裡來的，您不妨去那裡打聽一下。」又拿來一張地圖，仔細說明去那個村莊的路。

曹元明和鮑書華道了謝，離開了市政機關。

泳子細緻周到的接待讓曹元明如沐春風，他想起了斯文和善的立花裕司，這些日本年輕人，一點也不像他們那些參戰的祖父輩。他把這種感覺告訴了鮑書華，說：「日本的政治家經常發表一些右翼言論，比如否認戰爭罪行，參拜靖國神社，否定和平憲法，從這樣的輿論看，日本的政治右傾化了，似乎軍國主義就要復活，但到了日本，日本的國民給我的感覺卻不是這樣，難道我看到的只是表象？」

「你的感覺沒錯。日本內閣更迭很快，他們的言論代表不了民眾。日本是一個言論自由的多元社會，有各種不同的聲音很正常。普通的日本人，根本對政治不感興趣。」鮑書華以在日本生活多年的口吻下了結論，「軍國主義不可能在日本復活，光是美國這一關它就過不了。日本人不會忘記美國人扔了兩顆原子彈，美國人更不會忘記這一點。再說，日本已經進入後工業化的老齡社會，平靜而缺乏朝氣，沒有對外擴張的動力，雖然有個別右翼分子會不時發出一點噪音，但在日本社會居於主導地位的是和平主義。」

「和平主義？」曹元明帶著疑惑問：「日本的軍費開支不是高居世界前列嗎？」

鮑書華對此有不同的理解：「日本沒有軍隊，自衛隊只是一群穿軍裝的公務員，士氣和訓練都不行。日本防務開銷的很大一部分用於發薪水，因為薪水低就招不到人。自衛隊對年輕人沒有吸引力，一直為招不到優秀的人才苦惱，這跟舊日本帝國陸海軍完全不同。軍隊的氣質和精神根植於它所處的社會，在富足環境下成長的平成男孩很脆弱，驅使這些人像他們的昭和前輩那樣上戰場拚命是不可想像的。我曾和一個陸上自衛隊的曹長交談過，他說憲法沒有賦予自衛隊交戰權，如果日本參加戰爭就是違憲，他就辭職。我說：『如果敵人打來，自衛隊都像你這樣不去拚命的話，那日本會滅亡的。』他說：『尊重生命和人權是現代社會的準則，這樣動不動就要人去送命的國家，滅亡就滅亡好了。』怎麼樣，你聽了這話吃驚吧？如果當年的神風特攻隊員們聽到這話猜想要氣得從墳墓裡跳出來。」

鮑書華不再提這個話題，問：「我們要和日本警方聯繫嗎？有他們的協助，查起來會更方便。」

曹元明說：「還是不和他們聯繫好，我們現在是以私人身分在調查，名不正言不順，官方程序還在進行中，等等再說吧！」他留了個心眼，鄒和平被謀殺，日本警方卻認定為意外死亡，還得出一個糖尿病 DBS 的結論來，說不定幕後另有文章。

兩人次日一早便趕往岸香村。不一會兒，汽車便駛離了國道，沿著一條約五公尺寬的鄉村柏油道路行駛，來到了一座村莊，村公所前寫著「岸香村」三個漢字。這是個漁村，房子整整齊齊地排列著，牆壁都是白色的，港口停泊著十幾艘漁船，一群孩子正歡快地在碼頭前的空地上踢足球，海鷗在空中鳴叫，空氣中滲透著魚腥味。

街道上沒有什麼人，這是一個有點冷寂的村落，和繁華的日本都市恍如隔世，看來，由於離東京比較近，很多年輕人都去大城市發展了。

透過詢問村公所，曹元明失望地了解到，村裡現在已經沒有姓「堀田」的人家了，不過，村裡後山有一座公墓，那裡還葬著一些姓「堀田」的人，都有些年頭了。墓碑也能提供資訊，如果不是當初無意中看到「名取茂門」的墓碑，案情也不會有進展。

於是，曹元明和鮑書華爬上竹叢旁的坡道，走過蘿蔔和白菜地泥濘的田間小道，看見了附近一帶村民的公墓。在公墓地上，果然見到一些刻有「堀田」姓氏的墓碑散立四周，就像村民說的那樣，這些人只是同姓，倒不一定有血緣關係。

立在那裡的墓碑儘管經歷了風吹雨打，想必還能將堀田家的歷史銘刻在上面。於是，他們仔細地辨認墓碑的碑文。

這些墓碑中，有一塊引起了曹元明的注意，它正面刻有「崇源院誠忠健太郎居士」的戒名，墓碑的旁邊寫道：「堀田健太郎，生於大正四年2月13日，故陸軍步兵大尉，歿於昭和二十年5月，終年30歲。」

「堀田健太郎，從名字看，好像是堀田禮三郎的哥哥，嗯，昭和二十年……就是

1945年，從年齡看，完全有這種可能。」曹元明蹲下來，拂去墓碑上的雜草泥土，讓字跡更清晰一些，然後拍下了照片。

「這個墓不像有60多年的歷史，可能是後來修的。」鮑書華說。

公墓很久無人打掃管理，長草叢生，景色荒蕪。

「如果『田力』還活著，不會連父母的墳墓也不修繕吧！」曹元明心想，對著另外幾塊刻寫著「堀田」的墓碑拍了照，但這幾塊墓碑，都看不出什麼名堂。

「村裡真的連一家姓『堀田』的人都沒有嗎？」曹元明仍不死心，又回到村公所問一位上了年紀的工作人員。

「確實沒有了。」那個工作人員認真地檢視戶籍本，「如果硬要追根究柢的話，以前有個姓『堀田』的男人過繼給松田家當養子，改了姓氏，叫……松田不二夫，開了個海鮮加工廠，就在那邊。」

順著指引的路線望去，綿延的田園前面，隱約顯現作坊之類的建築物。

曹元明和鮑書華來到那座海鮮加工廠，這是個很小的工廠，大門緊閉，沒有機器的聲音，看來今天沒有開工。一個少年正在門口擦拭一輛漂亮的本田摩托車。曹元明問：

「請問松田不二夫先生是在這裡嗎？」

那個少年皮膚黝黑，虎頭虎腦，一雙黑亮的眼睛，問：「你們是什麼人？」他聽到曹元明說漢語，有些好奇。看來這個村子平時就沒有外國人來。

曹元明透過鮑書華翻譯說：「我們想找你爺爺談點生意上的事。」

少年說：「爺爺出去送貨了。」

「那他什麼時候回來？」

「要等到晚上呢！」

曹元明和鮑書華無奈地在加工廠門口等著。少年擦拭完摩托車，騎上車一溜煙地出去了。

眼看著太陽就要下山，周圍的景色變得模糊起來，少年才騎著車回來了，後座還帶著一個染黃頭髮的少女，看到他倆還沒走，少年有些奇怪，也不搭話，拉著少女的手自顧自地進了屋子。

曹元明的胃又開始隱隱作痛，吃了一片藥，和鮑書華在石墩上吃了點麵包巧克力算是晚餐。

又等了個把小時，天色黑了，鮑書華不耐煩起來：「算了，明天再來吧！」

曹元明說：「來一趟不容易，再等等。實在不行，我們只有三顧茅廬。……你聽。」

這時，遠處路上傳來了汽車的聲音，不一會兒，一輛小貨車駛入加工廠的院子，一個七十多歲的老人從駕駛座下來了，他古銅色的皮膚，腰板挺直，動作俐落，看上去一點不顯衰老。

「爺爺！」那個少年從門口出來招手迎接。

曹元明心想：「松田不二夫終於到場了。」說：「你爺爺的身體不錯。」

「那當然，他原來是神田大學的游泳教練，現在還經常冬泳呢！」那個少年對松田說，「爺爺，有客人等你好久了。」

「是嗎？怎麼不請他們進屋喝茶？」松田老爺子有些不滿地責問。

少年把嘴湊到爺爺耳邊，輕聲說：「是外國人噢。」

松田撫摸了一下孩子的頭，問曹元明：「你們找我有事嗎？」

曹元明點了點頭。

「那屋裡坐吧。」松田讓二人進了加工廠的住屋，替他們倒上清茶，「我的生意可沒有那麼大，能做到國外去。」

「我們來，是想向您打聽一個人。」

「嗯，原來是這樣，請說吧。」松田爽快地說。

曹元明把幾張墓碑的照片給他看：「這是在岸香村公墓拍下的，您知道這些人嗎？」

「堀田健太郎」那張墓碑的照片被放在了最上頭。

「堀田健太郎？」松田不二夫搔了搔花白的頭髮，側頭想了會兒，「嗯，是有這麼個人。」

「這墓是哪年修建的？」

「不記得是哪一年了，大概有30多年了，是海外遷回的遺骨。」

「海外？究竟是哪裡？」

「好像是沖繩。」

「那麼，這個修墓的人是誰呢？」

「不大清楚，那時候我在外地工作，不在村裡。應該是他的親屬，聽說是由遺族會出面的。」

鮑書華告訴曹元明：「遺族會是第二次世界大戰後，由戰死的日本官兵的遺屬組成的一個全國性組織。」

「他們這家人您還有印象嗎？」

「沒有什麼印象，雖然我們是鄉親，不過在我很小的時候，健太郎一家就移民去了滿洲。」

聽到「滿洲」一詞，曹元明心中一跳，這和堀田禮三郎的身世吻合，問：「全家都去了嗎？」

「都去了，那是昭和初年的事情，這一帶很多村民都去了滿洲。我們這裡雖然是漁村，但過去有很多人都種田，只是山多田少，靠種稻子要養活一大家人不容易，聽說那邊土地肥沃廣闊，於是就響應政府的號召移民過去了。我家原來開了個醬油作坊，日子還過得去，聽說滿洲冬天冷得很，就沒移民。」

「堀田健太郎的兄弟姊妹有幾個？」

「四五個吧，有男孩有女孩，移民搬家時，他媽還抱著個剛斷奶的小女孩。他們家是佃戶，除了種稻，還養蠶，孩子又多，日子過得緊巴巴的，健太郎是他們家的長子，聽說他考上了陸軍士官學校後，寄錢給家裡，家境才好一點。」

如果堀田家有四五個兄弟姊妹，那麼根據排序，排行老三的叫「堀田禮三郎」就合情合理了，石井四郎在兄弟中正是排行老四。

「戰後他們家的人回來過嗎？」

「沒有，太慘了。」老人連連搖頭，「還是不移民好，這邊到滿洲去的，能回來的不到一半。聽說當年俄國人突然就打了過來，撤退都來不及，很多人死在異國他鄉，屍骨無存。」

「連一個都沒回來？」

「沒有。要說有，那也不是戰後，而是戰爭結束前的一年，健太郎回來過一次，不過他那時已經是軍官了，挎著軍刀，很威風，村長還請他喝過酒。聽說他從小成績很好，是全村最有出息的一個人了。」

「他的墳墓是誰修的呢？」曹元明仍不死心。

「不是說了嘛，這個我不清楚。」松田不二夫對這種重複的提問有點不高興。

「那麼，健太郎其餘幾個兄弟姊妹的情況，您知道嗎？」

「不記得了。」老人想了又想，還是搖頭。

「其中，有沒有一個叫『禮三郎』的兄弟？」

老人抱歉地笑了：「真記不得了。」

曹元明又拿出其他幾張刻有「堀田」姓氏的墓碑讓老人看，但都沒有得到有用的資訊。

談話到此為止，曹元明將一枚中國結送給老人表示了謝意。

回來的路上，曹元明說：「看來，下一步得去遺族會打聽了。」

「算了吧，你是根本不了解情況。」鮑書華勸阻。

「怎麼了？」

「日本遺族會是個右傾組織，這樣一個組織是不會輕易配合調查的。就拿剛才那個少年來說，見我們是外國人，連門都不讓我們進。日本人看似彬彬有禮，都是裝出來的，實際上很排外。」

「看來，只有請日本警方出面了？」曹元明若有所思。

「即使千葉縣的警方出面，遺族會也不會買他們這個面子，因為你調查的結果肯定是對日本不利的。」鮑書華解釋說，「遺族會勢力很大，目前掌握著 140 萬遺屬家庭，有會員 900 萬，1 萬多個支部遍布全日本。橋本龍太郎、小淵惠三、森喜朗等前首相都曾任遺族會會長。」

此路不通，曹元明默然無語，靜靜地思索起來。

堀田健太郎的墓是一座孤寂的墳墓，墓誌銘很簡略，沒有讚美之辭，沒有落款人，彷彿不想與塵世有什麼瓜葛。如果這位堀田禮三郎真的就是堀田健太郎的弟弟，是他為兄長修的墳墓，那麼，他不在墓碑上落款，是刻意地隱瞞自己的身分，過起了改頭換面的生活，不想讓人知道他的過去，連鄉親都不知道，那麼，想透過遺族會找到他，是不現實的。

那又是什麼讓堀田禮三郎隱姓埋名？戰爭的創傷？恐怕說不過去，戰後，數以百萬計的日本老兵不都活得好好的嗎？他們沒有隱瞞自己的過去，領著日本政府發放的比普通日本國民的養老金高出很多的「軍人恩給」安享晚年。如果隱瞞了自己的真實姓名和歷史，那他個人和家屬是不可能領到政府發放的養老金和撫卹金的，他又如何生活呢？

這樣看來，一定是為了保守著不可告人的祕密，這個祕密，就是731部隊的歷史。

韓世達被殺，情殺和財殺的可能性基本可以排除，那麼，剩下的可能就是仇殺，以他與人為善的個性看，要考慮殺人滅口的可能，韓世達必然是因為發現了這個祕密才被害的。

「你這個日本通，再幫我想想辦法嘛！」曹元明對鮑書華說。

鮑書華在網上搜尋了一會兒，說：「這個堀田健太郎、還有堀田禮三郎的資訊，可以在網上進入防衛研究所圖書館進行查詢。」

曹元明精神一振：「這些資料可以公開查嗎？」

鮑書華告訴他：「日本戰敗後，復員軍人的檔案分別被防衛廳也就是現在的防衛省和厚生省兩家接收，就保存在防衛省戰史室和厚生省檔案館。2000年日本頒布《資訊公開法》，要求所有政府部門能公開的資訊都要向公民公開。所以，現在防衛省戰史室已經數位化的資料，以電子方式對讀者公開。」

曹元明聽了很高興，他倆不可能長時期待在日本的檔案館和圖書館中查閱那些塵封的檔案，透過網際網路則是一個十分簡單、便捷而且成本極低的方法。

曹元明開啟網際網路，進入防衛研究所圖書館，面對那些卷帙浩繁的資料，他不禁感嘆日本人對史料收集工作的精細：

這裡收藏有陸軍方面的資料約813萬冊，約150個系列，海軍方面的資料約315萬冊，約90個系列。這些資料有下列三種情況：一是第二次世界大戰結束時被美軍沒收後歸還的史料；二是戰後由厚生省復員局整理保管的資料；三是為了編纂和研究戰史，由防衛研究所收集或接受捐贈的史料。目前正在公開的陸軍省大日記類的軍事機密等14種日記中的昭和時期部分，約1,100冊，製作成微縮膠片有影像300多萬張，時間跨度自西元1888年至1945年。其中有：

一、陸軍關係史料，包括日本軍隊參加西南戰爭（明治維新初期的內戰）、甲午戰爭、日俄戰爭、第一次世界大戰出兵青島和西伯利亞、「九一八事變」、盧溝橋事變、太平洋戰爭等不同時期事變、戰爭的作戰紀錄，以及陸軍法令、部隊、學校、人事等軍事行政方面的史料。

二、海軍關係史料，包括甲午戰爭、日俄戰爭、中日戰爭、太平洋戰爭的作戰記錄，關於海軍部隊、艦船、技術、學校等方面的史料，以及裁減軍備和法令、人事等軍事行政方面的史料。

不過，雖然這些資料對重大事件的記述十分詳實，但也不可能對數百萬計的參戰官兵中的每一個人都留下詳盡紀錄，查詢「堀田健太郎」一詞，詞條是這麼寫的：「堀田健太郎，男性，籍貫：木更津市倉賀町，生於大正四年2月，陸軍士官學校第51期畢業，第62師團步兵大尉，從六位勳六等功七級，歿於昭和二十年5月沖繩戰場。」

詞條很簡短，和墓碑上相比，增加的資訊量有限，不過提到堀田健太郎的籍貫是木更津市倉賀町，這和名取昭夫提供的堀田禮三郎的住址吻合，由此看來，健太郎和禮三郎應該是兄弟倆。

再看第62師團的紀錄：昭和十八年5月在中國以獨立混成第4旅團（原駐山西陽泉）、第6旅團（原駐山東張店）人員為基幹組建，轄步兵第63、第64旅團，駐山西榆次，歷任師團長本鄉義夫、藤岡武雄，曾編入華北方面軍第一軍駐山西榆次，實有

11,676人。該師團1944年春參加了打通大陸交通線「一號作戰」的平漢戰役，7月調往沖繩編入第32軍，翌年6月在沖繩戰役全軍覆滅，番號撤銷。

日本戰史對第62師團給予了高度評價，這個師團原本是治安師團，起初分散部署在山西省59個縣300多處據點裡，沒有砲兵單位，步兵裝備的是明治三十八年式步槍和大正十一年式機槍，而不是更新式的九九式步槍和九六式機槍，只是作為補充部隊調往沖繩。但在嘉數高地戰鬥中，這個原來不被大本營看好的師團表現出了頑強的戰鬥力，在每個士兵只配發了200發子彈的情況下，斃傷美軍10,000多名，摧毀了130輛美軍坦克。

日本本土在1952年恢復主權，但是1972年美國才將沖繩交還日本，沖繩戰役的日軍遺骸就是那個時候被大量挖掘運回本土安葬的，看來，堀田健太郎的墳墓就是那時修建的，所以顯得不是很陳舊。

第62師團在戰爭中全滅，戰後倖存的人少之又少，更何況過去六十多年了，要找到還記得這個堀田健太郎的舊部戰友，已經沒有可能了。

但是，在網上圖書館查詢「堀田禮三郎」，紀錄卻是空白。

曹元明讓鮑書華打電話給防衛研究所圖書館，說想查詢舊軍隊的人員名單，但圖書館查不到，該怎麼辦？

對方回答：「因為終戰時一片混亂，有人害怕盟軍追究責任，把一些在籍軍人的檔案銷毀了，導致復員困難，所以查不到。您可以查一下戰友會的名冊。」

「這個戰友會名冊，在什麼地方可以見到呢？」

「厚生省有全國的戰友會名簿。」

然而，無論是防衛研究所的圖書館，還是厚生省的全國戰友會名簿，都找不到「堀田禮三郎」，不但如此，「名取昭夫」、「名取和夫」這些在名為「防疫給水部」實為細菌部隊中服過役的軍人，都查不到。當年的陸軍省還有大本營都沒有留下他們的紀錄，戰後的戰史也抹掉了它的存在。這些在戰敗時就銷毀的軍籍，只要本人不再申報，別人就不知道，何況「731」這樣的絕密部隊，本人是不會重新申報的。

曹元明打電話給名取昭夫，想就這個難題請教老人，但老人的女兒冷冰冰地拒絕了：「你們上次一走，父親就累倒住院了，請不要再來打擾！」隨後結束通話了電話。

連日的奔波查訪，曹元明整個人瘦了一圈，站在車水馬龍的街頭，一種深深的無助感包圍著他：這些被蓄謀抹掉的東西，在60多年後的今天，依靠個人的力量是不能再還原了。這些人和事，就像砂礫一樣被歷史長河捲走，取而代之的是如今那繁華的街道，昔日永遠地被淹沒了。

曹元明疲憊地倒在酒店的床上，窗外是如墨的烏雲，閃電猙獰地撕開黑漆漆的天空，天際傳來一道道滾雷。接下來該怎麼辦？他輾轉難眠。

突然，手機響了，曹元明拿起來一看，很意外——是鄒衍！

他趕緊接聽：「鄒衍，你身體怎麼樣？發生什麼事了嗎？」

電話裡傳來鄒衍虛弱的聲音：「你現在在日本嗎？」

「是的。」

「我爸的死因查明了嗎？」

「還沒有。」曹元明深感自責，「我真沒用！」

「我快不行了。」電話另一端的鄒衍，戴著氧氣面罩沉重地喘息。

「鄒衍，不要這麼說，不能灰心哪……」曹元明趕緊安慰他。

「不要勸我了，我早有心理準備。醫生這個職業是和死神搏鬥的，但最後完敗的注定是醫生，所有的人都逃不過那個必然的結局。死，沒什麼可怕的，因為死亡也是生命的一部分。」鄒衍說完，「格格」冷笑，讓曹元明感到不對勁：「你怎麼了？」

鄒衍半晌沒說話，似乎在下決心，過了片刻，輕聲說：「也許這就是報應！」

曹元明一頭霧水：「什麼報應？」

鄒衍沙啞地說：「我要告訴你一個大祕密。你說過，我是你破案的福星，我就再幫你一次，也是最後的一次。」

「什麼？」曹元明握緊了手機，從鄒衍的話音中預感到了巨大的不祥。

「糧食快要吃完了。」鄒衍冒出來一句沒頭沒尾的話。

「什麼地方的糧食？」

「地下室的糧食。」

「地下室？」

「那個失蹤的城南幼稚園老師鄧鬱薇，被我關在地下室。」

鄒衍的話很微弱，但遠比窗外的雷聲更驚人，曹元明全身大震，手機差點掉地板上了，他幾乎不敢相信自己的耳朵，定了定神，問：「這是真的嗎？」

「快去救她吧，不然就要餓死了。我上次送吃的給她，還是兩個月前的事了。這個遊戲我是玩不動了，你們警察可真沒用，從來沒有懷疑過我，這個結局一點都不刺激。」

曹元明腦子還在「嗡嗡」作響，問：「哪個地下室？」

「前年我在城南青萍社區買的房子，你去過，就在地下儲藏室的下面，我修了一個地窖。」鄒衍聲音越來越弱，「我就要死了，槍斃我吧，這樣更痛快一點……」

曹元明恍惚之中喊道：「鄒衍，不要絕望！你這屬於自首，可以從輕處罰。而且，只要那女孩沒死，以你現在的病情，還可以保外就醫……」電話斷了線，鄒衍掛了電話。曹元明趕緊打過去，但鄒衍關機了。

曹元明呆呆地坐在床上，滂沱大雨像鞭子一樣抽著窗玻璃，抽著他的心。他萬萬沒有料到，那起震動全市的神祕失蹤案的真凶，居然是鄒衍！心思稍許平靜了片刻，再回想案情，當初案情討論會上歸納的犯罪嫌疑人的諸多特徵，每一條放到鄒衍身上都是符合的，但偏偏熟視無睹，是的，正因為是自己身邊最熟悉的人，才忽略掉了很多本該注意的細節，包括案發前和案發後鄒衍晚上經常性關機，行蹤難測，以及韓吟雪提到的「直覺」……

那麼，鄒衍的犯罪動機又是什麼呢？這樣一個高富帥，去哪裡不能泡個漂亮女孩回家？就是天天約炮，也能滿足自己的慾望，何必非要冒著進監獄的危險，把這樣一個孤獨的女孩弄回家呢？要知道，強姦犯進了監獄基本上是生不如死。

答案想一想其實很簡單：尋求刺激。

當一件事很容易就能做到的時候，人就會失去對這件事的興趣。而且，自願獻身的女孩，與被囚禁的女孩，她們在遭受蹂躪時的表情與反應，都是不同的。只有後者，才能滿足心理變態者的需求。而前者，對於鄒衍這樣的高富帥來說，已是索然無味。

鄒衍長得非常帥，開的車是法拉利，而很多女孩們天天幻想高富帥開著豪車與自己偶遇，把這些幻想的內容發布到網上，整天拍照發動態，和陌生人分享自己的所在位置。當有人真的按照她的幻想去做了，那卻不是她夢想成真了，而恰恰是噩夢的開始。

鄒衍的心理已經變態，好在他的良知沒有完全泯滅。

曹元明再次拿起手機，撥通了城南分局的值班電話。

曹元明又失眠了，連日找尋堀田禮三郎都沒有結果，讓他心焦不已，鄒衍的自首則給予他沉重一擊，他不斷地回想和鄒衍一起相處的情景，鄒衍危在旦夕，等他回國後，可能再也見不到了，兩人難道要以這樣一種方式永別嗎？

凌晨時曹元明起身上廁所，一起床就覺得不對勁，感到很吃力，頭暈、口渴，上完廁所，他不看便池就知道便血了，一量脈搏，每分鐘有一百多次。他喝了一杯水，吃了一片奧美拉唑，叫醒了鮑書華：「不好了，我的胃又出血了。」鮑書華一睜眼，見曹元明臉色煞白，嚇了一跳。

當下，鮑書華趕緊把曹元明送到「田口成人病醫療中心」，這是一家中等規模的市民綜合醫院，從入院診查到住院大概一個小時。曹元明住在一個雙人病房，有電視和冰箱，床單是藍色的，窗簾和地板是淡黃色，給人的感覺溫馨整潔，床的高度、靠背可以用遙控器自由調節。第二天胃出血就止住了，醫生說可以進食，只是日本菜本來就清淡，醫院的菜更是幾乎看不到一點油膩，鹽分也很少，三餐的量都不多，曹元明覺得有點餓。他恢復了點體力，就下床活動活動，順便把日本醫院和國內醫院做了一個對比。

從硬體上看，河山市立醫院不比這個醫院差，但醫護素質方面就不行了。這家醫院醫生和護士的服務態度是一流的。就診時，由於鮑書華去付費了，曹元明只能指著胃部和日本醫生比劃著交流，那個醫生一點沒有不耐煩，而是用漢字標籤與他一一對照，確認無誤後才開始診療。這時電話來了，他連聲抱歉，用手勢向曹元明表示「我要接個電話」，得到同意後才接電話。由於電話時間有點長，他又中斷通話，尷尬地請求延長時間，同意後才繼續通話。日本病房裡見到最多的是護士忙碌的身影，所有的治療操作和護理全部由她們完成，包括生活護理，態度無可挑剔，24小時隨叫隨到，周到細緻，不厭其煩，不像國內那樣需要家人或聘請他人陪護。

同住一個病房的是個日本老頭，沒事就喜歡看報紙，床頭放著一疊厚厚的報紙。曹元明無事可做，就拿幾張報紙過來翻翻，他不懂日文，但日文中夾雜著許多漢字，搭配著圖片，有的新聞大致內容也能猜個十之三四。

一則政治新聞引起了曹元明的極大興趣，他讓鮑書華翻譯了其中的內容：

日本眾議院解散，臨時內閣釋出大選公告，為期一個月的眾議院競選大戰打響。現年55歲、出身千葉縣的民友黨幹事長稻垣駿二提出，民友黨應當聯合維新黨、日本未來黨等在野黨，組成各黨派大聯盟，以數量克服各黨實力上的劣勢，從而達到對抗自民黨和民主黨的目的，爭取更多的眾議院席位進而成為執政黨。但評論家認為，這個設想很可能成為沒有擊中棒球的「空振」。

鮑書華放下報紙問：「你對日本的政治感興趣？」

「不。」曹元明指著報紙上稻垣駿二的大幅肖像，「你看這個人，像不像鄒和平？」

他拿出鄒和平的照片給鮑書華看。

鮑書華有些疑惑地說：「像嗎？」

「我認為像。」雖然研究犯罪分子的面相是曹元明和鄒衍開的玩笑，但一個出色的刑警，必須善於捕捉對方的面部特徵，對於這些特徵要有過目不忘的本領。

「茫茫人海，遇到兩個相像的人沒什麼奇怪的。」鮑書華有些心不在焉。

「鄒和平有一半日本人血統，他的親生父親是千葉縣人，這個家族的男性相貌的遺傳特徵很明顯，特別是鼻子，高高的鼻尖，挺直的鼻梁，鄒衍和堀田禮三郎是祖孫輩，都能看出來是一脈相承。這個稻垣駿二也是千葉縣人，年紀比鄒和平要小一些，兩個人的相貌都和堀田禮三郎有相似之處，會不會有什麼關係呢？」化名「田力」的堀田禮三郎的相貌特徵，已深深烙印在曹元明腦海裡。

「你可真會聯想。」

「刑警不會聯想可不行，在怎麼也找不到堀田禮三郎的情況下，這就是線索。」曹元明晃了一下報紙，就像重新充滿了電的機器人，興奮地蹦下了床，「我現在就要出院。這樣一個公眾人物，找到他不難！」

曹元明首先是搜集稻垣駿二的競選海報，在這個競選旺季，很容易就在選區的街道上找到了，在千葉市的民友黨競選總部，他還拿到了該黨一份詳實的資料。工作人員以為他是來採訪競選的外國新聞記者，十分熱情，告訴他，民友黨是從千葉縣起家的新興黨派，幹事長稻垣駿二是日本政壇的新星，由於有強大的資金支持，政治前景看好，甚至可能成為未來的首相。

曹元明了解到，競選日本的國會議員一個名額大概需要1億日元，政治就是有錢人的遊戲。他問：「看來民友黨的幹事長很有錢啊，背後有哪些大財團支持？」

工作人員笑著說：「這個我無可奉告，您請看資料吧！」

從這些競選廣告和資料裡，曹元明得知，稻垣駿二的父親稻垣夕張在50多年前創立了矢佳株式會社，現在不但成為日本屈指可數的生物醫藥公司，還是好幾個慈善基金會的金主。現任該公司董事長的是稻垣夕張的長子稻垣圭一。稻垣夕張退休後，80多歲的他身體還很硬朗，擔任了一家高爾夫球協會的名譽主席，看來日子過得十分悠閒。

資料裡還有稻垣父子的題字，稻垣夕張寫的字是「一期一會」，看到這四個漢字，曹元明立刻愣住了，這筆跡有些熟悉！以前在追查韓世達一案時，他在河山市立醫院病案庫查閱了保留下來的部分1950年左右的老病歷，不但從病歷簽名上還原了一些當年的醫生姓名，還知道了他們的筆跡。稻垣夕張的筆跡，和「田力」的筆跡，在他的腦海裡重疊了起來。

曹元明立刻在網上查詢稻垣夕張的圖片，很快，電腦螢幕上出現了一張清晰的照片，就在這一瞬間，他幾乎無法呼吸：雖然照片上的稻垣夕張已是滿頭銀髮，但他那副穿透了歷史的五官卻毫無保留地顯示：此人就是化名「田力」的堀田禮三郎！就是那個一直苦苦追尋卻總是像影子一樣捉摸不定的魔鬼！

「我一直有個預感：那個魔鬼仍徘徊在人間！現在，終於找到他了！」曹元明激動地打電話告訴韓吟雪，「一切都將真相大白！」

曹元明雖然還沒有掌握切實的證據，但已經將稻垣夕張——準確地說是堀田禮三郎——鎖定為凶手，並分析他的作案動機：這個人現在是日本有錢有勢的頭面人物，為什麼當年要殺害韓世達，為什麼現在要殺害鄒和平，一切都是為了保守魔鬼部隊的祕密，如果這個祕密洩漏，在當年，會為自己帶來殺身之禍，在今天，對政壇上冉冉上升的次子將帶來難以估量的負面影響，對自己的晚年生活也將是極大的衝擊。

俗話說「虎毒不食子」，但歷史和現實告訴我們，很多人還不如畜生。

第十七章　骯髒的交易

早晨的清風叩開窗扉，踅入房中，令人神清氣爽。

鎖定了堀田禮三郎後，曹元明摩拳擦掌，迫不及待地要出院，鮑書華卻沒有那麼興奮，他去問了主治醫生，過了好一會兒，回來告訴曹元明：「醫院說要再觀察三天，不同意你現在出院。」

曹元明說：「我的病情自己最清楚了，沒事的，醫院又不是監獄，不能限制我的自由。」

鮑書華又把那個醫生請來，「嘰哩呱啦」說了一大篇，總之就是勸告他留院。鮑書華說：「就再觀察一兩天吧，人既然找到了，還能飛到天上去？」

曹元明只得答應再住院一天。他想起一事，問鮑書華：「你在矢佳株式會社工作了幾年？」

鮑書華說：「有六七年了。」

「算是老員工了，見過這個堀田禮三郎，或者叫稻垣夕張的人嗎？」

「沒有。」鮑書華否認。

「稻垣圭一呢？」

「也沒有見過。」

「這兩人是公司的先後兩任董事長，你這個老員工都沒見過，奇怪了。」

「有什麼奇怪的，公司有幾十個部門和分公司，雇員上千人，規模很大，我是公司研發部下屬一個實驗室的技術員，這樣的底層，不認識他們很正常。」

「沒想到事情這麼巧，你居然就在堀田禮三郎開創的公司裡工作。」曹元明若有所思，「你說公司有上千員工，這麼大的企業，堀田的第一桶金是怎麼來的？」

據鮑書華的介紹，稻垣家族產業規模十分可觀，不但掌控著矢佳株式會社，在日本關東地區的地產、物流和零售業等方面都擁有大量投資，在千葉是炙手可熱的豪門，而一手創辦下如此龐大產業的堀田禮三郎，卻出身貧寒，娶的日本妻子也是平民子女，在講究門第和人脈的日本社會裡要打下如此基業，難度不是一般的大。

鮑書華搖頭說：「詳情不知道，不過，他起點可不低，一開始就盤下了幾家藥廠，後來又搭上了日本經濟起飛的順風車，一下子就賺了大錢，真是天生富貴命啊！」

鮑書華不知道堀田的第一桶金是怎麼來的，他的回答只是說明，這一桶的含金量很大，堀田不是白手起家，也不是小本經營。

曹元明說：「你問問公司裡那些資深的老同事，多了解一下稻垣家族的情況，搜集的資料越多越好。」

鮑書華「嗯」了一聲，說：「我這就去打聽一下。」

曹元明拍了一下他的肩膀：「越快越好。」

鮑書華聯繫到了一個名叫清水光實的退休老人，他是矢佳株式會社最初創立時的員工，對稻垣一家的情況很了解，於是，曹元明和鮑書華趕往清水家。

清水家住在千葉市郊外的一處農莊。他們從醫院出來，輾轉幾次公車，已經是夜間8點多，農莊遙遙在望，是一個很大的葡萄園，兩人走在一條長長的樹影斑駁的林蔭道上，林中光線昏暗，像在隧道裡一樣。

初夏的靜夜，水平如鏡的河流倒映著月亮、星星，路邊的楊樹散發出苦澀的、令人睏倦的氣味，油菜田裡飄來一陣陣蜜似的幽香。

這時，手機響了，是臧進榮打來的電話。

「那個畜生，我們已經收押了。」

曹元明一怔之後，才明白他說的是鄒衍。

「那個女孩怎麼樣？還活著嗎？」

「還活著，不過被折磨得不成人形，精神失常，嚴重脫水和營養不良，幾個月不見天日，那模樣把幾個女警都嚇壞了。原來多麼水靈漂亮的一個女孩啊，就這麼給毀了！食物已經吃完，再晚兩三天，沒準命就沒了。你說，這個姓鄒的是不是個滅絕人性的畜生？如果他不是半死不活地躺在病床上，我當場就揍他一頓！」

臧進榮說，鄒衍犯案是蓄謀已久，他在地下儲藏室往下四公尺修了一個地窖，透過僅夠一人爬行穿過的隧道與儲藏室相連，這個地窖是精心設計的，有照明、除溼和通氣設備，裡面放著一張大床，床邊是放飲用水、乾糧的籃子，一臺小電視機和一個小書架供被囚禁的女孩排解寂寞，角落裡有一個抽水馬桶，床上放著皮鞭、蠟燭、浣腸器、繩索、自慰棒等性虐工具。

雖然臧進榮是在罵鄒衍，但曹元明感到臉上火辣辣的，他結結巴巴地問：「鄒衍……他有什麼話要跟我說嗎？」這些天多次試著撥打鄒衍的手機，都無法接通，他知道，鄒衍已被限制了自由。

「他說，對不起你。」臧進榮的話裡，透出了幾分淒涼的意味，顯然，對於鄒衍的罪行，他不但深為憤慨，也感到惋惜。

曹元明握著手機的手微微顫抖，如鯁在喉，他知道，再也不能和這位自幼長大的兄弟像往常那樣閒聊，說著那些不正經的話了，過了半晌，他說：「臧隊長，鄒衍犯了這麼大的罪，我身為警察，事先一點都沒察覺，是失職的；身為他最好的朋友，沒有把他引導到正途，我對不起他，對不起他的父母……」說到這裡，他有些哽咽。

從道義和法律上說，鄒衍的罪行不可饒恕，而且心理是變態的，他很自負地享受著和警察玩貓抓老鼠的遊戲，警察離他越近，他越興奮，甚至連曹元明也成了鄒衍捉弄的對象。但是，從感情上，曹元明卻對鄒衍恨不起來，心中更多的是痛，而不是恨。

「你不必自責，這一切都是鄒衍咎由自取。是你不辭艱辛赴日的行為感動了他，讓他在生命的盡頭良心發現，沒讓罪行發展到最不可挽回的地步。現在不是悲傷的時候，眼前還有更加艱鉅的案情在等著你，這裡包含了韓世達和鄒和平的死，間接包含了湯小輝兄妹的死，還包含著幾十年前難以計數的亡魂，你的責任很重啊！」

「我一定追查到底！」曹元明迅速調整心情，語氣中透出不撓的堅決。

臧進榮說：「你在日本孤軍作戰，一定要注意個人的安全！你面對的不是一個對手，而很可能是一個罪惡的集團。我們已就鄒和平被害一案與日本警方取得聯繫，立案調查在手續上還需要一些時間。如果在此期間你的生命受到了威脅，不要耽擱，立刻回國。」

「明白。」曹元明簡單彙報了一下近來的調查情況，「矢佳株式會社的創始人稻垣夕張及其家族，很可能與本案有密切關聯，要查一下他們的背景。」

「好，我知道了。」

曹元明頓了一下：「臧隊長，我有個請求。」

「你說，只要我能辦到，一定辦！」

「請幫鄒衍辦理保外就醫，我可以擔保。人性都有善惡的兩面，只不過，他向惡的一面一時之間遮蔽了良知，現在浪子回頭。他的時日不多，我不想他走得太淒涼。」曹元明小心翼翼地說，他知道，這個請求對疾惡如仇的臧進榮而言是一個大大的難題。

臧進榮沉默了一會兒，回答：「好，我擔保！」

「另外，那個染鼠疫的日本兵名取和夫的骨灰，連同他的身分牌，請你透過紅十字會轉交給日本方面的家屬。」

臧進榮也答應了。

曹元明放下手機，望了一眼鮑書華。鮑書華沒有什麼表情，曹元明沒有告訴他有關鄒衍犯罪的事，而他對曹元明在通話中提及的鄒衍，似乎也不怎麼關心。

兩人拐過一片樹林，很快就要到農莊了。這時，身後傳來了輕微的「沙沙」聲，一輛汽車從樹林後緩緩冒了出來，聽聲音越來越近，曹元明下意識地往後一看，月光下，這輛汽車沒有開車燈，他忽然警覺起來，與此同時，汽車引擎忽然轟鳴起來，加大速度如同離弦之箭向著兩人直衝而來。

「不好！」曹元明一把抱住還在發呆的鮑書華，一起滾落到路基下的草叢中，汽車呼嘯著一閃而過。

兩人的臉上和手上都被荊棘劃出道道血痕，曹元明爬起來跑上去一看，路上空蕩蕩的，周圍又恢復了寂靜，那輛汽車已經無影無蹤了。

鮑書華臉色蒼白，在地上摸索了一會兒，拾起了眼鏡，怔怔地坐在地上，似乎還沒從這起未遂車禍中回過神來。

「跑了！」曹元明轉身拉起鮑書華，「怎麼樣？受傷了嗎？」

「我還好，看清車牌了嗎？」

「沒有，沒開車燈，連車的顏色都看不大真切。」

「多虧你救了我一命。」鮑書華滿臉死裡逃生後驚魂未定的表情。

「自家兄弟，說這話就見外了。我們是生死之交。」曹元明拍了拍鮑書華的肩膀，「我早就說了，你、鄒衍、我，我們三人不是親兄弟，勝似親兄弟。」

鮑書華愣了一下，說：「報警吧，這是蓄意謀殺。」

曹元明開啟隨身帶著的小手電筒，仔細看了一下路面，那輛車沒有留下煞車的痕跡，也沒有留下其他什麼物品，他搖了搖頭：「我們拿不出憑據，報警等於無用。眼下，還是趕緊去找清水先生吧！」

兩人匆匆趕到莊園的門口，按了門鈴，開門的是一個老嫗，看來是清水光實的妻子，她開啟了門燈，看到他們身上的塵土草屑，吃了一驚。鮑書華連忙掏出名片遞給她：「失禮了，我是清水先生的同事，跟他約好了的。」

清水光實七十多歲，矮個子，穿著和服在會客廳裡和兩人見了面，一番寒暄後，他問鮑書華：「你臉色不好，心神不寧的樣子，出什麼事了？」

鮑書華強笑了一下：「沒什麼。」他指著曹元明說，「這是我的一位朋友，來日本調查研究生物醫藥企業的發展情況，想和您聊一聊，請多指教。」

「歡迎遠道而來的客人。不過，我已經退休多年，對現狀不太了解，至於過去的情況，也只能說個大概，還請見諒。」清水很客氣，但可能是顧慮到商業上的機密，並沒有深入話題的打算。

曹元明透過鮑書華翻譯：「請問，您進入矢佳株式會社是什麼時候？」

清水搔了搔花白的頭髮：「那是昭和三十三年的事，我職專畢業，二十出頭。這時矢佳剛剛創立，比我更老的員工，仍健在的寥寥無幾。」說起這個資歷，清水有點自得。

「當時矢佳是什麼狀況？」

「矢佳那時僱了一百多名員工，是綠十字製藥下屬的一家子公司，五年後，矢佳成為了獨立的生物醫藥公司，東京奧運那年，成為了上市公司，發展十分迅速。」

「這麼看來，矢佳的創始人稻垣夕張先生，一定很了不起。」曹元明開始旁敲側擊。綠十字公司創始人中，大部分是原 731 部隊成員。

「是的。稻垣先生是一位閱歷豐富、見識深刻的人，但也很有人情味。他的地位雖然崇高，卻一點也不驕傲，對人一視同仁，平易近人，和他交談時，經常會聽到令人溫暖感動的人生哲理。我衷心祝福他永遠健康，因為我希望能永遠在他生日的這一天，送花給他。」清水光實的話，充滿了日本企業裡那種下屬對上級的忠誠之情。

「稻垣先生的閱歷很豐富？能詳細談談嗎？」

「只能大致說說，他出身寒門，年輕時到過滿洲，在大陸顛沛流離，歷經磨難，戰爭結束多年後才回到日本，孤身一人開始創業。」

曹元明心想：「這和堀田禮三郎的經歷是一致的。」問：「孤身一人創業？那資金怎麼來的？」

「在銀行辦的抵押貸款。」

「那麼，是拿什麼做的抵押呢？」很難想像，隻身從朝鮮戰場逃離的堀田，能攜帶什麼貴重物品。

「這……我就不知道了。」聽到這個觸及堀田禮三郎隱私的話題，清水的臉色立刻警覺起來，轉頭望了一眼鮑書華，不悅的眼神似乎在說：「你這個朋友究竟是什麼人？怎麼會提這種問題？」

清水夫人會意地走了過來，說：「您明天還要趕早上的班機去札幌，要早點休息。」

「對不起，就這樣吧！」清水看了看掛鐘，乾脆地中斷了談話。

「打擾了。」曹元明和鮑書華只得告辭。

這次險些讓他們付出生命的談話就這麼簡短，沒有任何收穫。

兩人忐忑不安地回到酒店，一路上留心來往的汽車，還好沒有再發生意外。

鮑書華關好門，臉上陰得似乎要滴出水來，喃喃地說：「看來我們遇到大麻煩了。」

「在意料之中。」曹元明說，「這反而說明，我們找對人了，踩著了老虎的尾巴。」

鮑書華幽幽地說：「今天的車禍，你不覺得蹊蹺嗎？對方要置我們於死地，而且對我們的行蹤瞭如指掌。你就沒懷疑過你旁邊的人？」

曹元明一怔，皺起了眉頭，站起來踱了幾步：「難道有人一直在跟蹤我們？」他忽然想起了什麼，讓鮑書華向服務生要來一個工具箱，用一把小小的螺絲起子卸下了手機的電池板，挑出埋在板子下面的一個小小的金屬裝置。

「這是什麼？」鮑書華瞪大了眼睛。

「是定位裝置！」曹元明仔細看了看，全身血液一片冰涼，「韓吟雪為什麼要跟蹤我？」這部手機是臨行前韓吟雪送他的，沒想到其中居然做了手腳，如果不是因此洩漏了自己的行蹤，那輛蓄意製造車禍的汽車又怎麼會如影隨形而來呢？難道韓吟雪一家處心積慮要置自己於死地？曹元明想到這裡，不禁毛骨悚然，這種一百八十度的劇變，讓他腦子一片混亂。

鮑書華看著怔怔出神的曹元明，說：「我猜想，真正動手的不是韓家，而是你要找的稻垣家，韓家只是把你的行蹤和偵查的動態告訴稻垣家。這是一筆交易，你成了犧牲品。」

曹元明沒吭聲，回想了一下自己不久前和韓吟雪的通話，告訴她就要找到那個魔鬼，真相就要大白時，韓吟雪的聲音非常高興和激動，絲毫沒有作偽的成分，難道她是一個演技高超的蛇蠍女？不，從韓老太太到韓吟雪，對殺害韓世達的真凶那種一直以來的痛恨，不像偽裝。

再說，先後化名「田力」和「稻垣夕張」的堀田禮三郎，就是殺害韓世達的凶手，韓家和稻垣家之間，可謂有深仇大恨，怎麼會聯手拿這個做交易？如此一來，韓家還要讓警察介入調查此案，不是多此一舉嗎？

「什麼深仇大恨？在金錢面前都是浮雲。」鮑書華聽了曹元明的質疑，不以為然。

「你怎麼知道？」曹元明望著神色與平常迥異的鮑書華，緩緩地問，「今天去找這個清水先生，是誰提供的地址？」

「地址是一個同事提供的，就是我們部門的一個課長，名叫平山恆一。清水光實是公司老員工中唯一和我相熟的，只能找他……看來有問題。」

「你認為問題出在哪裡？」

「我也不知道。」鮑書華嘆息了一聲，嘆息中充滿了悔恨和酸楚，「我沒有想到他們會下狠招對付你，更沒想到連我也要殺掉……」

「他們又是誰？」曹元明眉毛一挑，頓了一頓，「有很多重要的事，你都在瞞著我，是不是？」

鮑書華有些激動地說：「我今天要把我知道的一切都告訴你。不過，我要先請求你的原諒，我對不起你，對不起我們的友誼！我不是人！」說到這裡，他眼睛裡湧出了兩顆大大的淚珠。

鮑書華的雙手冰涼，微微顫抖。曹元明遞給他一杯茶，讓他平靜下來。

「話要從鄒衍的父親鄒和平來日本說起。有一天，準確地說，是4月10日，鄒和平來到日本兩天後，就找到了我。我的聯繫方式是鄒衍告訴他的。」鮑書華說到這裡，有些不安地看了看曹元明的臉色。

曹元明心中一凜，不動聲色：「你繼續說。」

「鄒和平找到我，就是為了打聽矢佳株式會社的前董事長稻垣夕張的情況。稻垣夕張是一個八十多歲的老頭，很早就退休了，我從來沒見過這個人，所知也很有限。我很奇怪，問為什麼要打聽這個人，但他沒有回答。我問起鄒衍的情況，他也沒有說什麼，後來是你打電話給我，我才知道鄒衍得了罕見疾病。那時鄒和平臉色很沉重，看來擔負著很大的心事，我想請他吃頓飯，帶他到東京走一走，散散心，但他拒絕了，說還有很多事要辦，就告辭了。我當時萬萬沒有想到，幾天後鄒和平就去世了。」說到這裡，鮑書華臉色悲戚，喝了一口茶，「鄒和平前腳剛走，一個中國籍男子跟著就找到了我，他自稱姓黃，是河山人。在異國他鄉，能遇到同鄉是件很高興的事，但這個姓黃的卻是個不討人喜歡的傢伙，他自稱是國家安全局的，還拿出了證件給我看，說是到日本執行祕密任務，讓我不得洩漏，接著就問我，鄒和平找我做什麼？我嚇壞了，還以為鄒和平涉及了危害國家安全的案件，以至於國內派特務跟蹤到了日本。我趕緊說，我一直安分守己，就是和鄒和平話家常，他是我一個好朋友的父親。」

曹元明問：「那個姓黃的叫什麼？」

「證件上寫著的是『黃磊』。」

「他長什麼樣？多大年紀？」

「四十多歲，瘦高個子，185公分左右，鼻子上有顆黑痣，說話有點甕聲甕氣，確實是我們河山的口音。」

曹元明頓時明白了，這個化名「黃磊」的，就是黃利平！什麼「國家安全局」，那是騙子的伎倆。黃利平現在做的是私家偵探的工作，同樣受韓家委託調查韓世達死因的案子，還跟蹤過自己，想不到居然比自己還更早一步到了日本。他怎麼知道鄒和平的行蹤的？很可能是鄒衍告訴韓吟雪的。可憐的鄒衍，他信任的女孩，反倒出賣了他。想到這裡，曹元明心頭一陣酸楚。

「這人根本不是什麼國家安全局的，他其實是個私家偵探，是韓家僱來的。他真名叫黃利平，原來是我在城南分局刑警大隊的同事。」

鮑書華長舒一口氣，說：「原來如此，其實我後來也發覺不對，但沒有辦法。他讓我全面搜集稻垣董事長一家以及矢佳株式會社的資料，說這些對國家都是有用的，所以我就答應了。他列出了十幾個項目讓我去調查，包括稻垣夕張、稻垣圭一的人生經歷、處事風格，以及矢佳株式會社的股東資料、股權比例、收益狀況、決策機制等等。這些東西很多都是保密的，我一個外國雇員，所知有限，而且，我內心對這種調查工作是牴觸的。所以，第一次交給他的資料，他看了後很不滿意，說不全面、不詳細。他說我沒有盡全力，還威脅說，如果我不配合，就把我提供的這些資料交給矢佳的頭頭們，那時我的飯碗就保不住了。我聽了很不高興，這簡直是流氓行徑，一點誠信都沒有，哪像是國家派來的情報人員。他見我臉色不善，馬上說，這些工作不是無償的，只要做好了，就幫我償還賭債。」

「賭債？你賭博了？」曹元明有些奇怪，鮑書華為人謹慎低調，怎麼會進賭場？黃利平讓鮑書華搜集矢佳的資料，背後肯定是韓觀樵的指使。

「是我妻子。她前年到日本，人生地不熟，語言不通，又不愛學習，整天無所事事，就被拉進了地下賭場。像她這樣頭腦簡單的人，進了賭場就是砧板上的肥肉，起初別人給了她點甜頭，到後來越賭越大，前前後後輸掉五百多萬日元。我的家境你清楚，父母和岳父家都是鄉下人，沒有什麼錢，還要供妹妹讀大學，日本消費又高，我這幾年積蓄實在不多，為了還賭債，我們只好租小房子度日，汽車也賣了，還是沒還清，黑社會隔三差五找上門來催討，躲都沒地方躲，真是苦不堪言。聽這個人說可以幫我還賭債，那是求之不得。於是，我就答應他繼續搜集矢佳株式會社的情報，他要我絕對保密，對誰都不能說。所以你來日本後，我沒有向你透露這方面的事。因為我真不知道鄒和平的死因背後會有這麼複雜的原因。直到今天發生了這起蓄意的車禍，我才知道大事不妙，我們的調查一定是觸怒了某些人，以至於要置我們於死地——不但要殺你，連我也逃不了。」

說到這裡，鮑書華臉上的肌肉微微抽搐，心有餘悸地說：「大哥，你一定要救救我。現在該怎麼辦？」他感到自己孤立無援，在這裡遇到危險，曹元明可以一走了之，而他一家子都在日本，要丟下工作回國，談何容易。他內心充滿了懊悔，早知道是這麼個結果，他就不替曹元明當翻譯了，不淌渾水。

曹元明經歷刑警生涯多年的風雨，處變不驚：「不要害怕，如果我們退縮了，他們就得逞了，自古以來都是邪不勝正！在我們背後，有正義，有法律。」他頓了一下，問，「你怎麼知道韓家和稻垣家在暗中做交易？」

「去找你以前那個同事黃利平吧，他最清楚。我是從他透露的話裡猜到的。」

「黃利平還在日本？」

「是的，昨天我還跟他通話，告訴他，我們今天要去找清水。」鮑書華看了一眼目光嚴峻的曹元明，低下頭說，「這都是他要求的，必須彙報你的一舉一動。」

「所以，我到日本後，你就始終跟著我，從不離開片刻。我還當你是出於友情……」曹元明憤怒地說。

鮑書華的頭埋得更低了，幾乎要埋進雙膝：「我知道現在說什麼，你都不會原諒我。」

「原來我一到日本，就在對方的監視之下，韓吟雪送我那個手機，只是在籠子上再加了一道鎖。」曹元明暗自嘆息，最親密的兩個朋友現在卻都陌生得讓他害怕：鄒衍囚禁女孩當作性奴隸，而鮑書華則出賣朋友牟利，帶著他四處奔走查東問西，其實都是做無用功。自己身為刑警竟然像個傻瓜一樣一直被矇在鼓裡，是這世界變得太快，還是人變得太快？

房間裡死一般的寂靜，空氣似乎凝固了。

曹元明點燃了一支香菸，從不抽菸的鮑書華也要了一支，咳嗽著抽了起來，一團煙霧將兩人的距離隔開了。

過了良久，曹元明打破了沉悶：「你跟鄒衍，是不是有解不開的芥蒂？雖然我們三個人結拜兄弟，但是，你倆之間的某些事，我不大清楚。如果因為多少年前的一點矛盾產生了積怨，直到現在還無法化解，甚至埋藏內心不斷膨脹，那就是你的不對了。」

「那可不是一點矛盾……」鮑書華忍不住爭辯了一句，可見曹元明猜得沒錯。

「是因為那個姓歐陽的女同學？」

鮑書華抬起頭來，點了點頭。

他們高中有個同班女同學名叫歐陽絢，和鮑書華是鄰居，鮑書華一直陪著她上學和回家，心裡早就暗戀這個清秀文靜的女孩。那時，有幾個校外小流氓在路上欺負瘦小的鮑書華，調戲歐陽絢，曹元明和鄒衍出手趕走了他們。但是歐陽絢大學考試落榜，之後重考，後來的事曹元明就不知道了，只隱約聽說後來和她交往的不是鮑書華，而是鄒衍。

「你和歐陽絢沒有正式交往，只是暗戀她，就為了鄒衍後來和她在一起，你就一直記恨鄒衍？」

鮑書華咬牙說：「我沒有表白，是不想打擾她學習，想等到她考上大學再表白。其實我感覺到她對我也有意思，只是不敢點破這種朦朧的感覺。鄒衍卻對我說：『你不要多想，她對每個人都挺好的。』高中畢業後，鄒衍不但橫刀奪愛，把她弄到手後，還不善待她，玩膩了又甩了她。歐陽絢本來就是一個敏感脆弱的女孩，按平時成績就算考上名校沒有十足把握，上個國立大學是沒有問題的，但重考時被鄒衍搞大了肚子，還讓她怎麼考，根本就沒臉見人！她媽簡直氣瘋了，她悄悄躲到鄉下做了墮胎手術，補習班也不上了，去鄒衍上大學的城市找他。鄒衍倒好，躲著不見她，她只好流落到外地打工去了。她的人生就這麼被鄒衍毀了！我不是人，出賣朋友，但我只是覺得對不起你，而鄒衍不配當我的朋友！」說到這裡，他擦了一下眼角，把菸蒂狠狠踩滅，「我什麼都不如鄒衍，沒他帥，沒他家有錢，別人叫我『歪脖子』、『六點零五分』，他也這麼叫，從來沒真正把我當朋友。他明知道我喜歡歐陽絢，但下手毫不留情，毀了我的初戀，也毀了歐陽絢一生……那天下著雨，她在雨中離我遠去的背影，就像烙鐵印在我的心裡，現在還感到火辣辣的疼……我永遠不會原諒鄒衍！」

「你……是不是一直在等一個報復他的機會？」

鮑書華不點頭也不搖頭：「說實話，聽到鄒衍得了罕見疾病，我內心沒有一絲悲傷。如果他像你一樣把我當朋友，你來日本查詢殺害他父親的凶手，就算別人給我再多的錢我也不會動心！」

曹元明默然無語，鄒衍風流過頭了，真是報應不爽。鄒衍自詡「風流而不下流，好色而不好淫」，其實就他的這些所作所為看，就是個下流的淫棍。韓吟雪說得不錯，交往多年的朋友未必就真正了解對方。如果自己早知道鄒衍和鮑書華的矛盾，對鄒衍多加勸告，說不定很多悲劇就不會發生。

室內再次出現了沉寂，兩人接著抽菸。

看著一地的菸蒂，曹元明問：「你還準備跟那幫人走下去？」

「不！」鮑書華語氣堅決，「起先我不知道他們的真正用意，現在我終於看清了，他們這是……這是要殺人……這太可怕了，不光殺了鄒和平，還要殺我……殺我們……我是被他們利用的，原諒我吧！」他抓住曹元明的手，「我們一起對付他們。」

「好！」曹元明點了點頭，「你現在回頭還來得及！」鮑書華在調查鄒和平死因時的偽裝讓曹元明深感痛心，如果不是這起未遂車禍，也許他還會一直裝下去，但是在日本，沒有一個精通日語的人幫忙，什麼事都做不成，所以，必須繼續信任鮑書華。

「為了安全起見，以後晚上睡覺，我們倆輪流，睡四個小時換一次班；走路時分開一段距離，最好靠牆走，注意觀察四周，看到有人跟蹤或者其他異常情況，要相互提醒；吃飯喝水去外面買便當，不要讓酒店服務生送來。」

鮑書華點了點頭：「接下來該怎麼辦？去找提供清水地址的平山恆一課長嗎？要報警嗎？」

曹元明搖頭說：「不，沒有用。我要直接和黃利平談，你找個藉口把他約出來，別說我要見他。」

對於黃利平的為人，曹元明是有些不齒的。自己剛工作不久，和師傅一起千辛萬苦抓住了一個竊盜慣犯，但局裡有人反映師徒倆到失主家裡接受招待，結果師傅的嘉獎就這樣沒了。這個偷偷打小報告的人，據事後分析，很可能就是「大黃狗」黃利平。黃利平當年競聘副隊長失利，就是因為平素為人不佳。他從刑警隊辭職當起了私家偵探，完全是衝著「利」字去的。但是，大家畢竟同事一場，在異國透過他，可以進一步弄清其中的內幕——反擊越直接就越有效。

於是，鮑書華打電話給黃利平，說要當面談談報酬的事，雙方約定在千葉大學旁邊一家名叫「時光屋」的咖啡館見面。

「時光屋」半埋在地下，進門和窗戶都很低矮，裡面光線昏暗，設計者有意把燈光弄暗造成一種神祕色彩，每張桌子上的燈都只能照亮這張桌子，桌子四周用薄紗攔著，看不清周圍人的臉。這裡的咖啡是現磨的，室內瀰漫著濃郁的咖啡香味，桌椅也散發淡淡的原木香。黃利平一身風衣，戴著墨鏡，按約定時間到了，鮑書華已經坐在那裡等他了。

「怎麼要加價？不是談好了嗎？替你還賭債。」黃利平一坐下便開門見山。

「我差點連命都沒了，加點錢不應該嗎？」鮑書華說。

「怎麼回事？曹元明起疑了？」黃利平低聲說。

「不，是有人要殺死我倆。」

「開什麼玩笑？」黃利平有些驚訝。

「既然要我的命，那給再多的錢也不幹。這件事到此為止吧！」

「你在胡說什麼？不是跟你說過嗎？我們是在做交易。所謂交易，就是用錢來解決問題。只要我們好好合作，就有一個雙贏的結局。誰會要你的命？你的命又能值多少錢？」

「我沒有心思開玩笑。」鮑書華把那天晚上去清水家途中差點被汽車撞死的事說了。

黃利平愣了一下，說：「或許這只是意外。」

鮑書華譏諷道：「要是你經歷過這麼一次車禍，還能說出這種話來，那你就是神。」

黃利平沉默了。

「反正你們在曹元明身上安裝了定位裝置，他的行蹤都在你們的掌握中，那還要我做什麼？我真不想幹了。」

「他在想什麼，下一步要做什麼，這些只有你知道。」

「那就加錢，還得保障我的人身安全。」

「錢的事我不能做主，要請示一下老闆。」

「請示韓觀樵？」鮑書華明知故問。

黃利平白了他一眼：「當然，你我都得從他那裡拿錢。」

「為什麼不換個老闆？」

「什麼意思？」

「你不是說，韓觀樵要拿這些東西和稻垣圭一做交易嗎？為什麼我們不直接找稻垣圭一？這樣賣的價錢更高。」

「你瘋了！」黃利平喊了一聲，又趕緊壓低嗓門，「這根本沒有可操作性！」

「怎麼沒有操作性？把我直接帶去見稻垣圭一不行嗎？」一隻手從後面搭在了黃利平肩膀上，他驀然回首，見那人居然是曹元明！他目瞪口呆，頓時明白，自己陷入了曹元明和鮑書華的圈套中。

曹元明搬了張椅子坐下：「大黃，沒想到能在這裡見到你，看來這不是巧合。剛才你和鮑書華的話，我都聽到了。」

黃利平很快從慌亂中鎮定下來，說：「我是拿人錢財，替人服務，冒犯的地方，還請見諒。我對你，其實並沒有惡意。」

「可是我差點就像鄒和平一樣，不明不白地成為了異國之鬼。就一句『沒有惡意』，太輕描淡寫了吧？」曹元明盯著黃利平的雙眼。

黃利平躲開了錐子般的目光：「我沒有想到他們會這麼做。」他和鮑書華一樣，使用了含糊的「他們」一詞。

「他們是誰？」

「我……不太清楚。」黃利平有些尷尬，「我是個私家偵探，不是殺手。說實話，我真沒有想到事態有這麼嚴重，還好你沒事。」

「現在你知道有人要害我了，你打算怎麼辦？」曹元明緊追不捨。

「雖然我們關係一般，但一起共事多年，也算是刑警戰線上的戰友，如果我知道有人要害你，肯定不會袖手旁觀，更不會當幫凶。」

黃利平這話說得誠懇，但曹元明不為所動：「好，我要的就是你這句話。你知道嗎？國內警方正和日本方面交涉，鄒和平之死馬上就要進入司法調查程序，這是一樁謀殺案，可不是鬧著玩的，你跟他們可別走得太近，否則為幾個錢把自己搭進去，那就不划算了。」

黃利平強笑了一下：「鄒和平之死，跟我有什麼關係？」

「你從中國一路跟蹤鄒和平到日本，能說與此無關嗎？」

黃利平的臉陰沉下來。

「我相信你沒有參與這起謀殺案。你起初沒有想到鄒和平會有生命危險，就像沒有想到我會有生命危險一樣，你只是被人用錢收買了，向他們提供情報，我猜的對不對？但現在，鄒和平的死擺在眼前，我和鮑書華剛死裡逃生，事情已經很嚴重了，你還要執迷不悟嗎?在他們看來，你是被利用的工具，一旦出了問題，是隨時可以丟卒保帥一把拋棄的工具。到時候，你怎麼撇清自己？」曹元明盯著黃利平晦暗不明的臉色，「大黃，站到我們這邊來吧！站到法律和正義這邊來，一切都還來得及，這是你洗脫嫌疑的最好辦法！」在異國孤身作戰的曹元明，迫切需要同盟軍，如果把知曉內情的黃利平拉過來，那將是給予對手的沉重一擊。

黃利平呷了一口咖啡，含在嘴裡不吞下去，這是他腦海裡在激烈交鋒的反映。

曹元明耐心地等待他的回答。

終於，黃利平開口了：「我可以把我知道的一些情況都告訴你。但我不站隊，我有我的職業道德，跟誰都不結夥，以前沒有，以後也不會。」到了這一步，他知道，有些事情是瞞不住的了，權衡再三，不如說個明白。

曹元明大喜，和黃利平開始了一問一答。

「是韓觀樵讓你調查韓世達一案的？」

「是的。」

「我看你也查了一些東西，有什麼發現？」

「慚愧，還是你查得深入。我了解的東西，你都掌握了，你了解到的情況，有些我還不知道。你把調查進度告訴韓吟雪，她再彙報給韓觀樵，兩相比較，韓觀樵對我的效率很不滿意。」

「那你後來怎麼跟上了鄒和平？」

「這也是韓觀樵授意的，目的同樣是為了查清韓世達的死因，因為他懷疑鄒和平的親生父親與此有關。我妻子是做外貿的，會說日語，他就讓我來了，順便帶著妻子旅遊一趟。」

曹元明回想了一下，他向韓觀樵父女提及鄒衍祖父「田力」一事，是在鄒和平去世之後，在此之前，顧及到鄒衍和韓吟雪的關係，他一直不提此事，韓觀樵怎麼會懷疑到這一點？但細想就不難明白了，黃利平曾跟蹤過自己，自己多次找人詢問「田力」的情況，他從中肯定嗅到了風聲，還有更重要的一個可能：鄒和平到日本之前向鄒衍交代過什麼，而韓吟雪又從鄒衍那裡聽到了什麼，這麼一聯想，難怪韓觀樵會懷疑到這一點。

「你在日本跟蹤鄒和平的這段時間，發現了什麼嗎？」這個問題非常重要，黃利平是刑警出身，如果鄒和平見過什麼特殊人物、到過什麼特殊的地方，都逃不過他的眼睛，這樣，不但能找到堀田禮三郎的下落，就連殺害鄒和平的凶手，也能找到一些線索。

「我不想瞞你。」黃利平說，「鄒和平在日本的行蹤，白天的情況十之八九都在我的掌握之中，不過，」他加重了語氣，「鄒和平去世的那天晚上，『笹井屋』究竟發生了什麼，我不知道，我不在那個旅館裡住宿，因為我沒有未卜先知的本事，沒料到他會突然去世，否則就是整宿不睡，也不會放過那個凶手。」他極力撇清自己和鄒和平遇害的瓜葛。

「鄒和平都去過哪些地方、見過哪些人？」

「有關的情況，我記錄了厚厚的一本。這個本子作為業績交給了韓觀樵，不過，真正有價值的東西，我都記在了這裡。」黃利平指了指腦袋。

「你知道堀田禮三郎的情況？」

「是的。你調查的進度，鮑書華和韓吟雪都知曉了，加上我的這些情報，韓觀樵就和他的殺父仇人談起了交易。」

「什麼交易?」曹元明意識到，這是一個核心問題。

黃利平頓了一頓，說：「世達公司的資金斷了，只有兩條路可走：一、注入資金；二、宣布破產。需要注入的資金是一個很大的數字，到哪裡去找這麼大的金額來補資金的缺口，讓公司起死回生，簡直是難於登天。韓觀樵為此吃不香，睡不著，雖然表面上鎮定自若，不知情的人還以為世達公司正蒸蒸日上，其實他都快要急出病來了。而矢佳株式會社有的是錢，因此在韓觀樵眼裡，稻垣家族不是仇人，而是救命的金菩薩。有韓世達、鄒和平兩條命案在手，就有了威脅稻垣家族的籌碼，等於找到了登天的天梯，不怕他們不出錢。」

曹元明聽到這裡，內心湧起一股怒火，韓觀樵居然拿自己父親的死作為交易籌碼，毫無人格和尊嚴可言，真是無恥之徒!

「這麼說，韓觀樵掌握了他們殺害韓世達和鄒和平的證據?」

「沒有。這些證據還得等著你去發掘，所以他覺得鮑書華是監視你的最好人選，讓我找到鮑書華談，最後加價到 550 萬日元，他終於同意了。作為友誼的價錢，我覺得這已經很高了。」

鮑書華聽到這裡，滿臉羞愧。

這麼看來，製造車禍的應該不是韓觀樵。

「姓韓的老狐狸，真是處心積慮。」曹元明罵了一聲，「稻垣一家是惡狼，他們先下手了，想殺人滅口，我一死，調查就中斷了，韓家拿不出切實的證據，威脅就無從談起了。」

「看來確實如此，我是直到現在才明白這一切。」黃利平一再為自己開脫。

曹元明仍然還有疑問：「世達公司的資金出了什麼問題？我聽說這個公司最近營運頗佳。」

「生意場上都是假象。『世達國際投資公司』其實是在美屬維京群島註冊的投資公司，然後在香港再註冊一個人頭公司，維京作為控股方。公司的主打業務是幫助國內的企業向海外轉移資產，通俗地說，就是幫一些有問題的奸商和官員洗錢——香港公司去想辦法做貸款，用貸款收購國內資產，然後出賣股份償還貸款把錢洗出來。近年來，這個公司靠這個累積了不少資金，轉向了火熱的房地產市場，想要洗白，連做了幾筆大買賣，貌似很風光，但韓觀樵這個人，野心太大，剛愎自用，結果在一個大專案上栽了跟頭，又遇到房地產市場調控的不利大環境，引起了資金的連鎖反應，陷入了資金周轉的窘迫中。」

「你對世達公司的內幕怎麼這麼了解？」

「我有個朋友在世達公司做業務經理。」

曹元明想起那次去見韓觀樵時，在門外聽到一個業務經理模樣的人正向韓觀樵闡述不同意見，聽韓觀樵叫他「老劉」，便隨口一問：「你這位朋友姓劉？」

「這你也知道？」黃利平有些吃驚，感到自己真的沒有隱瞞的必要了。

「世達公司資金出問題是什麼時候的事？」曹元明繼續問。

「就在今年年初。」

曹元明心想：「韓老太太和韓吟雪委託我調查韓世達一案，是去年的事，至少在那時，她們是真心的。這麼看來，韓吟雪雖然告訴了父親有關此案的一些情況，但可能並沒有參與這起交易。」雖然這種推測還無法證實，但他內心是萬分不希望韓吟雪捲入這種欺騙和利用他人、拿自己先人生命做籌碼的骯髒交易之中。

他思忖片刻，問：「堀田禮三郎和鄒和平是什麼時候見面的？」

「應該是4月13日，就是鄒和平去世的前兩天。這只是推測。那天，我在木更津市看到了一輛黑色的豪華車，把鄒和平接走了，去了九十九里濱附近的一座海邊別墅。為了避免被發現，我只能遠遠跟蹤鄒和平，雖然沒有看到堀田禮三郎本人，但是從豪車和別墅的規格看，對方是大財主，應該就是堀田禮三郎吧！」

黃利平的跟蹤和分析是可靠的，畢竟是經驗豐富的老刑警了。

曹元明回憶了一下，4月13日，就是「笹井屋」老闆娘回憶鄒和平向她問路的那天，問的是去木更津的路，在寺前車站上車，而且，鄒和平還順道去了一趟鐮光寺祈福。

這位白髮蕭蕭的老人，來到日本時內心一定充滿了悲痛和無奈，他用手術刀救過許許多多人的性命，但獨生愛子的性命卻無人來救。從鮑書華的介紹可知，矢佳株式會社因為是生物醫藥公司的緣故，十分熱衷於慈善事業，東京、大阪等幾個著名的血庫、骨髓庫都接受過這個財團的資金捐助。所以，走投無路的鄒和平，千里迢迢地來到日本尋找救命稻草。他以為日本的生父會像他一樣對孫子充滿慈愛，並給予大力援助，也許，去日本看一看從未謀面的生父，一直是埋藏在心底的願望。見到生父，鄒和平應該很高興，根據「笹井屋」老闆的回憶，他回來後還喝了紅酒做了個小小的慶祝，只是他萬萬沒有想到，父子相見之後，他就命赴黃泉了！而他又有服安眠藥的習慣，酒後服安眠藥會產生雙重抑制作用，使人昏睡不醒，以至於有人潛入房間都渾然不覺。

「堀田的那座別墅的位置在哪裡？」曹元明開啟筆電，點開了衛星地圖。

「離這裡不遠。」黃利平準確地指出了地址。

曹元明長舒了一口氣，從去年開始的追查看來就要水落石出了，那個60年前殺害韓世達的凶手——有可能一個多月前殺害鄒和平也是此人指使——那個在日軍細菌部隊從事過活體解剖的少年兵，彷彿已經站在了曹元明的面前。

「這個魔鬼，必須得到懲罰！」

「這段時間太累了，去洗個溫泉放鬆放鬆，聽說日本是溫泉之國。」談完了話，曹元明對鮑書華和黃利平說，「一起去，我請客。」

「附近有家叫『草湯』的溫泉，據說很不錯。」鮑書華說。

「我就不陪了。」黃利平說。

「案子告一段落了，慶賀一下嘛！」

黃利平苦笑著說：「我可麻煩了，不知該怎麼向韓觀樵交差。」

「他自己的麻煩多了去了，你就別操心了。難得在日本一起泡溫泉，這是緣分，哪個同事能有這個緣分？」

黃利平無奈地點了點頭。

當下，黃利平開著租來的吉普車，三人去了草湯溫泉。這家溫泉是置身於大自然懷抱的「露天風呂」（即戶外溫泉）。

三人洗完了溫泉，換上寬鬆的浴袍，來到庭院休息，午後溫泉的空氣中瀰漫著淡淡的硫磺味，這裡遠離城市的喧囂，他們喝著日本老牌的麒麟啤酒，品嘗海鮮燒烤，遠眺海天一色的天際。九十九里濱是日本第二長的海濱，藍色的大海與天空、白色的沙灘、綠色的防風林交織成美麗的圖畫，因此被列入「日本海濱百選」。夏天除了海水浴，還有煙火大會等活動吸引了大批遊客。另外，此處因為面向大洋而受惠於海洋資源，衝浪和風帆等運動整年不衰。這裡海鮮也很豐富，新鮮的魚類和貝類的「海鮮燒烤」非常有名。

在這種愜意的放鬆中，曹元明的心仍不輕鬆，在日本的這段時間，他感受到了細膩、溫和、精緻的日本社會氛圍和文化氣息，但是，在案件的調查中，又發現了人性殘忍的陰暗面，慘無人道的細菌部隊，活體肢解，甚至連自己的親人都不放過。

黃利平卻是一副心事重重的模樣，靠在玻璃牆上默默地吃燒烤。

鮑書華問他：「你刑警當得好好的，鐵飯碗，為什麼要辭職做私家偵探？」

「離開這個噁心的工作是明智之舉。」黃利平冷笑一聲，扳著指頭說，「我從警年資16年，月薪20,000元，加班費每月2,500元，退休金扣5,000元，半年獎金25,000元，年終獎金15到20萬，其他雜七雜八一年能發個一～二萬，就這些了，其他一分錢沒了，至於灰色收入，我不屑，那種黑錢收多了，要損陰德。24小時值班，隨時出任務，節假日還要加班，累得要死，為這點錢，值得嗎？」

「就因為錢少，又累，這工作就噁心了？」鮑書華說，「那我們這些討生活的工作沒有不噁心的。」

黃利平拿著牙籤剔牙：「這個職業讓人有雙重性格，很多考進來的人說最多的一句是：嚴重違背個人當警察的初衷。警界是個大染缸，許多上級有點權就貪腐。」

見曹元明臉上露出了不以為然的表情，黃利平對他說：「我知道你心裡一直懷疑當年你和陶鴻的事是我打的小報告，我今天索性把話說開了，像你師傅那樣的好警察，我第一個佩服，絕不會做那種小人！」

曹元明嘴唇一動，卻把話忍住了。

黃利平「哼」了一聲：「你肯定想問打這個小報告的是哪一個？嘿嘿，就是現在的大隊教導員杜峰。」

曹元明「嗯」了一聲，頗感意外。

「不相信？你師傅早年打過一個輕薄婦女的流氓，那人是官二代，老爸在市政府當大官，一直記恨在心，嚷嚷著要把你師傅的警服給扒了，你還記得不？杜峰後來能當這個教導員，走的就是他爸的關係，這下明白了吧？」黃利平冷笑數聲，「好警察現在越來越少，越來越吃不開，你師傅的榜樣我學不了，只有拍屁股走人。在警局要晉升極其困難。想往上爬的如果沒關係，要付出比別人多十倍的努力，努力工作那不過是胡扯，靠努力爬上去的非常少，即使上去了，也是累得病魔纏身，那個好不容易當上大隊長的老曾，不是自殺了嗎？說是憂鬱症，你想，拚了老命當上了大隊長，沒幾年就腎衰竭了，誰想得通？就自尋短見了。要爬上去不僅看人脈，還要看錢送得多不多。杜峰這小白臉，別看一臉的鐵面無私，在外面有大筆的『副業』，收黑錢比誰都厲害。當年我就是因為擋了他的財路，被他陷害，才逼得我另起爐灶。當私家偵探，至少生意是明碼標價，合約白紙黑字，沒有那麼多噁心的東西。我說你小子，哪天也脫了這身黑皮，跟我一起幹好了。」

曹元明淡淡一笑，不置可否。

黃利平正說得起勁，這時，木板走廊上傳來了木屐的「嗒嗒」聲，一位挽著髮髻的侍女帶著一位中年男子來到庭院，這個男子穿著西裝，體格敦實，絡腮鬍子，毛髮濃密，似乎有古阿伊努人的血統。他來到鮑書華面前，微一鞠躬：「鮑君，你好。」

鮑書華愣了一下，想了起來：「你是……相澤先生？」

那個男子點了點頭：「打擾了，請問，哪一位是曹先生？」

曹元明說：「我就是。請問你是誰？」

那個男子掏出名片，恭恭敬敬地遞上：「鄙人是稻垣先生的祕書，受他的委託，前來見您，請多關照。」

曹元明聽鮑書華翻譯此話，心中一驚：「居然是他先找上門來了。」看了一下名片，上面寫著「相澤俊樹」這個人名，他明知故問：「哪個稻垣先生？」

「就是您苦苦追尋的稻垣夕張先生。」

「他怎麼知道我在找他？」

相澤俊樹迴避了這個問題，說：「稻垣先生想見見您，和您好好談一談，說不定，你們會成為忘年之交。」

曹元明沉吟了一下：「我怎麼能肯定你提到的這個稻垣就是我要找的人？」

「請您看看這個。」相澤俊樹從口袋裡拿出一張泛黃的舊照片交給曹元明，照片上是一個男子和一個女子的合影，女子是年輕時的匡月芝，男子正是「田力」，同樣的結婚照，鄒家也保留著一張，曹元明曾經見過。

「為什麼要和我談談？」曹元明警覺地問。

「老人在世的時間不多了，他對過世的鄒先生、對匡女士一直懷有深深的歉疚，有些事並不如您想像的那樣，如果他不說出來，終將把遺憾帶入墳墓。在告別塵世之前，放下這個包袱，是老人的一個心願。」相澤的語氣始終是客氣的，「如果曹先生覺得不妥，可以不見，這完全是您的自願。您不必急於答應或拒絕，請好好考慮。我會在門口恭候您。」說到這裡，相澤轉頭對黃利平說，「如果我沒猜錯，這位是黃先生吧，請您賞光，一起去吧！」說完，鞠了一躬，「失陪了。」離開了庭院。

鮑書華說，相澤俊樹原來在矢佳株式會社的營運部和研發部工作過，和他同事過幾個月，問曹元明：「我們去不去？」

曹元明沒有馬上決定。假如堀田禮三郎真是懷著歉疚之心前來邀請，那就意味著這個牽連重大的歷史沉案即將大白天下，身為一個富有好奇心的刑警，難以拒絕這種誘惑。

黃利平不主張去：「來者不善，善者不來。」

鄒和平就是在見過「田力」之後被害的，而不久前那起蓄意的車禍更是一個警告：此去吉凶未卜。但曹元明思量再三，還是決定去走一遭。明知山有虎，偏向虎山行。一個八十多歲的糟老頭子，有什麼好怕的。當年他身為一名侵略軍殺人作惡，現在垂垂老矣，我這個軍人的後代反倒不敢去見他，真是豈有此理！鳥之將死，其鳴也哀；人之將死，其言也善。一個行將就木的老人，也許就像名取昭夫那樣，良心發現，願意傾吐心中的懺悔。

「人家既然找上門來，我們的一舉一動肯定都在他們的監視之中，逃避是沒用的，索性面對面交鋒一下。」曹元明轉頭對黃利平說，「一起去吧，多一個人也好有個照應。」

黃利平沉吟不決。

「這個案子不是一起單純的刑事案件，它和過去的歷史不可分割，我相信你還是有良心的。」

「好了，好了。」黃利平一擺手，「別搞這一套，帽子太大，我承受不了。」

「去吧，去了之後，對韓先生那裡好有個交代。」鮑書華也來相勸。

黃利平想了又想，最終還是點了點頭。

看到曹元明、鮑書華和黃利平三人出來了，相澤俊樹一點也不意外，似乎這已經在他預料之中。

門外停著一輛黑色的豪車，相澤拉開車門，做了一個請的動作：「請上車。」

黃利平見這車正是曾接走過鄒和平的那輛車，感覺這黑漆漆的車就像一具棺材，說：「不必了，我們自己開車，你帶路。」

相澤禮節性地微笑了一下：「那麼，請跟我來。」

於是，黃利平開著吉普車，載著曹元明和鮑書華，跟在豪車後面，往東南方向開去。

「日本是靠左行駛，你開車注意點。」鮑書華提醒黃利平。

「我在日本開車不是一兩天了，還用你提醒！」黃利平滿不在乎地說。

汽車沿著海岸公路行駛，轉過一個海岬，遠遠看見靠海的山崖上矗立著一座巨大的燈塔，下方的海岸是一片茶色的侵蝕巖，在夕陽的照耀下，燈塔的白色牆壁與湛藍天空相映成趣，鮑書華說，這就是入選世界百座燈塔的犬吠埼燈塔。

接下來的是一條盤旋山路，路很窄，只能勉強容兩車會車，一邊是幾近垂直的山坡，一邊是懸崖，下面是幽深的大海。黃利平小心翼翼地跟著那輛豪車。曹元明望去，山上密布著有武藏野遺風的樹林，櫟樹、橡樹、櫸樹、樅樹……高聳入雲，到了半山腰，看到了一座精緻的小別墅，這座別墅幾乎為樹林所環繞，這就是此行的目的地了——那個躲在歷史帷幕之後的老人，就住在這裡！

相澤俊樹領著三人穿過別墅前的一個小花園，這是典型的日式園林，素雅、清幽，栽種著馨木、雪松、紅楓等花木，一叢叢長青灌木施以精心修剪，看去好似墳丘或饅頭，園林裡還可見庭石疊放的假山和一眼小井，地上全部覆蓋著細草和苔蘚，不見一片裸露的土地。

踩著鋪滿松針的點石道路，道旁佇立著花崗石雕的石燈籠，發出朦朧的燈光，遙遠的地方隱隱傳來太平洋的濤聲，雖然是個面積有限的花園，卻能感受到自然山水的無限意境。

鮑書華嘀咕了一聲：「這位老人很會享清福啊，真是成功人士。」

這時，來到了一座住宅前，相澤俊樹讓三人在外等候，他進屋通報。

這是一座日本傳統風格的房屋，開放式布局，地板架空，出簷深遠，門是木格和半透明的棉紙。除了石燈籠的光芒，整個花園和房子都是陰沉沉的，瀰漫著一種神祕的靜謐氣氛。蟲聲唧唧，這使得曹元明想起了和韓老太太初次相見的情景，那也是在郊外的一座別墅，也是在蟲聲唧唧的夜間。

彷彿是時空的輪迴，今晚，該輪到另一個老人來講完那個殘缺的故事了！

不一會兒，相澤出來了，禮貌地請三人進屋，來到茶庭門口，從木桶中取來溫水和毛巾，在一種叫「蹲踞」的石製「手水缽」洗手，接著開啟茶室的門，茶室沒有電燈，只點著幾支蠟燭。昏黃的光線下，可見一個瘦小的人影正襟危坐在茶案前，就像來自暗夜的幽靈。燭火在搖曳，以致他的影子也在搖動，看來就像是隨時準備站起來。

「諸位請坐，不要拘束。」那個幽靈發出了蒼老的聲音，是字正腔圓的漢語。

曹元明心跳忽然加速，三人脫了鞋襪，來到茶案前盤腿坐下。相澤為三人斟茶，一股清茶的芳香溢了出來，這是上等的玉露。他隨後向老人鞠了一躬，低頭退出房間，帶上了房門。

眼前的這位老人，一副鳥類般清臞的面龐，給予人精悍的感覺，眉目之間和鄒衍、鄒和平果然有幾分相似。

曹元明屏息凝氣，期待已久的場景終於出現了，這個老人即將帶著他穿越歷史的隧道，讓沉埋的往事大白於天下。

第十八章　本案無法終結

「您就是曹元明先生嗎？」老人見到曹元明，眼中精光一閃，「在您的臉上，能找到您祖父曹炳生的影子。」

曹元明點了一下頭，看著這個乾瘦的老人，強抑內心的激動，淡淡地說：「不知道該稱呼你為堀田先生，還是稻垣先生，或者是田先生？在你臉上，我也看到了鄒和平先生的影子。」

老人臉上肌肉抽搐，露出了哀痛的神色，語帶酸楚：「我一直在思念這個兒子。」坦然承認了他就是化名「田力」的堀田禮三郎。在曹元明等人的注視下，他站了起來，拉開身旁一扇側門，裡面是一間小小的佛堂，案桌上擺放著一塊青色的牌位，上面寫著「故男鄒和平生西之蓮位」幾個漢字，他將一束鮮花供在佛龕上，在亡子的牌位前合掌祈禱冥福。

曹元明等人也向鄒和平的靈位致哀。曹元明心想：「看來，這個老人是承認這個兒子的，也確有悲傷之心。」

四人重新回到座位。稻垣夕張，不，應該稱其為堀田禮三郎，向三人舉起了茶杯：「諸位遠道而來，老朽只能以清茶一杯接風洗塵，怠慢了。」

茶香沁人心脾，但曹元明只是淺淺抿了一口：「不必多禮了。堀田先生請我們來，不是為了喝茶吧？有什麼話，請直言。」

堀田禮三郎微微一笑：「曹先生很直爽，我也不繞圈子了。今天的故事會很長，您長久以來的疑問，將一一解開。」

曹元明問：「為什麼你要幫我解開這些疑問呢？」

「您的祖父曹炳生當年救過我的命，對此我一直銘記在心。」堀田喟嘆了一聲，「歲月如梭，往事如煙，我累了，該到了一個了結的時候。我想來想去，也只有您是了結這段悲劇的最佳人選。」

曹元明沒有被這段充滿感情的話打動，如果不是案情追查到了最後的階段，這隻老狐狸會自動送上門來嗎？

「希望你能如實地告訴我一切。」

堀田點了一下頭：「我們都說漢語，不需要翻譯，更不需要旁聽者。」拍了一下手，相澤俊樹的影子出現在了紙門後，拉開門鞠躬說：「先生有什麼吩咐？」

堀田向鮑書華和黃利平一擺手：「你請這兩位先生去書房欣賞一下我收藏的字畫。」

相澤向兩人做了一個手勢：「二位，請吧。」

鮑黃二人雖不樂意，也只好隨著相澤出了房間。黃利平離開時向曹元明使了個眼色，曹元明會意，悄悄地開啟了隨身攜帶的錄音筆。

室內只剩下堀田禮三郎和曹元明面對面而坐。

「請不要使用錄音設備，可以嗎？」耄耋之年的堀田，目光仍然敏銳。雖然用的是請求語氣，但是曹元明卻不得不遵從。或許，他們三人在泡溫泉時，身上的衣服和攜帶的物品，已經全部被相澤檢查過了。

「從哪裡開始說起呢？」堀田似笑非笑地說，這種表情讓曹元明有些不舒服，他想了一下，問：「我祖父救過你的命？怎麼回事？」

「啊，說來就話長了，那還是從頭說起吧！我以前在731部隊待過。」堀田對曹元明的調查進展看來一清二楚，所以毫不掩飾這一點。

雖然早就知道了，他親口承認，還是讓曹元明內心的怒火再次升騰，他盯著這個魔鬼部隊的成員，竭力用平靜的語氣說：「你們家是移民去中國東北的嗎？為什麼要加入731部隊？」

「我家原來的戶籍是千葉縣木更津市倉賀町，昭和十三年，大陸戰爭最熾熱的時候，移民到了滿洲的佳木斯。昭和十八年春天，我身為少年見習技術員加入了731部隊，那年我只有16歲。我的大哥健太郎曾寫信告訴我，石井將軍在哈爾濱建立了一個有丸之內大廈14倍那樣大的研究機構，類似於美國洛克斐勒學院或法國巴斯德研究所，裡面有電氣火車，還有飛機，待遇非常好。他還特別提到，石井部隊長也是千葉人，會照顧同鄉。這對一個農民子弟來說，當然有很大的吸引力，於是，我就加入了這支部隊。」

這段回憶，和名取昭夫的回憶是吻合的。

堀田禮三郎的兄長，果然是堀田健太郎。曹元明拿出了那張堀田健太郎的墓碑的照片：「這個墓是你為兄長修的吧？」

「是的。」堀田從內室拿出一張裱框照片，黑白照片上是一個穿戴昭五式軍裝和大簷帽的日本軍官，帶著一個少年，背後是成排石階的斜坡，坡後的背景是一座宏偉的日式建築。

「這就是健太郎，旁邊這個少年就是我。照片是他畢業時拍的。」堀田的語氣中懷著對親情的思念。

「這是在哪裡？」曹元明問。從堀田禮三郎對健太郎和鄒和平的態度看，這個人是顧念親情的，果真如此，接下來的談話就更容易了。

「東京的市谷臺，陸軍士官學校的所在地。」

堀田禮三郎不戴助聽器，頭腦敏捷，談吐清晰，而且對幾十年前的往事有驚人的記憶力。

他談起日本開拓團殖民中國東北的原因：「日本在關東大地震中蒙受重創，尚未恢復過來，華爾街金融危機的驚濤駭浪又席捲了這個島國，彷彿是雪上加霜，濱口內閣不顧反對，解除了黃金出口禁令，導致米價暴跌、農民破產，諸如此類，引發了日本經濟空前大蕭條的『昭和恐慌』。那時，我們家有四個孩子，都穿得破破爛爛，房子歪歪斜斜搖搖欲墜，一年到頭吃不上幾次白米飯，逢年過節才有一點魚，幾乎沒有肉。要養活一大家子人，父親實在是力不從心。在日本本土這種令人窒息的情況下，認為滿洲是維繫日本存亡的生命線的國家輿論抬頭了，聽說那裡沃野千里，人煙稀少，只要肯出力氣，吃飯沒有問題，父親就帶著我們移民了。日本人都把滿洲當作是本國的領土，而毫無侵略的意識，與其說是繼承俄國人的侵略、掠奪中國人的土地和財產，毋寧說是一種旨在保衛日本的正當行為，這已成為當時的一種時代潮流。」

曹元明不能接受堀田的觀點。人和人是如此的不同，同樣出身於 731 部隊的名取昭夫，對帝國主義的罪惡的認知就要深刻得多。堀田禮三郎在部隊裡待過多年，經歷過中國翻天覆地的革命，卻依然沒有磨礪掉內心的殖民主義。

「還是談談你在 731 部隊的事吧！」

「對於這支部隊，你了解多少?」

「很多人都知道這支臭名昭彰的部隊，731 部隊慘無人道地拿活人做實驗，部隊的司令官是石井四郎。但我不了解詳情，對於 731 部隊的一切，包括你在其中的經歷，我都很有興趣。既然大老遠把我請到這裡，總要滿足一下我的好奇心吧！」

「我經常回憶在731部隊成長的往事，731部隊的烙印是不可磨滅的，它決定了我的命運，我一生的悲喜榮辱，都與之相關。」堀田禮三郎若有所思，頓了一頓，繼續說往事：

「從敵人的角度講，石井四郎是個魔頭，但也是個天才，能使前線部隊免受霍亂、痢疾、傷寒的侵襲，能隨時供應濾菌淨水的『石井式濾水機』，就是他發明的。同時，他也是個野心家。當時日本陸軍中軍醫的最高軍銜是中將，因為軍醫暨醫務局在陸軍中屬於地位最低的部門之一，之所以地位低下，是因為該部門不直接參與戰鬥。他對此很不滿意，『我一定要晉升大將』成為了他的口頭禪。軍醫暨醫務局如何才能直接參與戰鬥呢？他很早就有一個絕妙的設想：使用細菌發動軍事攻擊，細菌武器是資源貧乏的日本用以出奇制勝的新式武器。這個設想在當年是很超前的，有人讚譽：『如果石井早生了20年，日本將在東方無敵。』他試圖建立一個無與倫比的綜合性醫學研究機構，至於最終目的，是想把醫學研究還原為軍事研究、成為世界上最具威力的大規模殺傷武器的發明者和製造者呢？還是要滿足極度膨脹的出人頭地的欲望，而成為大機構裡的大老闆晉升為大將呢？這個我就不知道了，或許兼而有之吧！

「別說是我這樣的少年隊員，731 部隊對那些醫學界的重量級人物同樣有很大的吸引力。石井說：『日本國內不能做的事情，去北滿就能做了。』用人體實驗或活體解剖作為誘餌招攬年輕醫師，另外還有充裕的研究經費，可自由活動的實驗場所，頗具誘惑力。解剖取標本對了解疾病與人體的關係有很大幫助，如患傳染病的人心臟是否增大，肝臟是否變色，各感染期各器官的變化情況，對於這些研究專案來說，活人解剖是最有效的手段。另外，要想了解人體攝取各種藥物或異物後有什麼反應，以及藥物經過多少時間，在什麼器官上發生什麼變化，活體解剖也是最理想的方法。我還記得來自名古屋大學醫學部的金井教授說，他以前為了研究一種病毒性腦炎而不得不開挖墳墓解剖腐臭的死屍，現在來到了 731 部隊能自由地解剖活人，感覺這裡就像是天堂。」

魔鬼的天堂，就是人的地獄。堀田娓娓道來，似乎是在訴說一件理所應當的事情。曹元明感到一陣寒意，沒有打斷魔鬼的回憶，靜靜地聆聽。

「天堂似乎有些誇張。我被招入 731 部隊時，名義上是學習『細菌學、血清學、預防醫學，以及相關的病理』。起初，我們觀摩了部隊長發明的石井式濾水機，參觀研究室所從事的普通瓊膠細菌培養基的製造，還要學習漢語。部隊為每個少年隊員縫製了新制服，用上等羊毛面料，與軍官服裝質料一樣，還發給每個人長筒皮靴、內裡是兔毛的防寒服、防寒面罩和防寒手套。進入實驗室後，我們被要求身穿白袍，腳蹬長筒膠靴並佩帶手槍，根本不是一般的學徒裝束，這才發現，這裡用活人作為細菌、毒氣和凍傷試驗的材料，起初的驚訝和恐懼可想而知，但後來卻感到，稱其為天堂並不為過。731部隊有自己的機場、鐵路，甚至飛機，裡面的設施完備，許多都是當時一流的進口儀器。就拿實驗室那些看似不起眼的蒸發器皿來說，都是鉑金製造的，這是因為鉑金不會氧化，在測定實驗用細菌時，細菌在器皿內不會死掉。鉑金價值比黃金還高，按當時物價計算每一套器皿的價格就要上千美元，那可是70年前的美元。當日本國內因為海運封鎖和轟炸陷入饑饉時，這裡卻餐餐豐盛，牛奶和肉敞開供應，餐後還有水果。」

和賴勁松對「田力」的回憶「不愛說話」不同，堀田禮三郎很健談，之所以化名「田力」時沉默寡言從不喝酒，看來由於內心藏著的祕密太多擔心言多必失。

曹元明聽到「鉑金」一詞時，忽然想到了什麼，但沒有來得及細想，因為還要繼續關注堀田源源不絕的回憶。

堀田呷了一口茶，繼續講述剛剛進入731部隊的場景：

「我們這批少年兵首先是在哈爾濱集合。哈爾濱被稱為『東方小巴黎』，是俄國人、歐美人和中國人都能共存的國際色彩濃厚的城市，美資銀行的哈爾濱分行、號稱哈爾濱最大賓館的馬迭爾賓館、俄國資本的百貨公司、秋林洋行、中央大街最高的建築——日資松浦洋行等鱗次櫛比，咖啡館內散發著咖啡、糕點和雪茄的芳香，酒吧裡飄逸著伏特加的醇香，電影院中上映著美國電影。哈爾濱的特徵是幾乎所有的街區都是清一色的西式建築物，東正教教堂的尖塔仰視蒼穹，尤其引人注目的是法國新藝術風格的建築。哈爾濱車站的景觀，從開闊的站前廣場開始，寬闊的馬路呈放射狀向外伸展，兩旁一朵朵金合歡綻放，白楊樹沿路綿延，這裡是1909年伊藤博文遭到暗殺的現場。」

初次目睹繁華都市的景象，對於來自農民家庭的堀田來說，這種記憶是深刻的。

「我們這些新兵在火車站集合，乘坐卡車搖搖晃晃地離開哈爾濱朝南出發，一條紅褐色的道路在杳無人煙的平原上彎彎曲曲，蜿蜒不斷。一路上，卡車飛揚起塵土，一直向前行駛。廣袤的平原和無邊無際的高粱地，落日又大又圓，有時可見一座座由柳樹和圍牆環繞的低矮房屋，很快眼前又是一片平原，延伸到地平線盡頭，就連樹木也寥寥無幾。一個多小時後，茫茫大地的盡頭，由鐵絲網圈起的圍牆出現在眼前。那圍牆橫在卡車前進道路上，並向道路左右兩旁一直伸展，可以看見步哨沿著鐵絲網巡邏。卡車在鐵絲網前停下，那裡是部隊的檢查站。幾名衛兵檢查了我們所有人的身分證明。通過後，不久便看到一塊地面，剛覺得它像是飛機跑道，突然又有一群高高的建築物出現在眼前。看到在一望無際的平原上忽然出現了嶄新的建築群，大家都不由得睜大了眼睛。

「卡車繼續沿著圍牆前行，不久就停了下來。混凝土建造的堅固建築物入口處豎有這麼一塊告示牌，寫著：『任何人未經關東軍司令官批准擅入，將嚴厲懲處。關東軍總司令部。』除了這塊告示牌，就再也看不到其他標有部隊名稱的招牌了，然而，這裡就是滿洲第 731 部隊的總部。」

歷經六十多年歲月滄桑，那塊告示牌依然清晰地烙印在堀田的腦海裡。

「在豎有告示牌的總部建築物後面，還連著幾棟建築物。從警衛室進來，右側前方聳立著三根大煙囪，後面是被稱為物資部的建築，左側有個動物飼養場，中間建有最堅固的三層樓的白色建築。環繞整個總部有一條壕溝，邊上築有高牆，牆上布滿通著高壓電的鐵絲網。總部內有步哨站崗，戒備森嚴。壕溝外側是機關宿舍和大禮堂。

「在總部一號樓的診療室一角，我們被分配到床位，以後就在那裡起居。最初進來時，全然不知這是一支什麼樣的部隊。嶄新、漂亮、寬敞的房屋，有抽水馬桶和中央集中供暖，水龍頭能放出熱水，這些都是以前從未見到過的，所以大家都十分好奇。抵達後休整了一天，大家都是在整理行李中度過的。第二天，我們就開始接受教育。

「部隊裡有憲兵室，憲兵長年駐紮。第一次上課，站在我們這些少年兵面前的就是憲兵。那憲兵盯著大家說：『不許看、不許聽、不許說』是部隊的鐵的紀律。他對從一號樓沿走廊連到中央的巨大建築物作了一番解釋。剛剛抵達的我們不可能知道，那幢建築物就是細菌製造工廠，即七號樓和八號樓，獨立建在一群建築物中間，四周都有建築物環繞，通稱為『口號樓』。憲兵嚴厲地說：『沒有批准絕對不能登上『口號樓』的樓頂上。』因為登上『口號樓』的樓頂，就能俯視關押在七號樓、八號樓裡的俘虜。他還說，要是從這裡出逃，將被處以等同於『臨陣脫逃』的刑罰。憲兵拿出陸軍刑法，強調了『臨陣脫逃』這句話的意義。

「必須如此嚴格保守的祕密是什麼呢？我當時覺得不可思議。因為隊長是軍醫，部隊裡有很多醫生都是來自大學，下士官只能當個衛生兵，看來這個部隊的等級很高。

「抵達這裡很久以後，我才第一次聽到『馬路大』（馬路大，日語詞『丸太』，本意為剝去樹皮的圓木，731 部隊用它暗指用於人體實驗的俘虜）。關於『馬路大』，是嚴格保密的，這些人就是關在七號樓、八號樓的俘虜，能進出這裡的 731 部隊成員是極其有限的。

「有一天深夜，居住在總部一號樓邊上診療室裡的我們被車燈驚醒了，全體人員都從床上爬起來，跑到走廊去看發生了什麼事。這時，憲兵從樓上跑下來，大聲喊叫：『是搬運『馬路大』，不許到走廊裡去。』但我還是看到了，作為實驗材料的『馬路大』以一根、兩根來計數，戴上手銬，腰上再拴兩道繩索，五人或十人排成一串，被強行拉走。

「我們一直對嚴禁入內的七號樓和八號樓非常感興趣。有一次，我和幾個同伴做了一個勇敢的舉動，在深更半夜進入特別班的入口探險。入口處一直有警衛看守，牢固的鐵格子門窗緊緊關閉。裡面到處都堆放著麵粉、豬肉、蔬菜等各種食物。由於搬運人員也不能進入鐵格子門窗之內，只好將食物往裡扔。裡面用這些煮飯做菜，提供『馬路大』維持身體健康的營養飯菜，『馬路大』如果不夠健康，那麼實驗的效果就會大打折扣了。高聳的煙囪冒出煙霧，那是在焚燒在實驗中死亡的『馬路大』。

「731部隊最為人詬病的就是人體實驗，大批的進行在活人身上檢驗所有殺人細菌的效力。拿來作為實驗品的『馬路大』，據說是有間諜嫌疑、破壞活動、反滿抗日的中國人和俄國人，實際上也有老百姓，他們是從各憲兵隊戴上手銬腳鐐送到731部隊的，有男人、也有女人，甚至有孕婦。我記得很清楚的一項實驗是將人縛在十字架木樁上，從飛機上投下裝有被鼠疫菌汙染了的跳蚤的陶瓷炸彈，看跳蚤能以多大的準確率爬滿人體……」

聽到這裡，曹元明悚然一驚：是的，這就是名取和夫臨死前所作俳句「十字架，受染蚤，貪婪吸吮」的場景！

但堀田講述這些時，語氣中並沒有憐憫和悲傷，反而有興奮之色：

「除了細菌實驗，還進行凍傷實驗。在嚴寒的戶外，將人體各部露在外面，或剝出下半身，使其凍到能用棍棒敲得發出冰那樣的『咚、咚』作響聲，以研究如何預防、治療凍傷。凍傷囚犯待實驗完畢後就放在那裡，手腳腐爛脫落，直至死亡。在凍傷治療中，發現有一種用攝氏37度的溫水簡易治療法，並在北滿部隊中使用——讓全隊人員排尿，把受凍傷的隊員浸在溫尿中治療。因為戰場上常常不能使用火。另外，還有低壓實驗、火器殺傷實驗等等。

「一些教授和講師以文職技師的身分由日本各大學醫學部派來此地。石川太刀雄丸（病理）、岡本耕造（解剖）、田部井和（傷寒）、湊正男（霍亂）、吉村壽人（凍傷）、笠原四郎（病毒）、貴寶院秋雄（天花）、二木秀雄（結核）等人，都是當時日本國內有名氣的專家。他們都是研究班班長，各自從事自己的專業研究。正是在這種難得的教學氛圍下，我的醫學成績有了突飛猛進的提升。如果不是進入 731 部隊，我這樣窮苦人家的孩子是不可能接觸到這些先進事物的。」

曹元明想起了湯小輝和古強，從某種意義上說，他們也是「馬路大」。他一直沒有打斷堀田，這時再也忍不住，問：「731 部隊生產最多的細菌是鼠疫桿菌嗎？」

「不僅鼠疫桿菌，大量生產的細菌還有傷寒菌、副傷寒菌、痢疾菌、霍亂菌和炭疽菌等等。」堀田對此的記憶是鮮活的，「由培養基生產出的鼠疫菌，感覺上幾乎都是透明的，顯得很漂亮。攪拌納豆培養基，一拉就會拉出很多絲，如果接觸到那種絲，就會受到感染。痢疾菌氣味像黃瓜，霍亂菌刮取時，有一種沙沙的感覺；炭疽菌有些混濁，鼠疫菌和炭疽菌是會透過口腔感染的，工作時要戴厚厚的口罩和防護眼鏡。聽說，還有一種叫做防菌服的橡膠工作服，但穿上它無法工作，就沒有人穿它。工作結束後，要經過消毒液噴霧，還得洗甲酚浴。即便是如此，也不知道什麼時候會感染上。進入 731 部隊後，大家立即被注射了傷寒、副傷寒、鼠疫、霍亂等各種預防針。這種預防針是 731 部隊自己研究出來的，是不是真有效果還很難說，因此實際上我們也成了試驗品。在工作中，因患上傷寒和鼠疫的少年班成員接二連三死去。跟我住上下鋪的一個隊員，就因患上腸傷寒而住進了哈爾濱南崗的陸軍醫院，病死在那裡，屍體送回 731 部隊作為解剖標本。」

「如果感染上了鼠疫呢？」曹元明仍念念不忘那些變異後毒力超強的鼠疫桿菌。

「鼠疫的毒性很強，要是感染上了，是不能送到哈爾濱的陸軍醫院治療的。」

「那把患者送到哪裡治療呢？」

「只能送到 731 部隊的特別班治療。說是治療，其實只是把患者監禁在那裡，一旦得知無法治癒，同樣也要像『馬路大』一樣送去活體解剖。」

曹元明大吃一驚，問：「你有沒有看到過對同伴的解剖？」

「我只有一次在場……」堀田苦澀地說，「長官說，這也是為了天皇陛下，為了帝國解剖的。當時有種理論，認為人一旦嚥氣死亡，雜菌就會進入屍體內，所以，要在瀕死前，趁雜菌尚未進入體內時進行解剖，取出必要的器官提取純粹的菌株。在細菌學領域，必定要進行活體解剖，否則就沒有效果。實施活體實驗、活體解剖，一個重要目的就是要獲得一種強力菌株，以便下一次大量生產所需要的細菌。因為通過人體的病原菌，是攻克了活體的防禦功能並經過篩選後倖存下來的，毒性就會增強。臨床菌株比實驗室菌株毒性更強，這是現代醫學的常識，就是這個道理。」

曹元明心中一凜，湯小輝和古強正是被這種篩選出來的強力細菌奪去了年輕的生命。他問：「你們在有目的地培育新品種的鼠疫菌？」

「不光是鼠疫菌，所有在生產的細菌，都在尋找毒性最猛烈、生存力最頑強的新菌株，因為這是最理想的細菌武器。」

「在你們培育的鼠疫菌中，有一種長出了莢膜，你們知道嗎？」

「什麼？長出了莢膜？是真的嗎？」得到肯定回答後，堀田眼裡泛出一閃而逝的興奮，隨即轉為遺憾，「石井部隊長曾親自主導過一個代號『K』的強力鼠疫菌研究計畫，目的就是人工培育一種能在嚴苛環境下長期存活的鼠疫菌，第一部幾個研究班為此進行了不懈努力，想讓鼠疫菌長出保護性的莢膜，可惜沒有等到成功日本就戰敗了。當時的實驗有一定的盲目性，因為還不懂得基因檢測和雜交技術，只能透過活體實驗來篩選，效率很低，浪費很大。」

曹元明一陣揪心，堀田的遺憾，只是因為細菌武器的進展不理想，而不是「浪費」了大量的「馬路大」，他失落的目光似乎在說：「如果當時就研究出來了，戰爭的結局會大不一樣吧！」

「終於成功了，可是，在實驗室怎麼也研究不出來……」堀田喃喃自語，問曹元明，「這種帶莢膜的鼠疫菌，你們是在哪裡發現的？」

「河山。」曹元明簡短回答。

「噢……」堀田見曹元明臉色鐵青，不好細問，欲言又止。

「你說參與解剖過自己的同伴，那活體解剖中國人的次數一定不少吧？據說，你的外科技術很純熟，對人體結構很了解，就是拿活人練出來的吧？」曹元明冷冷地問。

堀田似乎並不介意曹元明的語氣，沉吟了一下，說：「我曾奉命擔任柄澤班的活體解剖助手。那以後，接到十多次同樣的命令。第一次實驗是對十名『馬路大』進行驗血，他們事先被注射了五種鼠疫預防液。一週後，又對他們進行同樣的注射。一個月後，對全體人員注射一毫克的鼠疫菌液進行觀察。結果，十名俘虜全部感染鼠疫，三天後五人死亡。這五人在第一部笠原班被解剖後，送往焚屍爐焚化了。另外五人為鼠疫重症患者，被轉送到診療部作活體實驗。要說我的外科技能嘛，確實是這麼練就的。解剖活人給人印象極其深刻，對人體奧祕的了解程度遠遠不是普通醫學院校裡解剖福馬林屍體所能比擬的。」

曹元明按捺住內心翻騰的怒火，問：「你們殺害了多少人？」

「731 部隊在五年期間，大約處理了 3,000 個『馬路大』。」「3,000」在堀田嘴裡只是一個普通的數字。

「你不是一直在 731 部隊嗎？後來怎麼去了 1644 部隊？」曹元明將話題從東北轉移到了南方的河山縣。

堀田禮三郎在河山有一段特別的經歷，在那裡娶妻生子，這是一個繞不開的話題。他坦率地說：「1944 年末，大本營感到在大東亞戰爭中大勢已去，猜想美軍可能在中國東南沿海登陸，和內地的中國軍隊配合，對駐守大陸交通線的日軍形成策略合圍。因此，大本營和中國派遣軍祕密制定了一個代號『斷』的作戰計畫，一旦發生這種情況，就在中國的東南地區採取毀滅性破壞，製造無人區，具體地說，就是使用細菌武器製造的瘟疫隔離敵軍。」

曹元明毛骨悚然，倘若當年美軍真在中國登陸，日軍將毫不猶豫地採用這一滅絕人性的計畫，那麼，將有無數的老百姓因此喪生。

堀田說：「考慮到盟軍的空中優勢，屆時我軍將喪失制空權，無法使用飛機散播細菌，也難以通暢地使用公路和鐵路運輸，所以細菌彈被祕密地預先存放在幾個關鍵的地點，隨時準備就近啟用。河山縣的千巖山，就是備選地區之一，因為這裡地形複雜，容易隱蔽，而且根據情報，河山周邊已被選定為未來中美聯合空降作戰的地區之一。當時戰局很緊張，考慮到 1644 部隊的技術基礎比較薄弱，難以在短期內完成細菌彈的製造任務，於是，731 部隊便抽調人員裝置組成南下特遣隊來到南京 1644 部隊總部，協助作戰，我便是其中之一。火車裝載著高壓滅菌機、乾熱滅菌機、蒸汽鍋、培養皿和長頸燒瓶等各種器材以及藥品，向南方駛去。到了南京，我們這些少年隊員便分往各班幫忙作業，比如，準備好用來培育細菌和刮離細菌的工具，去搬運用來培養細菌的菌株。菌株是放在試管裡培育，每個金屬絲管裡放60支試管。因此，從取菌株的場所和搬運的試管數量上來計算猜想，生產的細菌有鼠疫菌、傷寒菌、副傷寒菌、痢疾菌，每日生產三公斤多。但要達到預計日產代號『C』的鼠疫菌十公斤，代號『T』的傷寒菌十公斤以上，還有很大差距，所以都在拚命幹活。」

曹元明記得薛建國說過，鼠疫桿菌很小，打個比方說，一個針頭大小的容器就可以放下30萬萬個。三公斤細菌，這已經是一個非常恐怖的數字。他吃驚地說：「要這麼多細菌？」

「按照細菌炸彈的兩種使用方法，一種是大範圍使用稀釋半金屬彈藥，另一種是針對性使用高濃度彈藥，兩種方法結合使用，一平方公里需要散布一公斤的細菌，而且還要考慮到投放的細菌很大一部分在發生效力前是會死亡的，彈菌要存有富餘量。所以要在漫長的戰線形成無人區，投放的炸彈數量可不少。」

「這些生產出來的細菌都到哪裡去了？」

「大量生產的細菌，除了部分作為儲存用的乾燥細菌使用外，其餘的都將運到各地作為武器儲存起來。」

曹元明提到了千巖山大蛇谷巖洞中死去的名取和夫等人，問：「你和名取和夫是好朋友吧？他怎麼感染上了鼠疫？」

聽到「名取和夫」這個名字，堀田禮三郎臉色悲戚：「他是我最好的朋友……那是一起事故。儲藏細菌武器時，首先是在無菌室裡用培養基溶解細菌，然後把溶解物裝入石油罐大小的蛋白腖儲藏罐裡。陶瓷儲藏罐與乾冰一同裝入木箱，用稻草編織而成的草蓆包裹起來，然後，再用草繩捆紮搬運，裝上架著機關槍的卡車運走。千巖山大蛇谷就是祕密儲藏的地點之一，當地的『晃部隊』祕密修了一條簡易公路通往那裡，為了防止空襲，公路修得很隱蔽，運輸都是在深夜進行。」

說到這裡，曹元明想起了在大蛇谷發現的在蔓蔓植被掩藏下的路基，這條路連當地人都不知道。

只聽堀田繼續說：「……但是在搬運時，出了問題。一個木箱裡放兩個儲藏罐，所以相當沉重。結果，名取和夫等四個人在搬運時不慎打破了裝細菌的陶瓷罐，就這麼感染了鼠疫，長官立刻下令將四人密封在山洞之中。」

原來如此，難怪洞庫的地面上有陶瓷碎片。

曹元明憤怒地說：「你們對自己人也這麼殘忍？」

堀田禮三郎用日語唸叨了一句當年的悼詞：「汝之英靈忠誠於天，啊，光輝而神聖……」他對曹元明說：「實在沒有辦法，我們都知道這種細菌的威力，如果不犧牲他們，整個部隊都得完蛋。那天，本來是我負責搬運，因為我扭傷了腳，就由名取君代替我，本來該封死在山洞裡的人，是我啊！工兵用炸藥封死洞口的那一刻悲慘的場景，現在還浮現在我眼前。」

親眼見到朝夕相處的名取和夫被封死在洞穴中，等同於活埋，這種刺激一直根植於內心。後來，堀田去千巖山大蛇谷弔唁因感染鼠疫而死的戰友，之後感冒發燒說胡話，不停地唸叨「名取」，因為發燒是鼠疫的中毒症狀之一，正是深藏內心的愧疚和恐懼，使得他在恍惚之中以為自己也和名取和夫一樣染上了鼠疫而在劫難逃。

曹元明把寫有名取和夫那首日本俳句的封面放到堀田面前。

「這是被戰友和長官無情地拋棄的名取和夫，在臨死前留下的絕筆。奪去他生命的，正是你們研製生產的強力鼠疫菌。對所從事的這種完全背離了醫學倫理和人道主義精神的工作，他是有所悔悟的。」

手術刀，割活人，鮮血淋漓；
鐵桶內，青年心，緩緩搏動；
解剖臺，棄碎屍，僅剩手足；
十字架，受染蚤，貪婪吸吮；
遭離棄，腐敗鳥，何處是巢；
青春的，千巖山，猶在眼前。

捧著這張硬紙板，堀田的手在微微顫抖。

曹元明憤怒地說：「這樣的情景，是任何心智健全的人所無法想像的。他提到了你們活體解剖以及細菌武器實驗的情景。因為名取和夫的這次事故，河山縣在冬季發生了鼠疫大流行，數以千計的人死去。」

堀田長嘆一聲：「雖然封死了洞穴，但鼠疫桿菌可能透過洞穴裡的地下水流出去。」

曹元明想了起來，縣誌裡說起那場鼠疫，起源於一家叫「錦和」布店的後院水缸裡所發現的跳蚤，這些水和跳蚤，很可能是經由千巖山而來。

「當時你們沒有發現鼠疫菌長出了莢膜？」

「沒有。我想，這裡有幾十年自然力作用的因素，封閉的洞穴，就像是一個大的保溫箱，屍體是最好的培養基。如果能好好地研究一番，或許是了不起的成果。」堀田慢慢垂下了頭。

「在河山，你也做過活體解剖的事吧？」魔鬼部隊的罪行罄竹難書，時間有限，曹元明把話題引向韓世達被害一案。

「是的。」堀田坦白地承認了，「那時我們的一部分工作是在深夜的『慈康』醫院完成的，因為醫院的消毒設備、手術室和器械都是現成的。有一天，『晃部隊』送來了一個很壯實的游擊隊俘虜，有新學員還沒有見過人體構造的奧妙，於是山崎部隊長說：『機會難得。』進行活體解剖實驗時，我替俘虜戴上黑頭罩送往手術室，手術檯兩頭有捆綁手腳的皮帶，把俘虜綁在床上，旁邊有一個很大的瓶子，放上標籤，然後切開腹股溝的大動脈，再插入導管，鬆開鉗子，俘虜的血就汩汩的流入瓶子裡，開始人還會掙扎，放到 2,000 毫升時就會喪失意識，一動不動，直到鮮血流盡。」

曹元明想起了周冬梅回憶日軍在「慈康」醫院關押過一些奇怪的「病人」，這些「病人」看上去根本沒有病，卻很快就消失了，看來，日本人在醫院裡進行的人體實驗不是一兩次，而是很多次了。

說到這裡，堀田看了一眼曹元明，不等他問話，便直言不諱地說：「解剖俘虜和解剖韓世達，都是在同一個地方。我也是這樣替韓世達放血的，這樣在切割的時候就不會噴濺血液，地上也不會留下血跡。我喜歡放乾血的屍體，這樣解剖起來內臟乾乾淨淨，一覽無遺，很漂亮。」

燭光下，堀田的臉籠罩著陰影，晦暗不明，但說這話時的語氣，彷彿是完成一件藝術品後的陶醉。

在那個夏日的深夜，在「慈康」醫院手術室，昏暗的燭光下，放血、切口、斷筋、拆骨、掏心肺、摘肝腎……一切過程顯得安靜又平淡，在堀田禮三郎嫻熟的刀法下，一個起初還在呼吸的軀體迅速變成了一堆骨頭和內臟。

那張意猶未盡的老臉使得曹元明聯想起了某種噁心的軟體動物，只想揮起一拳打去，但現在還不是發火的時候，還有很多疑問需要堀田來解答。

「為什麼如此殘忍地殺死韓世達，他造了什麼孽？你們有這麼大的仇恨嗎？」

「在醫院裡，旁邊就是手術室，這是很自然的殺人方式。」

「很自然？不，這是虐待，是心理變態！」曹元明憤怒地說。

堀田怔了一下，嘆息了一聲：「這種虐待狂的怪癖，是在 731 部隊形成的。在對待『馬路大』時，內心深處就湧出一種像搔癢似的焦躁，為了鎮靜，只有拚命虐待『馬路大』。學醫的目的是為了盡最大努力拯救人的性命，可是在這裡卻是學著怎麼殺人，人的生命是如此不值一提，這是一種精神痙攣——伴隨著對已醒悟到要死可又只能默默地作為實驗材料的『馬路大』的憐憫，心裡感到憤懣，可是無視人性的罪惡意識又使內心的彈簧彎曲，形成一種回饋，萌發了陰暗的罪惡之芽。」他用日本式的陳述來解釋變態的內心。

曹元明突然想到鄒衍，他囚禁女孩、變態地玩弄，從堀田到鄒和平再到鄒衍，三代行醫，怎麼他就一點慈悲心腸都沒有？虐待同類的怪癖會潛移默化進入基因進而遺傳給後人嗎？

不，不能這麼認為！曹元明隨即否認了自己的推斷。至少，鄒和平是一位令人尊敬的醫生，在調查鄒和平死因時，曹元明關注過有關他的各方面資訊，包括他的部落格。

鄒和平在去年歐洲之行訪問波蘭時，參觀了奧斯維辛死亡集中營，對滅絕人性的法西斯行徑深感憎惡，或許，正是他的這種思想帶來了殺身之禍。鄒和平在部落格的遊記中寫道：「從某種意義上說，在奧斯維辛，最可怕的事情是這裡居然陽光明媚，一行行白楊樹婆娑起舞，在大門附近綠油油的草地上，矢車菊在怒放。這真像一場噩夢，一切都可怕地顛倒了。在奧斯維辛，本來不該有陽光，不該有草地，這裡應當是個永遠沒有光明、百花永遠凋謝的地方，因為這裡曾經是人間地獄。這裡也許是世間最可怕的旅遊中心——集體屠殺和用人體進行各種試驗的殺人工廠，共有150萬人死在那裡。死囚的牢房，毒氣室和焚屍爐廢墟，玻璃窗內成堆的頭髮和鞋子、金牙、手錶和戒指能當戰爭資源，頭髮能當纜繩，人皮能當燈罩，人油能製成肥皂，骨灰能做成肥料……把人的一切價值從頭到腳榨取得乾乾淨淨……」

鄒和平在部落格中，還提到奧斯維辛集中營裡臭名昭彰的納粹醫生約瑟夫·門格勒，這個魔鬼負責執行一項大規模的種族滅絕計畫，每天接收從各地運來的猶太人進行「科學試驗」，他希望能發現一種遺傳學上的祕密，來培養出純種的雅利安人。為此，門格勒用了2,000名孿生子和兒童做試驗，試圖把他們的眼睛變成藍色，頭髮變成亞麻色，還替一些人做了絕育或閹割手術，經過一系列試驗，這些被他稱之為「豚鼠」的孩子就一個個消失了。戰後30年，以色列和美國的許多祕密組織一直到處追蹤他，但門格勒十分狡猾，憑藉一些與前納粹分子有聯繫的黑社會組織的掩護，一次次逃脫了追捕。無論逃到哪裡，追捕者經常是接踵而至，但總是讓他逃之夭夭。如以色列的特務人員一次曾找到他在巴拉圭亞松森住的旅舍，發現他在20分鐘前逃跑了，身上還穿著睡衣。有消息說，門格勒1979年在巴西游泳時溺水身亡，但他真實的下落至今仍是一個謎。

那些逍遙法外的凶手，又豈止這一人？眼前坐著的堀田禮三郎，是另一個門格勒。在不知情的人眼中，他是一個敬業的外科醫生、執著的研究人員、成功的企業家，是一個平和的老人，但是，他早已向魔鬼獻出了自己的靈魂。

「韓世達做噩夢，夢見了會跑的人頭，跟你有關係吧？」

「會跑的人頭？嗯……也許是這麼回事。」堀田想了想，「當時『慈康』醫院被日本軍隊徵用，但除了收治我軍的傷病員，也允許一些原醫院的人員繼續為當地老百姓服務。我們在醫院地下室進行的實驗，是絕對保密的，外人不能靠近。但是我犯了一個錯誤，在某個深夜，出於對人體構造的強烈好奇心，我把一個剛解剖的新鮮頭顱帶出了地下室，因為感覺這個人的顱骨結構有異常，想替這顆頭顱拍一張X光作為紀念。X光室在『八角樓』的三樓，那個時候是沒有人的，但我上樓時，在黑暗裡不慎絆了一跤，那顆頭顱就順著樓梯『咕嚕咕嚕』滾下去，就像一個沒有腳的怪物在跑。我聽到樓梯拐角傳來了一聲輕微的驚叫，知道有人跟蹤，於是趕緊跑下去，攔住了一個人。」說到這裡，他頓了一頓。

「這個人是韓世達？」曹元明問。

「是的。因為一個小小的意外，我抓住了這個小偷。」

「小偷？」

「他那晚從醫院藥房偷奎寧，替一個教士治療瘧疾。也許，正是這顆滾動的頭顱帶給了他極大的恐懼，從此一再出現在他的夢境之中吧！」說到這裡，堀田居然笑了一下。

曹元明想起了韓老太太說的，韓世達和道格拉斯神父的關係不錯，而且，韓吟雪曾提到，道格拉斯神父得了瘧疾，多虧了韓世達用奎寧救了他的命。

「這個教士，是不是叫道格拉斯？」

堀田記憶力很好，點頭說：「是的。『慈康』醫院有幾個美英醫生，還有一些僑居的傳教士，日本占領軍對這些敵國籍貫的基督教教士採取的是『優待管束』，只是拘留關押，並不傷害他們。但他們居然在暗中與中國籍醫生串通偷東西，這個問題就嚴重了，是不是還有什麼其他不可告人的祕密呢？於是，憲兵們把這兩人拘禁起來，進行了審訊。」

「有什麼結果嗎？」

「韓世達承認偷過奎寧，而且不是第一次了，因為一次只能偷一點，多了就會被發現，但他矢口否認窺探過我軍的機密，他什麼都不知道，說這只是一個偶然。我們沒有確鑿的證據證明他是敵探。雖然是竊盜，但不是死罪，憲兵就斬掉了他右手的大拇指作為懲戒，一個人的生活工作主要靠右手，手的功能又主要靠大拇指，這樣一來，他等於成了個廢人。山崎部隊長知道這事後，出於慎重考慮，說：『我們肩負著特別祕密的任務，不能有一絲一毫的馬虎，把這兩個傢伙處理掉吧，以防萬一。』他把我訓斥了一頓：『都是你的大意惹來的麻煩，既然如此，就由你執行吧。』於是，我和兩個憲兵把韓世達和道格拉斯押上卡車，帶到城外的千巖山，準備將他倆槍斃。」

「他們後來怎麼還活著？」曹元明問。

「我放走他們的。」

「你放的？為什麼？」曹元明很吃驚。

「救人一命，勝造七級浮屠。」

曹元明覺得這話從堀田嘴裡說出來很滑稽：「僅僅因為這個？」

「韓世達是個很漂亮的年輕人，跟我的年紀差不多，一路上不停地求情。他嚇壞了，當車往城外開時，他意識到自己活不了，尿了褲子。道格拉斯教士虔誠地祈禱，一直在安慰他。他們的這種表現，不像是肩負使命的敵探，憲兵確實抓不到證據，僅僅是因為部隊長的一句話，就要了兩人的命，我覺得太殘酷了。」

「人體實驗殺死的中國人難以計數，你怎麼不覺得殘酷？」

「那是兩回事。」堀田認真地回答，「進行人體實驗對醫學和戰鬥力的提升是有益的，而殺掉這兩個人是沒有意義的。如果是因為我一時疏忽讓那個掉落的頭顱帶給他們厄運，那麼，我是有責任的。」

韓世達和道格拉斯被放走後，應該是躲在了成化寺裡面，直到日本宣布無條件投降。

曹元明注意到，堀田說這番話時，眼球在向左移動。韓世達一案已無當年的物證和現場可尋，追查只能依靠相關人的回憶，回憶必須可靠、真實，才能採用，但如何辨別真偽又是一個難題。所以，在尋訪這些老人時，曹元明會留意他們在回憶時的一些細微表情和動作，這是他們內心的真實反映，比如，人在撒謊或編造故事時，眼球往往會向左邊或者向上端移動，這是因為他正在構思；相反地，如果是真實的回憶，他的眼球常常會往右移動，這是大腦中的記憶中樞正在被刺激的外部表現。

堀田說：「放人時，我警告韓世達，大日本皇軍只用了一個上午就攻陷了河山，如果他不老實，說了不該說的話，那麼，無論何時何地，皇軍要取他的性命都易如反掌。」

難怪韓世達從不和他人提及這段恐怖的往事，除了內心的悲痛，更多的是深深的恐懼使得他三緘其口！只是誰都沒有想到，堀田禮三郎威脅韓世達的話，居然一語成讖，韓世達雖然暫時逃過一劫，最後卻仍然死於堀田的解剖刀之下。

「既然當年你放過韓世達，為什麼後來又要殺害他？是為了殺人滅口，不讓你在 731 部隊的經歷被他人知曉？」

「是的。我做夢也沒有想到，在日本終戰五年後，我居然會回到河山，回到『慈康』

醫院，更沒有料想到，我會遇到這個人，當時真是嚇了一跳。命運跟我開了一個天大的玩笑。」

「你後悔當初沒有殺掉他吧？」

「一念之仁，留下了禍根。我已饒恕過他一次，不能再犯同樣的錯誤。」

曹元明心中冷笑：「真是一念之仁嗎？還是奉命放人？」在軍紀森嚴的日本軍隊裡，一個小兵竟敢私放有間諜嫌疑的人，簡直膽大包天，不合情理，最大可能就是，日本憲兵無法消除對道格拉斯和韓世達「間諜」身分的懷疑，又抓不到證據，找不到他們的組織和同夥，於是，就將他們放走，暗中監視，以期放長線釣大魚。這是常用的反間諜計策。正因為一直抓不到「憑據」，所以，韓世達才活到了戰後。

堀田沒有覺察到曹元明的懷疑，繼續說：「……我想韓世達已經認出了我，所以事不宜遲，這也許就是宿命。我來到這個醫院幾天後，就動手了。」

韓世達認出了化名「田力」的堀田禮三郎嗎？就在那時，他夢到會跑的人頭，看來確實是受到了刺激，只不過恐懼讓他一時不敢出聲，他沒想到，自己很快就永遠沒有出聲的機會了。

「抗戰期間，你在『慈康』醫院待過，就不怕被其他人認出來？」

「我們和『晃部隊』的軍醫不同，都是深夜時戴著口罩進入醫院地下室的，除了韓世達和道格拉斯，沒有其他中國人見過我的臉。」

「韓世達被害那晚在值班，你怎麼叫他出來的？」

「很簡單，我打電話給護士，假裝是總值班，讓她叫內科值班醫生去一趟外科病房，我就在黑暗的走廊裡，在必經之路上等著他過來，一錘就敲昏了他。」

「你不是值班的醫生，怎麼開手術室的門？」

「馮德純是我的好朋友，他是值班外科醫生，有手術室鑰匙，白天就從他那裡拿來配好了鑰匙。」

「你還偽裝了財務室被盜現場？」

「沒錯，這是為了轉移視線。我是穿著韓世達的鞋子溜進去的。做完了這個，連夜把我穿的布鞋換了鞋底，韓世達身上的衣服鞋襪都包裹起來，拿到野外燒光。」

堀田行動果決而冷酷，對這起謀殺做了充分考慮。

「那個鍋爐房的豬頭是怎麼回事？」曹元明記得周冬梅提到韓世達失蹤後，鍋爐裡有個燒焦的豬頭，他推測這種怪事與堀田有關。

果然，堀田說：「殺人後，最麻煩的是處理屍體。我把裝屍塊的兩個袋子埋在靠近廁所的苗圃裡，但仍覺得不保險，最好是燒得乾乾淨淨。我用一隻豬頭做過試驗，效果不理想。因為醫院的鍋爐燒的是煤渣，和 731 部隊燒優質煤的焚屍爐不一樣，屍體扔進去不會完全化為灰燼，而是會形成屍體殘渣和煤渣黏連在一起，達不到毀屍滅跡的效果。因此，只好一直讓屍體埋在那裡。每次從那裡經過，我都會不由自主放慢腳步，看看有沒有異樣，後來也漸漸放鬆了，以為會一直掩埋下去化為化石，沒有想到，60 年後居然又冒了出來。」

堀田禮三郎以配合的姿態，完整地交代了殺害韓世達的作案過程，這個過程中的一些細節和曹元明等人起初的推測是吻合的。說完這些，堀田彷彿卸下了一樁心事似的舒了口氣。

堀田雖然舒了口氣，曹元明的內心卻像堆滿了石頭一樣難受。追查一年來，經歷過那麼多的疲勞、心酸和苦悶，但真相大白時，卻沒有絲毫的暢快。

面對一個坦白了罪惡的罪犯，卻無法將他定罪，無法讓他受到懲罰，這是警察的恥辱，是對正義的嘲諷！

堀田靜靜地看著表情痛苦的曹元明，臉色怪異，似笑非笑，似乎期待的就是這樣的效果。

曹元明心想：「善有善報，惡有惡報，不是不報，是時候未到，時候一到，一切都報。」他定了定神，不再糾結韓世達被害一案，說：「日本戰敗後，你在中國參軍，後來隨部隊南下到了河山，談談這方面的情況吧。」

堀田「嗯」了一聲，繼續述說：「昭和二十年8月，蘇聯單方面撕毀互不侵犯條約，宣布對日作戰。731部隊的細菌是為打擊蘇聯軍事力量而研究的，若使用，準備好的各種病源菌就會使蘇聯軍隊處於進退維谷的境地。然而，遺憾的是關東軍已喪失了戰鬥力，精銳師團全部調往南方，大批軍用物資也調往南方和國內，連邊境要塞的重砲都被拆走，擴編的新部隊近於徒手——有的部隊三個人才有一支步槍——就這樣開始對蘇作戰了。關東軍雖然裝備有以幾千個『馬路大』的死亡為代價才研製成功的細菌炸彈，累積多年的細菌的產量也非常可觀，平攤下來可以殺死上億人，但卻沒有一架可以運送炸彈的飛機。於是，關東軍總司令部決定撤走 731 部隊，徹底破壞研究所。細菌武器、毒氣都是違反國際公約的，蘇聯間諜人員已注意到研究所，只有徹底破壞才能不被追究。關東軍專門派了一個工兵中隊和五噸炸藥來協助銷毀工作。當時，監獄裡還有幾百個『馬路大』，都被毒氣毒死，所有的屍體被扔進坑裡，澆上汽油燒毀，把燒後的人體拽出，敲碎骨頭，高層嚴令不准剩下一片骨頭。

「撤退途中的景象，真是悲慘。我隨部隊乘火車到了安東，隔著鴨綠江，朝鮮的新義州遙遙在望，但這一去，恐怕就再也回不到滿洲了。於是，我偷偷溜走了。」

曹元明心中一動：「為什麼要逃跑？731 部隊不是有嚴厲的軍法嗎？」

「當晚火車在安東車站停靠時，車站上擠滿了難民，而就在這時，蘇軍的飛機來空襲了，就是那種被稱作『黑死神』的伊爾 -2 強擊機，場面一片血腥，到處是火光和人的殘骸。這種混亂的情況下丟掉一個人，誰也不會去追究。我想，這樣下去，火車這樣明顯的目標，到不了釜山就會被摧毀。於是，不知明日命運如何的我，決定一個人走，因為我還想去接走我的父母，還有妹妹。但這種幼稚的想法是異想天開，在大潰敗中，我根本沒辦法找到他們，只能任由他們在滿洲的荒原自生自滅，屍骨無存，我那幼小的妹妹有沒有活下來，現在還是一個謎。」

堀田的臉色陰鬱。

「你說我祖父救過你？」曹元明回到了最初的話題。

「是的。我掉隊後，隨著大批的日本難民流落到了通化。蘇聯軍隊打進滿洲後，搶奪日本難民的財物，殺害日本人和強姦日本婦女的事時有發生，偽裝成中國人更安全。因為我在滿洲生活多年，會說流利的漢語，於是，我就換了中國人的衣服。幾個月後開始遣返日本難民，但我不想回去，我哥哥戰死在沖繩，父母和妹妹流落在滿洲，生死不知，回到日本連親人也沒有，而且聽說日本戰後正在鬧饑荒，很多人營養不良而死去，在富饒的滿洲大地，只要肯幹活，吃飯是不成問題的。所以，我繼續偽裝成中國人到處流浪，想著說不定哪天能遇到父母妹妹。坦白地說，不回國，更重要的原因是怕被追究在 731 部隊犯下的罪行，這樣的罪行足以要我的命。很快，中國開始了大規模內戰，非常缺乏技術人員，派人挨家挨戶詢問：『有沒有學過醫的？有會開汽車的嗎？有沒有電工？會不會修無線電？』如果會這些技能，就可以參軍。那時，我孤身一人，舉目無親，靠打零工過活，吃了上頓愁下頓，於是就從軍了。我靠從 731 部隊學來的技能，很快成為了一名出色的軍醫。用中國人的性命鍛鍊出來的外科技術拯救了很多中國人的性命，也算是一種補償了吧！我就是在那時認識你的祖父曹炳生的。攻打四平時，我被砲彈炸傷了，傷口感染，發高燒，是曹炳生穿過敵人的火力封鎖線，拿來了當時很珍貴的盤尼西林，這才救了我的命。」

「在朝鮮，為了躲避空襲，我們的醫院設在防空洞裡，整天不見陽光，只有夜間才能外出。洞頂長年滴水，春天化雪時，滴水更多。床位鋪上乾草，三天就溼透了。數十人擠在洞裡，只有蠟燭照明，還有很多人吸菸，空氣汙濁不堪。在這樣的環境下，我得了風溼性關節炎，幾十年來，一到潮溼天氣就痠痛難忍。但是，我仍然沒有後悔。能多救一個戰友，就能多減輕一分當年的罪孽。」

人都是複雜的，環境能改變一個人的命運，乃至思想。

曹元明內心對堀田的反感稍微降低了一些：「可是，你後來為什麼從朝鮮戰場跑回了日本？因為思鄉？」

堀田回答的語氣仍然顯得坦誠：「當然不是因為思鄉，如果是這樣戰後就會要求遣返。一個最重要的原因是，我擔心殺韓世達一事敗露，就如同懷揣著一顆定時炸彈似的，這顆炸彈深藏內心，不僅不能取出，而且不知在哪個日子裡就會令人生畏地爆炸，把我炸得粉身碎骨，這種整天緊繃神經的生活必須有個了斷；另一個原因是，在朝鮮，我看到了美軍投擲的細菌炸彈，從而推知美國人已掌握了731部隊的祕密並且雙方正在合作，這樣的話，回國後，即使731部隊成員的真實身分暴露也不必擔心受到懲處。我的猜想沒錯，731部隊所有成員在回國後都被免於起訴。」

「美軍投擲的細菌炸彈？」

「1952年2月，志願軍司令部向各部隊下達了美軍飛機撒放毒蟲細菌的情況和應當採取的防疫措施，還讓前線部隊指戰員參觀了美國細菌炸彈，一旦發現這種炸彈要立刻上報。大量的鼠疫疫苗、消毒粉劑和其他防疫用具也運到了朝鮮。」

曹元明進一步問：「你確定嗎？關於美軍是否在朝鮮使用過細菌武器，現在並無定論。美軍掌握了朝鮮的制空權，火力居於絕對優勢，而且朝鮮的冬季很冷，在這種情況下使用細菌武器，收效不大，政治風險卻很大。」

堀田微微一笑：「這可不是捕風捉影，在朝鮮老百姓和志願軍士兵中，各種傳染病如斑疹傷寒、天花、鼠疫、霍亂等開始大面積流行。朝鮮半島北部和滿洲的自然環境接近，731部隊早已培養出了在滿洲冬天仍然保持猖獗活性的鼠疫菌。攜帶病菌的昆蟲在冬天仍可以活動，只是活動範圍有限，這反而帶來一個有利之處：可以控制病菌的播散範圍。1952年朝鮮戰場形成對峙僵局，在前線使用細菌武器不會危及己方。」他說到這裡加重語氣，「我在金化附近的平康親眼見過美軍發射的細菌彈的殘骸，形狀構造和『宇治式五〇式型』炸彈幾乎一模一樣。」

「這種炸彈有什麼特別之處嗎？」

堀田對此瞭如指掌，詳細解釋：

「25公斤、10升的『宇治式五〇型』炸彈，是『宇治』系列中的改良型，彈頭部裝有觸發和延時信管以及500克的炸藥管，彈尾部的定時信管在高度為兩三百公尺的空中引爆長波導線使炸彈起爆；如果尾部信管和導線沒有啟動，當炸彈著地時，彈頭部的炸藥也肯定會使炸彈炸裂，並將細菌填充物撒開。發明這種炸彈是很了不起的。對於生化武器來說很重要一點的就是安全，生化戰劑自裝填之後必須保證不能有洩漏，而且裝填的過程中細菌彈外殼不可避免地會被汙染，這樣裝填完畢密封之後，外殼必須要消毒，這就要有一定的耐腐蝕性。再考慮運載、投放過程中的震動和衝擊，這個容器還要有一定的強度。所以，細菌彈首先就必須是一個滿足上述要求的密封容器。其次，細菌彈要有可靠的開啟方法，這點比化學武器要求還要高，因為生物戰劑是活的，炸得不好，會嚴重影響活性。

「731 部隊為此在野外進行過兩千多枚的實驗。用陶瓷做彈殼是石井四郎的一項獨創發明，如果使用通常的鋼鐵彈殼，需要填充大量的火藥，爆炸時的高溫會燒死細菌，而且在彈著點會留下證據；而他發明的矽藻土製的炸彈殼，以低溫、少量的炸藥爆炸，彈殼變得粉碎，達到了既不留證據，又不會使細菌致死的要求。這種炸彈是很成熟的，所以被美國人直接拿來使用。沒有什麼能比這個更有力地證明了他們和 731 部隊的合作。」

為什麼堀田禮三郎會在朝鮮戰場上潛逃投奔敵方，曹元明這下完全明白了。

堀田一口咬定標榜自由民主的美國在朝鮮使用過細菌武器，言下之意似乎是：細菌戰並不是罪行，只是戰爭的手段。

「你的中國妻子匡月芝知道你的真實身分嗎？」曹元明明知故問，匡月芝肯定是知道的，否則，鄒和平怎麼會找到日本來。

堀田說：「她知道。」

堀田禮三郎雖然把自己的真實身分這個祕密埋藏在內心最深處，但是，瞞得過旁人，卻瞞不過同床共枕之人。有一次，他深夜說起了夢話，說的是母語——日語！驚醒的妻子，驚駭地瞪視著他。匡月芝不懂日語，但是，直覺告訴她，丈夫說的不是中國話！他被搖醒後，百般辯解，卻擔心難以打消妻子的疑慮，在那個年代，他最害怕的是妻子會揭發他。所幸的是，妻子保持了沉默，這讓他對妻子放了心。

在開赴朝鮮戰場前，堀田偷偷向妻子透露了自己是日本人的真相，這等於是在交代後事，因為對手是戰勝了大日本帝國的美國軍隊，堀田覺得勝利希望渺茫，如果自己死在朝鮮，希望有一天妻子能將他的骨灰送還日本千葉縣，也算是魂歸故里。

之後中國發生一波接一波的政治運動，使得匡月芝不敢向外人吐露這個真相。

「匡月芝知道你還活著嗎？」

「20年前，我寄過一張明信片給她，是千葉縣九十九里海濱的景色，只要看到這張來自千葉的明信片，她就能猜到我還活著，但我沒有落款署名和地址，因為我不想打擾彼此的生活，這麼多年過去了，我們都有了自己的家庭。」堀田望著黑沉沉的西方，那是中國的方向，沉默了一會兒，看來對這位結髮妻子頗有留戀。

過了一會兒，他轉過頭來：「自從戰敗以來，我就生活在惴惴不安之中，擔心著身邊的風吹草動，所以，即使是和昔日的妻子聯繫，也只能採用這種偷偷摸摸的方式。」

「這對一個帶著孩子的女人來說，太殘忍了。」

「是的。雖然我留下了點值錢的東西給她，但遠遠不能彌補我的內疚。」

堀田說到這裡，沉默下來，似乎在追憶與匡月芝在一起的歲月。

「看來你並不是不戀舊情的人，但為什麼連鄒和平——你的親生兒子的性命都不放過呢？僅僅是不想曝光你的過去嗎？」

說到這裡，曹元明腦海中突然一閃：「這些所謂的值錢東西，看來就是匡月芝那個木匣裡的鉑金，只是她把它當做對前夫的思念，並沒有動用。」這時，「鉑金」一詞再次閃現在腦海裡，前面堀田提及731部隊實驗室的蒸發器皿就是這種貴金屬製成的，看來，當撤退的731部隊一邊破壞一邊搬運貴重物資和資料時，堀田偷偷地留下了一部分鉑金器皿，可能是深埋在當地，等到適當的時候再挖出來，把它們分割熔鑄成銀元大小以易於攜帶和變賣。堀田偷偷離開731部隊，不光是為了尋找流散的親人，也是捨不得這些鉑金，因為靠這些東西完全可以過上富足的生活。這些鉑金很可能就藏在安東，這裡是他從731部隊逃離的地方，也是他從朝鮮戰場回國休養的地方。鉑金密度大，幾公斤的體積很小，藏在行裝裡毫不起眼，但價值可達上千萬日元，堀田完全可能帶著這些鉑金回到朝鮮，最後逃回日本，靠這個發家致富——他創辦企業的第一桶金，沾滿了「馬路大」的冤魂！

堀田的臉上顯出痛苦的表情：「我從沒有忘記過這個兒子，更沒有想過要殺死他。日本和中國之間的那段歷史，對誰都是一種不幸，替孩子取名『和平』，意在真心祈求東洋的和平。」他的雙手像彈簧一樣顫抖起來，稍微平靜了一下，深沉地說，「不想曝光這段歷史的，不僅僅是我，也不僅僅是日本人。」

「你詳細說說。」曹元明感到其中的內幕越來越深，他甚至想，韓觀樵是不是因為受到了某些勢力的壓力，這才不繼續追究韓世達被害一案、而與稻垣家族達成妥協交易呢？

「731部隊的紀錄被抹殺而不復存了，所部三千人員經朝鮮回國，但在蘇聯的哈巴羅夫斯克軍事法庭上，關東軍副參謀長松村知勝少將透露了731部隊的詳情，說：『731

部隊最貴重的設備和資料，已經搬到本土。』於是，駐日蘇聯代表部就開始搜尋了。而搜尋 731 部隊最起勁的，是日本的美國占領軍司令部。實際上，蘇聯在沃茲羅日傑尼耶島，美國在馬里蘭州的福德·德特里克堡，都在極其隱祕地研製細菌武器，所以誰也沒資格對日本的研究說三道四。美蘇的細菌研究雖然時間早，可是收效甚微，最關鍵的一點，他們沒有大規模人體實驗的基礎。所以，兩邊都想把細菌研究的負責人——石井四郎醫學博士攫為己有，幾乎形成交鋒式的搜尋。結果，美國人獲勝了。福德·德特里克堡軍事基地負責人艾拉·鮑德溫博士據說在戰爭中用了 5,000 萬美元和 50 萬隻老鼠猴子做實驗，但經過與石井博士的交流，他才發現美國遠遠落後於日本。5,000 萬美元在當時是一筆很大的數目，可以購買 1,000 架 F6F『地獄貓』戰鬥機。石井在 1947 年提交給美國陸軍的一份驗屍報告，美國人只向他支付了 700 美元的報酬。這份報告有 700 頁，分為四個部分，記載了 200 多個活體解剖病例。第一部分主要是心臟和肺部感染數據；第二部分主要是扁桃體、咽、支氣管、胃、腸、脾臟等病變紀錄和病變情況；第三部分主要是淋巴結的病變過程和腎臟、胰臟的解剖資料；第四部分是腎上腺、甲狀腺、胸腺、睾丸、腦垂體的解剖資料。731 部隊將其作為重要的醫學資料，使其能夠了解鼠疫感染的程度和器官病變的詳細情況，為進行細菌武器研究、細菌感染效果、菌種劑量選擇等提供重要參考。每個病例都是進行顯微鏡檢查之後，綜合分析病例的病理和病變趨向情況，並分析其形成的原因和感染比例，解剖器官之全、數據之詳細，令美國人大開眼界，因為這是他們無法重複的。戰後，美國人組織了科學調查團前往遠東調查日軍細菌戰的實況，這就是《桑德斯報告》，參與這次重要調查的，就有道格拉斯教士。」

曹元明一驚：「你說的是河山『慈康』醫院的神父道格拉斯？」

「是的，這個人其實是一個美國間諜，這一點他當年成功地瞞過了日本駐軍。道格拉斯是一個基督教浸禮會教徒，卻戴著一枚教皇授予的聖克里斯托弗勛章，這本身就有點奇怪，山崎部隊長的直覺是正確的，但我們卻放走了他。戰後，道格拉斯彙報了多摩部隊進行的細菌戰的事實，1947年，他還帶著技術人員來到河山，在千巖山進行實地勘查。」

曹元明想起了韓老太太說和韓世達結婚是1947年，道格拉斯神父是證婚人，特地從美國遠道趕來，現在看來，他根本不是為了這場婚禮，而是另有所圖。韓老太太還說，結婚後，韓世達帶著道格拉斯神父去千巖山遊玩，回來後，做了人頭跑動的噩夢，顯然，正是因此受到了刺激。看來，韓世達有可能是被美國人收買的情報人員，當然，這些都已無法查證了。

「這麼說，鄒和平之死另有原因？」曹元明回到了前面的話題。

「我絕不會傷害他。」堀田表情冷峻，不容置疑。

「你見過鄒和平，你們之間談了些什麼？」

「那是一個令人激動的夜晚，就在這裡，我見到了從未謀面的兒子。以前，我只在朝鮮的戰壕裡見過他襁褓裡的照片。我們談了很多，但這些談話與731部隊沒有關係。我們從他的母親談到他自己、兒子，幾乎是一個通宵。他談得最多的，是兒子的病情。」堀田說到這裡，臉色潮紅，有些哽咽地說，「對於他，對於月芝，我沒有盡到自己的責任。」他乾瘦的身軀微微顫抖，這是源於內心的悲痛。

曹元明被堀田表現出的哀傷感染了，心想：「如果堀田禮三郎不是殺害鄒和平的凶手，那凶手又會是誰？」他說：「我是鄒衍的好朋友，他的病情你很清楚，他還有救嗎？」

堀田說：「我會盡力，但願這個孩子有好運氣。」

「那你一定見到過鄒和平隨身帶著的那個筆記本了，棕黃色封皮，上面詳細記錄著鄒衍的病情。」

「是的，那上面記錄的是一個父親對兒子的愛。」

「現在鄒和平去世了，就發生在和你見面之後，而且這個筆記本也不見了。我們有足夠的證據證明這是一起精心策劃的謀殺，你認為凶手會來自何方？」曹元明直視著堀田問道。

「我無法回答這個問題。」堀田緩緩搖頭。

「身為鄒和平的親生父親，不，身為一個人，請你回答我這個問題！」曹元明激動地說。

在曹元明的直視下，堀田的臉重新變成了一潭死水，他閉上了眼，彷彿老僧入定，良久無語。

沉默之中，曹元明想起了報紙報導過的鈴木貞一。1989年，「大日本皇軍」最後一名甲級戰犯鈴木貞一壽終正寢，高齡101歲。巧的是，他也是日本千葉縣人，就出生在山武郡。1955年被釋放後，鈴木一直深居簡出，沒有像其他舊軍人一樣著書立說，算得上與世無爭。據說，鈴木貞一臨終前，孫子喊「爺爺」他都沒有反應，護士突發奇想喊了一聲「閣下」，鈴木頓時睜開了眼——在日本，「閣下」是對將軍的尊稱——即使是這樣一個「安分守己」的戰犯，在內心深處依然沒有忘記過去的榮光。

堀田禮三郎的心，真的是一潭死水嗎？

「這個時節，千巖山上一定盛開著杜鵑花，滿山都是紅豔豔的。」這是堀田在沉默良久後，說的第一句話，伴隨著一聲長長的嘆氣，充滿了淒涼落寞的味道。

「請回答我剛才的問題。」曹元明仍舊直視著他。

「對不起，我累了。」堀田咕噥了一句。

「很遺憾，看來，這些問題只有交給警察了。」曹元明站了起來。

兩人的談話就此結束。

曹元明心中百感交集，最後不知該對這個老人說什麼好。也許，堀田禮三郎人性尚存，但他的罪惡無法抹殺，正是這些罪惡將他和 731 部隊捆綁在了一起。

731 部隊的首腦，沒有一個受到過正義的懲處，自然也沒有人會來追究堀田的罪行，他不但活到老，還活得很富足，創辦生產醫藥生物製劑的矢佳株式會社能夠一舉成功，正是依靠了活躍在日本醫藥界的 731 部隊故友的提攜。

韓世達一案已經真相大白，但是，究竟是誰殺害了鄒和平呢？這仍是一個謎。

曹元明推測，從殺人動機來看，即使堀田禮三郎不是主謀，他的兩個兒子稻垣圭一和稻垣駿二的嫌疑也很大。只有鄒和平永遠閉上嘴，那麼，堀田在731部隊的殺人罪行，拋棄中國妻兒的不光彩行徑，特別是依靠731部隊貴重材料的骯髒發家史，才不會為人所知。日本人是一個很愛面子的民族，對於躋身上流社會的稻垣家族來說，尤其是要在政壇上大展身手的稻垣駿二，維護家族整體利益的「體面」比什麼都重要。

從殺人手法看，鄒和平和堀田禮三郎曾徹夜長談，匡月芝死於糖尿病DBS，鄒和平也患有糖尿病，這些重要資訊堀田都掌握了，這才有了精心設計的謀殺案，騙過了日本警方的偵查。

經過今晚的談話，曹元明對追查下去的信心很大。

天網恢恢疏而不漏，正義女神蒙上了眼，但她仍能明察秋毫。

夜已經很深了，四周漆黑一片，天空暗雲密布，星月無光，濛濛細雨隨著東風飄落，地面溼漉漉的，一派颱風即將來臨的氣象。曹元明、鮑書華和黃利平駕車沿著陡峭的公路下山。

鮑書華問：「假如抓住了殺害鄒和平的凶手，能將其引渡到中國受審嗎？」凶手在日本受審很可能不會被判處極刑，更何況以稻垣家族的權勢，說不定能操縱法務大臣及檢察廳等國家機器，即使殺了人，仍可原封不動地過著悠閒的生活。

曹元明想起立花裕司曾說過，日本的政界和黑社會勾結由來已久，所以，偵辦此類案件很令人頭疼，連警察廳長官遇刺案都不了了之。稻垣一家在政界和財界都有很大勢力，接下來的將是一場硬仗。他說：「如果能引渡那是最好，只是日本將本國罪犯引渡至中國受審的可能性極小，尤其是死刑犯不會被引渡。」

「可以找國際刑警組織協助嗎？」鮑書華說。

「國際刑警？」黃利平握著方向盤冷笑了一下，「你電影看多了吧，現實中沒幾個國家理會什麼國際刑警這種東西。」

曹元明說：「即使不能引渡，由日方審判，採用日方舉證，仍可以依照中國刑法進行追究。」

車外是細雨飄搖的暗夜，除了山下的海浪聲，一片寂靜，曹元明的心思卻無法寧靜，耳畔彷彿聽見了千千萬萬冤魂的悲嗥在地獄中迴盪。

回想60年前的這起案件，真有「人生韶華短，江河日月長」的隔世之感，當年憧憬大陸夢的日本少年兵，已是齒危髮禿的老翁。歷史的見證者猶如風中殘燭。

在那個地獄般的荒原城堡，數千名中國人、蒙古人、俄國人、朝鮮人感染上了鼠疫、赤痢、傷寒、出血性敗血症、霍亂、炭疽熱、野兔病、天花、恙蟲病、馬鼻疽和梅毒等疾病，還向他們注入馬血，或透過長時間的X射線照射破壞他們的肝臟，或進行冷凍實驗、槍彈殺傷實驗、活體解剖等等，受盡非人折磨，個個死不瞑目。相反，石井四郎和他的部下，這些滅絕人性的劊子手，戰後卻回到自己的祖國，過上了正常人的生活，並且事業有成，頤養天年。古諺云：善有善報，惡有惡報。這是自欺欺人之語嗎？

「這個60年前的案子能偵破，真是一個奇蹟。元明，了不起啊！」黃利平說。

「不是我了不起。」曹元明望著窗外的黑夜，若有所思，「2010年8月15日是發現韓世達遺骨的日期，這一天，正是日本無條件投降65週年的紀念日。或許正是這些冤魂在冥冥之中幫助我們。」

「你也信這一套？」黃利平「嘿嘿」一笑，「要我說，韓世達的案子能破，與堀田禮三郎的合作態度有很大關係。雖然最後查到了他頭上，但如果他對我們避而不見，三緘其口，我們也不能奈何他，很多疑團仍無法解開。」

「他為什麼會邀請我們？」曹元明被這個冒出來的疑問給問住了：這個堀田禮三郎，殺韓世達時就表現出非同一般的凶殘與狡詐，到了老年，反而溫順老實，不是有些奇怪嗎？在見面之前，他以為是老人遲暮之年的良心發現，但現在看，這難以用良心發現來解釋。如果是良心發現，那麼，堀田就不應該在最後時刻保持沉默，也不會在回憶中避實就虛，多加掩飾。

無論如何，堀田禮三郎和他的家族，是鄒和平之死的最大犯罪嫌疑人。戰爭已經遠去，卻仍有人不斷地為它流血死亡，湯小輝、古強、鄒和平……接下來的又會是誰？

這時，手機響了，曹元明低頭一看，是臧進榮打來的，他立即按下了接聽鍵。

「臧隊長，這麼晚了，有急事嗎？」

「元明，你還好吧？」聽到曹元明的聲音，臧進榮似乎舒了口氣。

「還好。」

「追查可以暫告一段落，這段時間你最好待在安全的地方，不要輕易外出，注意安全！」臧進榮語氣嚴峻。

曹元明心中一緊：「怎麼了？」

「現已查明，矢佳公司董事長稻垣圭一，就是那個稻垣夕張的長子，曾經是『盾會』的成員。」

「盾會？」曹元明重複了一遍這個陌生的名詞。

「這是個日本右翼組織，創始人是日本作家三島由紀夫，稻垣圭一那時還是個高中生，就參加了這個組織。後來三島因為煽動自衛隊發動兵變失敗而切腹自殺，『盾會』就解散了，但是，三島由紀夫所主張的『天皇信仰高於人道主義』、『軍人是一個國家的靈魂』等軍國主義思想，卻被這些人繼承了下來。有證據表明，稻垣圭一和日本青年聯盟、皇民黨以及弘道會等右翼組織和黑社會有瓜葛，向他們提供過資金幫助……」因為訊號的原因，臧進榮的話音和車窗外的風雨一樣飄忽不定，時斷時續。

「知道了，我回到酒店再和你詳談。」曹元明放下了手機。

一旁的鮑書華說：「我覺得堀田這是黃鼠狼給雞拜年，沒安好心。看來我在矢佳公司要待不下去了，得做好辭職的打算。」

曹元明說：「此案的廣度和深度已遠遠超出了普通刑事案件的範疇，不管最後怎麼結案，我都要把所知的一切公布出來！」他打算回到酒店後，連夜把這些天的調查做一個詳細總結，並透過電子郵件發給國內的同事們。

突然，汽車發出了「咯噔噔」的恐怖聲音，黃利平驚叫了起來：「糟糕，煞車失靈啦！」

吉普車如脫韁野馬在狹窄的山道上直衝而下！黃利平猛打方向盤，將車貼緊靠山的護欄，車門擦出一串串火花，伴隨著刺耳的金屬擦刮聲，卻沒有絲毫減速。

「換低檔，再手剎！」曹元明趕緊說。

「完啦！」黃利平帶著顫音絕望地大喊，汽車「砰」地一聲撞開路邊的護欄，劃出一道弧線掉向山崖下深不可測的太平洋……

電子書購買

爽讀 APP

國家圖書館出版品預行編目資料

本案無法終結——不歸之途：在歷史陰影中揭開家族世代的祕辛，尋找真相的救贖之路 / 肖建軍 著 . -- 第一版 . -- 臺北市 : 複刻文化事業有限公司 , 2024.09

面； 公分

POD 版

ISBN 978-626-7514-45-0(平裝)

857.7 113012255

本案無法終結——不歸之途：在歷史陰影中揭開家族世代的祕辛，尋找真相的救贖之路

臉書

作 者：肖建軍

發 行 人：黃振庭

出 版 者：複刻文化事業有限公司

發 行 者：複刻文化事業有限公司

E-mail：sonbookservice@gmail.com

粉 絲 頁：https://www.facebook.com/sonbookss/

網 址：https://sonbook.net/

地 址：台北市中正區重慶南路一段 61 號 8 樓

8F., No.61, Sec. 1, Chongqing S. Rd., Zhongzheng Dist., Taipei City 100, Taiwan

電 話：(02) 2370-3310 傳 真：(02) 2388-1990

印 刷：京峯數位服務有限公司

律師顧問：廣華律師事務所 張珮琦律師

定 價：420 元

發行日期：2024 年 09 月第一版

◎本書以 POD 印製